Birgit Loistl
Glücksgefühle im kleinen Café in den Highlands

Birgit Loistl wurde 1977 in Oberbayern geboren. Trotz ihrer Ausbildung zur Bankkauffrau galt ihre Liebe schon immer mehr den Buchstaben als den Zahlen. 2015 erfüllte sie sich einen großen Traum und veröffentlichte ihren erster Roman, dem mehrere erfolgreiche Bücher als Selfpublisherin folgten. Sie liebt Eiskaffee, Spaziergänge im Regen und das Meer. Die Autorin lebt mit ihrer Familie und dem Familienhund in der Nähe von München.

Birgit Loistl

Glücksgefühle im kleinen Café in den Highlands

Roman

PIPER

Mehr über unsere Autoren und Bücher:
www.piper.de

Wenn Ihnen dieser Roman gefallen hat, schreiben Sie uns unter Nennung des Titels »Glücksgefühle im kleinen Café in den Highlands« an empfehlungen@piper.de, und wir empfehlen Ihnen gerne vergleichbare Bücher.

ISBN 978-3-492-50620-5
© Piper Verlag GmbH, München 2023
Redaktion: Birgit Förster
Satz auf Grundlage eines CSS-Layouts
von digital publishing competence (München)
mit abavo vlow (Buchloe)
Covergestaltung: Traumstoff Buchdesign traumstoff.at
Covermotiv: Bilder unter Lizenzierung von Shutterstock.com genutzt
Printed in Germany

Everything you can imagine is real.

Pablo Picasso

Playlist

Don't Speak – No Doubt
Iris – Goo Goo Dolls
Mr. Brightside – The Killers
Scars to Your Beautiful – Alessia Cara
All Your Exes – Julia Michaels
Feel Like Shit – Tate McRae
I Choose – Alessia Cara
Wonderful Life – Katie Melua
P. Y.T (Pretty Young Thing) – Michael Jackson
Perfect – Ed Sheeran
Breathe Again – Toni Braxton
1979 – The Smashing Pumpkins
The Pretender – Foo Fighters
The Kill – Thirty Seconds to Mars
Push – Matchbox Twenty
I Still Do – The Cranberries
Self Sabotage – Waterparks, Good Charlotte
Love From the Other Side – Fall Out Boy
Flowers – Miley Cyrus
Another Love – Tom Odell
Blue Orchid – The White Stripes
Baba O'Riley – The Who
Comedown – Bush
Love The Way You Lie – Eminem, Rihanna

**Für
S*E*V*M
Immer und immer wieder**

Ella

Küssen ist wie Schokolade essen. Süß, manchmal klebrig, und es macht unglaublich süchtig!

Lächelnd stecke ich das Handy zurück in die Jackentasche und steige aus meinem Honda. Ich vermisse Marcy und ihre Sprüche schon jetzt, dabei ist es gerade mal zwei Stunden her, seit wir uns am Flughafen in Edinburgh voneinander verabschiedet haben. Automatisch wandert mein Blick zum wolkenverhangenen Himmel. Typisch für Schottland, noch typischer für Duncan. Es ist fast so, als bemitleidet mich der Himmel um den Verlust meiner Freundin.

Der Gedanke, dass Marcy und ihr Ehemann Henry jetzt dort oben in einem Flugzeug sitzen und nach Perth ins weit entfernte Australien fliegen, um Marcys Theatertournee mit einer Neuinszenierung von Shakespeares *Macbeth* zu starten, lässt mich lächeln. Ich bewundere Marcy für ihren Mut und ihre Zielstrebigkeit. Sie ist für das Theaterspielen geboren, aber ich denke, niemand hat es ihr wirklich zugetraut. Was unglaublich schade ist, denn in vielen von uns stecken unbekannte Talente und Träume, über die wir uns erst einmal selbst klar werden müssen. Es tut weh, übersehen oder gar in eine Schublade gesteckt zu werden. Bei Marcy war sogar beides der Fall. Man hat sie nicht gesehen und hat sie aufgrund ihrer pinkfarbenen Haare und der vielen Tattoos in eine Schublade gesteckt.

Ich bin mir ziemlich sicher, bei mir ist es auch so. Aber im Gegensatz zu meiner Freundin falle ich kaum auf. Weder durch meine Stimme noch durch mein Aussehen. Ich bin auch nicht wirklich unsichtbar, eher blass. Farblos. Irgendwie wie Milchglas.

Ich möchte gerne behaupten, dass ich Marcys Talent immer schon gesehen habe, aber das wäre gelogen. Klar wusste ich von ihrer Liebe zum Theater, aber als Teenager hielt ich es bloß für einen ihrer vielen Träume. Sie hatte eine ganze Liste davon unter ihrem Kopfkissen.

Einmal auf Julias Balkon in Verona stehen.
Nacktbaden in Loch Ness. Die Haare pink färben.

Manches davon ist bereits wahr geworden. Zu meiner Verteidigung muss ich allerdings sagen, dass ich in den letzten Jahren in Edinburgh gelebt habe, um mein Modedesign-Studium abzuschließen, und erst seit vier Monaten wieder in Duncan lebe. Marcy und ich haben uns in der Zwischenzeit ein wenig aus den Augen verloren. Was hauptsächlich an mir lag. Ich bin ihr aus dem Weg gegangen. Wie fast jedem hier in Duncan.

Vielleicht hätte ich sie sonst eher wahrgenommen.

Wobei ich ziemlich sicher bin, dass es auch mit Henry Lucas aka Megastar aus *War of Kingdoms*, aka Sexiest Man Alive zu tun hat. Aber nicht auf die Weise, wie die Medien es gerne darstellen. Dort heißt es, Marcys Karriere wäre in Fahrt gekommen, weil sich die beiden ineinander verliebt haben. Und dass Henry seine Kontakte hat spielen lassen, damit Marcy überhaupt eine Chance hatte, an der renommiertesten Schauspielschule Europas in Glasgow angenommen zu werden. Aber das ist nicht die Wahrheit. Henry stärkt ihr den Rücken, und der Blick, mit dem er sie ansieht, geht einem durch und durch. Als gäbe es auf dieser Welt niemand anders als sie. Als wäre sie sein Leitstern am Firmament. Sein einziges Licht in der Dunkelheit. Traurigkeit überkommt mich. Ich glaube, es ist nicht jedem Menschen bestimmt, so angesehen zu werden. Nein, dieses Glück haben nur die wenigsten Menschen, und sie wissen es nicht einmal. Das ist das wirklich Schreckliche daran. Richtig bewusst wird es nur denjenigen, die sich danach sehnen.

Mein Handy klingelt. Zum gefühlt hundertsten Mal in den letzten zwanzig Minuten. So lange starre ich schon auf das Ortsschild. Ich habe keine Ahnung, wer mich so dringend erreichen will, aber momentan ist es mir auch egal.

Willkommen in Duncan.

Jemand hat in das »a« einen zwinkernden Smiley gemalt, und es ist, als verspotte er mich jedes Mal aufs Neue.

Na, wieder zurück?

Hat dich der Fluch auch erwischt? Jeder kehrt wieder zurück – früher oder später trifft es alle. Niemand schafft es, Duncan für immer den Rücken zu kehren.

Als hätte ich eine Wahl gehabt. Als ich vor fünf Jahren von Duncan nach Edinburgh gezogen bin, hätte ich nicht mal im Traum geglaubt, jemals wieder hier aufzuschlagen. Aber vielleicht ist es wirklich so. Eines Tages kehrt man immer an den Ort zurück, an dem alles angefangen hat.

Es ist nicht mehr weit bis zu Tante Marys Haus, das sich am Ortsende von Duncan befindet, eingepfercht zwischen dem alten Kuhstall von Lydia Richardson, in dem sie immer noch ein Dutzend Highland Rinder untergebracht hat, und dem Rosengarten von Mrs Green. Seit meiner Rückkehr wohne ich wieder bei meiner Großtante, nachdem sie einen Schlaganfall erlitten hat.

Seit zwei Wochen lebt sie nun im St.-Clara-Pflegeheim, und auch wenn es mir das Herz zerreißt, sie dort zu sehen, ist es für sie am besten. Ich habe Tante Mary versprochen, mich um ihren Brautmodenladen *Marry* zu kümmern, während sie dabei ist, wieder gesund zu werden. So war es schon immer unser Plan gewesen. Bei dem Namen handelt es sich um ein Wortspiel. Schon als Kind habe ich die Brautkleider in ihrem Laden bewundert und habe damals beschlossen, eines Tages ihren Laden zu übernehmen. Nur die Umstände hätten anders sein können.

Noch vor ihrem Schlaganfall hat Tante Mary sich um eine Patientenverfügung gekümmert und mir eine alleinige Vollmacht für alle Bereiche inklusive einer Bankvollmacht erteilt, damit ich mich um ihren fünfstelligen Kredit kümmern kann, der wie ein Damoklesschwert über mir schwebt. Ich bin also in der Lage, alle möglichen Entscheidungen bezüglich des Ladens, ihrer finanziellen Mittel und auch über ihr Haus zu treffen.

Wobei ich keine Ahnung habe, wo ich das Geld hernehmen soll, um ihren Kredit zurückzuzahlen. Aber der Laden ist ihr Herzensprojekt, und ich hätte es nicht über mich gebracht, ihr Angebot abzulehnen. Ich werde schon eine Möglichkeit finden.

Doch die Kosten fressen fast alle Ersparnisse auf. Ganz zu schweigen von den Ausgaben für das Pflegeheim. Die Lebensversicherung, die sie sich hat auszahlen lassen, deckt zwar das meiste ab, aber für wie lange noch? Und was soll ich dann machen?

Mein Apartment in Edinburgh habe ich aufgegeben, denn selbst wenn meine Tante wieder nach Hause kommen sollte, wird sie sich nicht allein um sich kümmern können. Ich werde mich wohl an den Gedanken gewöhnen müssen, wieder hier in den Highlands zu leben.

Wieder klingelt mein Handy, aber ich bewege mich nicht vom Fleck. Grashalme kitzeln an meinen Knöcheln, und von den Hügeln ist ein leichter Wind zu spüren. Wenn man die Augen schließt und sich konzentriert, hört man sogar das Flüstern der Trolle. Es ist eine meiner liebsten Kindheitserinnerungen. Mom hat mir immer davon erzählt, wenn wir den West Highland Way entlanggelaufen sind. Der Wanderpfad führt von Glasgow durch die Highlands bis nach Ford William und ist eine sechsundneunzig Meilen lange Strecke. Noch immer höre ich die Stimme meiner Mutter, wie sie mir die Geschichten von Elfen, Feen und Wechselbälgern erzählt.

»Trolle flüstern einem den Weg zu, wenn man sich in den Hügeln verlaufen hat, aber man darf ihnen niemals glauben. Sie sind gerissene Lügner. Sie nehmen dich bei der Hand und locken dich fort. Danach kannst du dich an nichts mehr erinnern und findest nicht mehr den Weg nach Hause.«

Noch immer läuft mir ein Schauer über den Rücken, wenn ich daran denke. Es ist wohl eine der Geschichten, die allen Kindern hier erzählt werden, damit sie sich nicht zu lange in den Highlands aufhalten.

Ja, selbst mit fünfundzwanzig Jahren glaube ich noch daran. Als hätte ich keine anderen Probleme.

Ich lecke mir über die Lippen und spüre den kühlen Wind auf der Haut. Langsam gehe ich in die Hocke und grabe meine Hände in die trockene Erde. Sie rieselt zwischen meinen Fingern hindurch. Egal, was geschieht, egal, was sich verändert, Duncan bleibt immer das kleine Dorf mitten in den schottischen Highlands. Daran ändern auch ein weltberühmter Serienstar und eine angehende Theaterschauspielerin nichts. Ich atme tief durch, stehe auf und klopfe mir die Erde von der Jeans. Ein letztes Mal drehe ich mich um und betrachte die Landstraße, die von Duncan in Richtung Inverness führt. Nur selten fährt ein Auto vorbei, und meistens sitzt jemand darin, den ich kenne. So ist das, wenn man in einem Dorf lebt. Jeder kennt jeden, und Geheimnisse gibt es nicht wirklich. Aber ich habe mich damit abgefunden.

Ich sehe Pater Michael, der in seinem VW Bulli nach Chesterfield zu einer Andacht fährt. Oder Rosie Shark, Marcys Großtante und mittlerweile Bürgermeisterin von Duncan. Oder Colin und Rae, die vor wenigen Minuten in Colins gelbem Taxi vorgefahren sind. Selten, dass sich ein Fremder hierher verläuft. In den letzten Jahren hat der Tourismus immer mehr abgenommen, erst Henrys Aufenthalt in Duncan im vergangenen Winter hat wieder mehr Touristen angelockt und natürlich auch die Tatsache, dass die letzte Staffel von *War of Kingdoms* hier gedreht wurde. Sogar Tante Mary hat von Henrys nacktem Oberkörper geschwärmt.

Ich bräuchte nur in meinen Honda zu steigen und nach Edinburgh zurückzufahren. Mein altes Leben wieder aufnehmen und alles andere hinter mir lassen. Nicht, dass in der Großstadt jemand auf mich warten würde. Natürlich gibt es ein paar Leute, mit denen ich mich gut verstehe. Ein paar Freunde und meine Nachbarin Susie, die wie ich eine leidenschaftliche Leseratte ist. Aber es gibt niemanden, dem mein Herz gehört.

Die einzige Person, die diesem Status am nächsten kommen würde, lebt dreitausend Meilen entfernt und hat keine Ahnung, was ich für sie empfinde. Ich bin mir sogar ziemlich sicher, dass er nicht einmal weiß, dass ich überhaupt existiere. Na, wenn das mal kein Jackpot ist.

Sofort verwerfe ich den Gedanken wieder. Tante Mary braucht mich, und meine Wohnung habe ich längst aufgegeben. Für mich gibt es keinen Weg zurück. Aber seltsam ist es doch, dass mir dieser Gedanke immer wieder im Kopf herumspukt, obwohl ich schon so lange hier bin und da sich jedes Mal hier stehen bleibe und mir darüber Gedanken mache.

Mit dem Schlüssel in der Hand gehe ich zu meinem Wagen zurück, öffne die Tür und lasse mich auf den Fahrersitz fallen.

Küssen ist wie Schokolade essen. Süß, manchmal klebrig, und es macht unglaublich süchtig!

Ich muss ein wenig darüber nachdenken, bis mir klar wird, wann ich das letzte Mal jemanden geküsst habe. Und als mir bewusst wird, wer es gewesen ist, schießen mir Tränen in die Augen. Wenn ich jetzt einen Wunsch frei hätte, würde ich mir wünschen, dass mir jemand diese Erinnerung nimmt. Dass mein letzter Kuss nicht mehr dieser eine Kuss ist. Aber das wird nicht geschehen. Leider.

Ich starte den Motor und mache mich auf den Weg zurück.

Mein ursprünglicher Plan war nicht gewesen, hierherzukommen. Es ist fast, als hätte mich etwas hierhergeführt. Oder jemand. Wer weiß das schon? Vielleicht waren es ja auch diesmal die Trolle. Ich lache auf und schüttle über mich selbst den Kopf.

Während ich über den Friedhof gehe, spüre ich die Blicke der anderen Friedhofsbesucher auf mir. Seit meiner Ankunft bin ich hier erst zweimal gewesen und jedes Mal mitten in der Nacht. Es fühlt sich eigenartig an, bei Tageslicht hier aufzutauchen. Mrs Green lächelt mir zu, während sie an dem Grab ihres verstorbenen Mannes Unkraut zupft. Dabei erzählt sie ihm von ihrem Tagesablauf, den Neuigkeiten, die es in Duncan gibt, oder von einem Geheimnis, das im Ort die Runde macht. Es ist ein Ritual, das sie jeden Tag vollzieht. Obwohl ich mir ziemlich sicher bin, dass dieses Zeug nicht über Nacht aus dem Boden schießt. Aber es gibt ihr das Gefühl, etwas zu tun, und wer wäre ich, ihr das vorzuwerfen? Das ist nun mal ihre Art, mit dem Verlust und dem Alleinsein klarzukommen. Ich erwidere ihr Lächeln und gehe weiter, bis ich an dem Grab angekommen bin. Dem Grab meiner Mutter. Des letzten Menschen, den ich geküsst habe. Zwei Tage bevor sie bei einem Autounfall ums Leben gekommen ist. Das ist jetzt achtzehn Monate, drei Wochen und zwanzig Tage her. Der Unfallverursacher wurde nie gefasst, und ich glaube, ein Teil von Tante Mary ist an jenem Tag auch gestorben. Ihr Tod hat sie unglaublich mitgenommen. Mom war ihre Nichte, und gemeinsam haben sie mich großgezogen, nachdem mein Dad verschwunden ist.

Vielleicht hätte ich zu diesem Zeitpunkt schon zurückkommen sollen. Nach der Beerdigung bin ich sofort wieder abgereist. Quentin hat sich um alles gekümmert. Die Beerdigung. Die Erbabwicklung. Er hat alles in die Hand genommen. Und ich? Ich bin einfach nur davongelaufen. Dabei gab es in Edinburgh nichts, was mich gehalten hat. Nichts und Niemand. Ziemlich erbärmlich, ich weiß.

Was allerdings keine Kunst ist, wenn man nur wenige Leute dort kennt. Dort hat sich niemand für mich interessiert, ich war die große Unbekannte. Mit meinen eins zweiundachtzig bin ich niemandem böse, wenn er diesen Witz über mich macht.

Du bist also die große Unbekannte.
Eine lange Dürre kommt auf uns zu.
Hey, von da oben hast du voll den Überblick.

Diese Sprüche sind nichts Neues für mich. Seufzend streiche ich mir eine Haarsträhne aus dem Gesicht. Mein Blick fällt auf das Grab. Jemand hat frische Blumen in die Vase gestellt und eine Kerze angezündet. Vorsichtig gehe ich in die Knie und fahre mit den Fingerspitzen über den kalten Stein. Meine Mom hätte es gehasst, hier zu liegen. Sie war immer aktiv, hat sich um andere gekümmert und sich selten etwas gegönnt. Aber an diesem besagten Tag war sie zu ihrer Freundin Carla gefahren. Auf dem Nachhauseweg kam ihr ein Geisterfahrer entgegen. Die Wagen krachten frontal ineinander, und ihr Mini überschlug sich. Sie war sofort tot. Es war eine kleine Erleichterung, als der zuständige Arzt das sagte. So konnte ich besser damit umgehen.

Ich setze mich ins Gras und lehne mich gegen den Grabstein. Ich muss Quentin eine Nachricht schreiben, damit er sich keine Sorgen macht. Er wird vermutlich schon auf der Suche nach mir sein. Wenn ich Glück habe, hat mein Cousin noch keine Vermisstenanzeige aufgegeben. Seit ich wieder in Duncan bin, hat er permanent ein Auge auf mich. Seufzend ziehe ich mein Handy aus dem Rucksack und schicke Quentin eine Nachricht.

Ich komme in einer halben Stunde ins Ginnie's.

Quentin gehört die einzige Bar in Duncan, und sie ist sein ganzer Stolz. Und meiner. Denn dass mein chaotischer Cousin so etwas auf die Beine gestellt hat, macht mich unglaublich glücklich. Aber er soll nicht wissen, dass ich auf dem Friedhof gewesen bin. Im Grunde genommen will ich, dass überhaupt niemand davon erfährt. Doch wie ich den Radar meines Cousins kenne, weiß er bereits Bescheid. Es gibt nicht viel, das ich vor ihm geheim halten kann. Aber mein größtes Geheimnis kennt auch er nicht, und so soll es bleiben.

Ich stecke mein Handy zurück in den Rucksack und stehe ich auf. Ein letztes Mal streicht meine Hand über den Stein, dann verlasse den Friedhof.

Entlang der Main Street, die direkt durch den Ort führt, befinden sich ein paar Geschäfte, die in den letzten Monaten eröffnet wurden. Ein Second-Hand-Laden für Babyklamotten, ein Waschsalon und ein Souvenirladen für die Touristen. Daneben steht auf einem kleinen Kiesplatz ein Food Truck, der Leonie Mitchell gehört. Dort gibt es die besten Austern der Welt. An einem Baum hängen unzählige Austernschalen, die im Sonnenlicht funkeln. Es ist ein Ritual, das besonders den Kindern in Duncan gefällt. Man schreibt einen Wunsch auf die Schale und hofft, dass er in Erfüllung geht.

Ich selbst habe auch schon ein paar Wünsche daraufgeschrieben, aber kein Einziger hat sich bislang erfüllt.

Die Hoffnung stirbt bekanntlich zuletzt.

Langsam fahre ich weiter und lasse den Ort auf mich wirken. Das Dorf, in dem ich zwanzig Jahre meines Lebens verbracht habe, fühlt sich vertraut und doch so fremd an. Ein paar Meter weiter taucht Quentins Bar auf. An der Straßenecke befindet sich ein altes Steinhaus, auf dessen frisch gestrichener Fassade eine Gitarre gemalt ist. Daneben wurde ein Reklameschild angebracht: *Ginnie's*. Auf der Veranda stehen rechts und links neben der Eingangstür alte Holzbänke in bunten Farben, und eine alte, vergilbte Akustikgitarre lehnt in der Ecke.

Ich stelle den Wagen in einer Seitenstraße direkt neben dem *Ginnie's* ab und streife dabei ein altes, rostiges Fahrrad, das an einen Laternenmast gelehnt ist. Ich könnte auch bei mir zu Hause parken, aber ich habe noch Ruth Mackenzies Brautkleid im Kofferraum, das ich ihr vorbeibringen muss, worauf ich überhaupt keine Lust habe. Das Brautkleid hat mich unendlich viele Stunden Schweiß, Nerven, Zeit und Tränen gekostet, und ich bin sehr stolz darauf. Aber Ruth ist die Königin der Nervensägen und hat bestimmt schon etwas an dem Kleid auszusetzen, bevor sie es auch nur anprobiert. Dass ich es also im Kofferraum lasse, ist nur eine Verzögerungstaktik, um mich nicht mit Ruth Mackenzie auseinandersetzen zu müssen. Also werde ich mir erst mal bei Quentin die Zeit vertreiben, ehe ich in den sauren Apfel beiße.

Adam

Als ich am Flughafen in Edinburgh den Ankunftsterminal passiere, werde ich von einem kleinen Mädchen überrascht, das mir mit offenen Armen entgegenläuft. Ihre eisblonden Locken fallen ihr ins Gesicht, und sie sieht ihrer Mutter so verdammt ähnlich, dass sich mein Magen zusammenzieht.

»Adam«, ruft sie, stolpert dabei über ihre eigenen Füße, und mein Herz setzt für einen Moment aus, doch sie fängt sich und läuft weiter auf mich zu. Ihr Lachen dringt durch den Terminal des Flughafens, und ich bemerke, wie immer wieder Menschen stehen bleiben und der Kleinen dabei zusehen, wie sie den Gang entlangläuft. Es ist, als wäre dieses Geräusch der Schlüssel zu meinem Herzen, denn alle Sorgen lösen sich mit einem Schlag in nichts auf. Erleichtert lasse ich meine Tasche fallen, gehe in die Knie und breite meine Arme aus. Sie umarmt mich, ich drücke sie an mich, stehe auf und wirble sie herum. Wie sehr habe ich sie vermisst.

»Na, Prinzessin? Das ist ja eine stürmische Umarmung.«
»Du hast mir gefehlt.«
Ich streiche ihre eine Locke aus dem Gesicht und drücke ihr einen Kuss auf die Stirn.
»Du hast mir auch gefehlt.«
Ich sehe hoch und entdecke ihre Mutter, die nur wenige Meter hinter ihr steht und mich anlächelt. Neben ihr sehe ich Colin, ihren Mann, der den Arm um ihre Schultern gelegt hat und mir stumm zunickt. Er wirkt weder angepisst noch genervt, aber wachsam. Als wüsste er meinen Aufenthalt nicht so recht einzuschätzen.

Ich lasse Gwen wieder herunter, und wie gerade eben breite ich noch mal meine Arme aus. »Hier bin ich.«

Rae löst sich von Colin, kommt auf mich zu und schlingt ihre Arme um mich. Wie sehr habe ich das vermisst. Ihre Umarmungen. Ihre Berührungen. Unsere Gespräche. Seit sie in Schottland lebt, habe ich meine beste Freundin viel zu selten zu Gesicht bekommen. Schließlich liegen sechs Stunden Flug und ein Ozean zwischen uns. Und ein Ehemann.

»Willkommen zu Hause«, murmelt sie und streicht über meinen Rücken. »Das mit deinem Dad tut mir leid.«

»Danke«, murmele ich und verdränge den Kloß in meinem Hals. Für einen Augenblick möchte ich gerne auf Pause drücken. Zur Ruhe kommen. Alles hinter mir lassen.

Rae rückt ein Stück von mir ab, und ein zauberhaftes Lächeln umspielt ihre Lippen. Wie bei ihrer Tochter hängt auch ihr eine eisblonde Locke ins Gesicht, und ihre Augen sind von so einem hellen Blau, dass sie geradezu leuchten. Ich widerstehe dem Drang, ihr die Haare aus dem Gesicht zu streichen. Ich bin mir sicher, Colin hätte etwas dagegen.

»Ich bin so froh, dass du hier bist.«

Ich nicke, dann hebe ich den Kopf und halte Colin meine Hand hin, aber er versucht gar nicht erst sie zu ergreifen. Stattdessen zieht auch er mich in eine Umarmung. Im ersten Moment versteife ich mich und frage mich, ob jetzt ein Spruch à la »Sie ist meine Frau, lass die Finger von ihr« oder »Vergiss es, Kumpel, du hattest deine Chance« von ihm kommt.

»Willkommen zu Hause«, sagt er stattdessen und klopft mir auf den Rücken. Erleichterung macht sich in mir breit.

Wir haben nie darüber gesprochen, aber ich weiß, dass Colin ahnt, dass ich Gefühle für Rae hatte. Oder habe. So genau weiß ich es nicht. Aber es spielt auch keine Rolle. Sie hat mit ihm den besten Fang gemacht. Er ist derjenige, mit dem sie glücklich ist. Glücklicher, als ich es je hinbekommen hätte. Also werde ich nicht darüber nachdenken. Ich hatte meine Chance und habe sie nicht genutzt. Damit muss ich leben. Müde reibe ich mir den Nacken. Ich habe in den letzten Wochen kaum geschlafen, und der Flug nach Edinburgh war anstrengend. Ich könnte etwas Schlaf vertragen. Und eine Tasse Kaffee.

Alles in mir ist verwirrt. Aber deswegen bin ich hier. In Schottland. Um einen klaren Kopf zu bekommen.

»Was hat George zu deiner Kündigung gesagt?« Rae sitzt auf dem Beifahrersitz des gelben Taxis, das Colin restauriert hat und als seinen Wagen nutzt. Ich muss zugeben, dass ich es ziemlich cool finde. Wirklich beeindruckend. Rae dreht sich zu mir um, während Colin den Wagen fährt und stur geradeaus sieht. Gwen sitzt neben mir in ihrem Kindersitz und hält ein Buch über die kleine Meerjungfrau in der Hand. Man könnte fast meinen, sie würde es lesen, wenn es nicht auf dem Kopf stehen würde.

»Nicht viel. Er meinte, ich könne jederzeit zurückkommen.«

Rae schnaubt. »Mich hat er zum Teufel geschickt.«

»Du warst sein bestes Pferd im Stall.«

Sie verdreht die Augen. »Übertreib mal nicht.«

Doch genauso ist es gewesen, aber Rae sieht das nicht. Genauso wie ihr nicht bewusst ist, wie schön sie eigentlich ist. Das mag abgedroschen klingen, aber genau das macht sie so reizvoll. Es gibt nichts Attraktiveres als eine Frau, die nicht weiß, wie heiß sie ist.

Rae und ich haben gemeinsam als Immobilienmakler in New York gearbeitet, bis Rae von ihrer verstorbenen leiblichen Mutter ein Café in den schottischen Highlands geerbt hat. Dort hat sie dann ihren Halbbruder Iain und Colin kennengelernt, und der Rest ist Geschichte.

Niemals habe ich es bereut, sie dazu gedrängt zu haben, nach Schottland zu reisen und sich ihr Erbe anzusehen. Kein einziges Mal, obwohl das alles meine Chance auf eine gemeinsame Zukunft zerstört hat.

Aber hier geht es ihr gut, und Colin ist der Mann, dem sie ihr Herz geschenkt hat. Nicht mir.

»Was ist mit Celeste? Oder hieß sie Celine? Chloe? Charlotte?« Sie runzelt die Stirn, während Gwen zu lachen beginnt. Ein mulmiges Gefühl macht sich in mir breit. »Mami, das waren doch alle Onkel Adams Freundinnen.«

Ich bemerke Colins Blick auf mir. Er ist auf den Innenspiegel gerichtet und sieht nicht glücklich aus. Fuck! Seine Tochter kennt die Namen meiner One-Night-Stands. Ich an seiner Stelle wäre auch angepisst. Was für einen Eindruck vermittle ich dem kleinen Mädchen?

»Onkel Adam hat nun mal viele Freundinnen. Das bedeutet doch nur, dass ihn viele mögen, und das ist etwas Gutes, oder?«, sagt Colin und zwinkert Gwen zu, während ich den Blick abwende und aus dem Fenster schaue. Ich habe das alles so satt. Die One-Night-Stands. Die Bedeutungslosigkeit. Dieses Gefühl, verloren zu sein. Bisher ist mir das nie aufgefallen, aber der Tod meines Dads hat viele Fragen aufgeworfen. Fragen, auf die ich keine Antworten habe.

»Bin ich auch deine Freundin?«, fragt Gwen und greift nach meiner Hand. Mit einem Kloß im Hals drehe ich mich zu ihr um. »Ich mag dich nämlich auch sehr gerne.«

Sie grinst mich frech mit ihrem Zahnlückenlächeln an.

»Natürlich bist du meine Freundin.«

Mein Gott, dieses Kind ist mein Untergang. Nein, diese Familie ist es. Ich weiß nicht, ob es eine gute Idee gewesen ist, ausgerechnet nach Schottland zu fliehen, aber ich musste weg. Raus aus New York. Alles hinter mir lassen.

Dass mein Dad gestorben ist, war nur der Tropfen auf den heißen Stein. In den letzten zehn Jahren habe nichts anderes getan als gearbeitet, gefeiert und Frauen flachgelegt. In dieser Reihenfolge.

Ich weiß nicht, wie viele Frauen es gewesen sind. Ich weiß nur, dass ich mit keiner von ihnen eine ernsthafte Beziehung hatte. Mit keiner Einzigen. Ich erinnere mich nicht einmal genau an ihre Namen. Was sagt das über mich aus? Ich will im Grunde genommen gar nicht darüber nachdenken. Aber, wenn ich das Muster durchbrechen will, muss ich es erst mal verstehen. Was bedeutet, dass ich erst einmal herausfinden muss, warum ich das Bedürfnis habe, ständig mit einer anderen Frau in meinem Bett aufzuwachen.

Ich sehe zu Gwen, die mittlerweile in ihrem Sitz eingeschlafen ist. Ich streichle mit dem Daumen über den kleinen Handrücken. Sie sabbert im Schlaf, und diese eine widerspenstige Haarlocke fällt ihr immer wieder ins Gesicht.

Rae seufzt und lenkt ihre Aufmerksamkeit auf mich.

»Das wird wieder eine lange Nacht werden.«

Colin greift nach ihrer Hand und drückt sie. Wie gebannt starre ich darauf.

»Scheint wieder Zeit zu sein für eine Runde Gruppenkuscheln.«

Sie lächelt ihn an, und es liegt so viel Wärme in ihrem Blick, dass ich wegsehen muss. Ich ertrage ihn nicht.

»Wenn ihr einen Babysitter sucht, tut euch keinen Zwang an«, murmele ich.

»Auf keinen Fall.« Raes Stimme klingt geradezu entsetzt. »Das kann ich nicht von dir verlangen.«

Ich zucke mit den Schultern. »Warum nicht? Ich würde mich sehr gerne um Gwen kümmern.«

»Das musst du nicht«, sagt Colin und blickt mich aus dem Innenspiegel an. Er öffnet den Mund, schließt ihn dann aber wieder. Rae dreht sich zu ihm und stupst ihn an.

»Spuck's schon aus.«

»Ich will hier nicht den Moralapostel spielen, aber ich weiß, wie du dich fühlst.« Colin starrt geradeaus, und ich sehe, wie angespannt die Finger unter dem Lenkrad sind.

»Man gibt der ganzen Welt die Schuld daran. An dem Verlust. An dem Schmerz. An dem Chaos in seinem Kopf. Aber so abgedroschen es klingt, es wird besser.« Sein Blick ruht auf mir. »Irgendwann. Versprochen, Mann.«

Meine Kehle ist trocken, als ich seine Worte höre. Vor ein paar Jahren hat Colin seine Frau und seinen kleinen Jungen Elliott bei einem Brand verloren. Vor lauter Schuldgefühlen, weil er damals nicht zu Hause war, hat er Duncan zwei Jahre lang nicht verlassen. Bis Rae gekommen ist.

So schmerzhaft es klingt, ich bin mir nicht sicher, ob Colin wirklich nur den Tod meines Vaters damit gemeint hat. Es hat sich angehört, als meinte er generell den Verlust eines Menschen. Als wüsste er, dass ich irgendwie auch Rae verloren habe. Aber im Grunde genommen spielt es keine Rolle. Nichts davon spielt mehr eine Rolle.

Denn man kann nichts verlieren, was man nicht besessen hat, und Rae hat mir niemals gehört.

Es dauert eine Weile, bis wir in Duncan ankommen, und der Ort hat sich seit meinem ersten Besuch nicht verändert. Man sieht Kinder am Straßenrand spielen und Mütter, die danebenstehen und sich unterhalten. Die Stille, die diesen Ort umgibt, ist beruhigend und beängstigend zugleich. Man freut sich anzukommen und möchte am liebsten sofort wieder weglaufen. Vielleicht ist das aber auch nur der Zwiespalt in meinem Inneren.

Rae grinst, als sie sich zu mir umdreht.

»Wie lange wirst du bleiben?«

Solange sie mich hier haben wollen. Oder aber bis ich eine Antwort auf meine Fragen bekommen habe.

Ich schätze, das kann eine Zeitspanne von vierundzwanzig Stunden bis zu ein paar Jahren umfassen.

»Ich weiß es noch nicht.«

»Du kannst so lange bleiben, wie du willst«, sagt Colin, starrt aber weiterhin auf die Straße.

Dieser Mann ist für mich ein Buch mit sieben Siegeln. Meint er es wirklich so, oder sagt er es nur, weil er weiß, dass Rae mich hier haben möchte?

Als Rae mit Gwen schwanger war, hat er mich eines Tages angerufen und mich gebeten, nach Duncan zu reisen. Um bei Rae zu sein. Sie zu unterstützen.

Er hätte mir sogar ein Flugticket spendiert, was ich jedoch dankend abgelehnt habe. Ich habe keine Sekunde lang daran gezweifelt, dass er es ernst gemeint hat, und das war für mich der Augenblick, in dem ich erkannte, wie sehr er sie liebt.

Also kann ich dem Kerl nicht böse sein, denn der Mann, der die Frau so glücklich macht, die ich liebe, kann kein schlechter Mensch sein, oder?

»Danke«, murmele ich und blicke aus dem Fenster. Aber Rae lässt mich nicht vom Haken. So war sie schon immer. Die Art, wie sie einen Moment die Stirn runzelt und mich dabei ansieht, sagt mir, dass sie spürt, dass mit mir etwas nicht stimmt.

»Hast du Pläne?«

Pläne? Für meinen Aufenthalt in Duncan oder für mein Leben? Eigentlich habe ich den Entschluss gefasst, nach Schottland zu reisen, um nicht allein in meinem Apartment sitzen zu müssen. Wobei »allein« der falsche Ausdruck dafür ist. Einsam trifft es besser.

Denn genau das ist es, was mich auffrisst. Diese verdammte innere Einsamkeit.

Vielleicht erhoffe ich mir von meinem Besuch hier Klarheit. Über mein Leben. Meine Zukunft.

Vielleicht bin ich aber auch nur ein Feigling und bin davongelaufen.

Fuck, ich weiß es nicht.

Das alles will ich Rae aber nicht sagen. Nicht im Beisein von Colin und Gwen. Es ist zu persönlich. Zu intensiv.

Also zucke ich nur mit den Schultern.

»Eigentlich dachte ich mir, ich könnte mich hier ein wenig einbringen. Vielleicht Iain in der Bäckerei helfen.«

Rae beginnt zu lachen, und ich sehe, dass Colin zu schmunzeln anfängt. Habe ich etwas Falsches gesagt?

»Iain wird dich nie in der Bäckerei helfen lassen. Seit Marcy ihn nach seinem Unfall vertreten hat, weigert er sich strikt, noch mal jemanden einzustellen. Er schließt den Laden lieber, als dass er sich Hilfe holt.«

Gleichgültig zucke ich mit den Schultern. Colin parkt den Wagen am Straßenrand und stellt den Motor ab. Dann wirft er mir einen kurzen Blick zu.

»Wir feiern in ein paar Tagen eine Hochzeit. Du kannst mithelfen, wenn du willst.«

Na, wenn das mal kein Spaß wird.

Ella

Nachdem ich zwei Stunden bei Quentin im *Ginnie's* gewesen bin und mir meinen Frust von der Seele geredet habe, mache ich mich auf den Weg zu den Mackenzies. Ich bin so nervös, dass ich sogar auf meinen Lieblingseiskaffee bei Quentin verzichtet habe. Für gewöhnlich ist das mein Lebenselixier, ohne dass ich den restlichen Tag unausstehlich bin, aber jetzt ist mir irgendwie nicht danach.

Ich hoffe nur, dass ihre Cousine Charlie nicht dabei sein wird. Sie hat diese schreckliche Angewohnheit, alles negativ zu sehen.

Dabei liegt es nicht daran, was sie sagt, sondern wie sie es sagt. Darin ist sie wirklich eine Meisterin. Ich kenne sonst niemanden, der jemanden so leicht in nur wenigen Minuten verunsichern kann.

Ich sehe schon vor mir, wie Charlie eine Augenbraue nach oben zieht und dann mit ihrem übertriebenen schottischen Akzent sagt: »*Das* Kleid möchtest du anziehen?« Es sind nur fünf Wörter, aber man hört genau heraus, was sie damit sagen will.

Zu meinem Glück ist aber weder Ruth noch Charlie zu Hause, und so kann ich es der Haushälterin geben und muss mich nicht ihren Launen aussetzen.

Aber es ist nur die Ruhe vor dem Sturm, denn Ruth wird das Kleid anprobieren müssen, und mit Sicherheit fallen ihr noch Änderungen ein.

Dennoch gönne ich mir jetzt eine Tasse Kaffee und widme mich meiner großen Leidenschaft.

Was das Theaterspielen für Marcy ist, ist das Schreiben für mich. Ich liebe es, mich in Geschichten zu verlieren, mir Protagonisten auszudenken, mit ihnen zu fühlen, zu leiden, zu lachen.

Ja, ich bin sogar so durchgeknallt, dass ich mich mit ihnen unterhalte. Natürlich nur, wenn ich allein bin. Aber ja, ich habe schon so manches Streitgespräch mit ihnen geführt.

Allerdings landeten diese Geschichten immer in meiner Schreibtischschublade. Bis vor genau sechs Monaten. An diesem verregneten Tag im Herbst habe ich die ersten zwei Kapitel meiner aktuellen Geschichte bei Wattpad, einer Plattform für Schreibende, hochgeladen. Dahinter steckt eine riesige Community, die mit mir leidet, weint, lacht und die meine Figuren genauso liebt wie ich.

Und die es gar nicht erwarten kann, endlich mehr von mir zu lesen. Mein Instagram-Account ist binnen kürzester Zeit enorm gewachsen, und ich habe auch schon einige Follower bei TikTok.

Anfangs waren es nur eine Handvoll Leser, mittlerweile sind es mehr als zehntausend. Und sie alle fiebern mit mir.

Adam schlang seine Arme um meine Taille und drückte mich fest an sich. Alles an ihm war für mich berauschend. Die Art, wie er mich berührte, sorgte dafür, dass die Schmetterlinge in meinem Bauch Tango tanzten.

Und er roch so verdammt gut.

Für einen kurzen Moment hielt ich den Atem an, als seine Hände über meinen Rücken strichen. Sanft und zärtlich, als wäre ich ein kostbarer Schatz. Was würde ich dafür geben, wenn er mich für den Rest meines Lebens so halten könnte. Nur er und ich gegen den Rest der Welt.

Seufzend lehnte ich den Kopf gegen seine Schulter, schloss die Augen und genoss die Zärtlichkeiten, die er mir schenkte.

Adams Berührungen sorgten dafür, dass in mir ein Battle stattfand. Heart vs. Brain, wie ich es immer nenne. Mein Verstand, der mich regelrecht anschrie, die Finger von ihm zu lassen, gegen mein Herz, das gerade dabei war, wie Schokolade in der Sonne zu zerfließen. Ein wohliges Stöhnen entfuhr mir, und es war offensichtlich, dass mein Verstand diese Runde wohl verloren hatte. Ich war ihm nicht wirklich böse deswegen. Sanft schob er seine Hand unter mein Kinn, hob es hoch und dann ... küsste er mich, und ich kapitulierte. Was hätte ich auch anderes tun sollen? Endlich, nach all den Jahren, lag ich in seinen Armen, spürte seine heißen Küsse auf meiner Haut und konnte für einen Augenblick die Vergangenheit vergessen. Federleicht berührten mich seine Hände. Sie glitten über meinen Rücken, und sanft kniff er mich in den Hintern. Und als ich plötzlich seine Erektion spürte, die sich gegen meinen Unterleib drückte, keuchte ich sehnsüchtig auf. Adam presste seine Hand auf meinen Mund und signalisierte mir damit, leise zu sein. Niemand durfte von uns erfahren. Wenn ...

»Annabella Lucinda Finnigan! Verdammt noch mal, wo zur Hölle steckst du?«

Ich schrecke hoch und stoße dabei meine Kaffeetasse um, die sich auf meinem Nähtisch befindet. Geistesgegenwärtig ziehe ich den Laptop zur Seite, aber leider muss der Petticoat von Mrs Dunham unter meiner Ungeschicklichkeit leiden. Mist, Mist, Mist!

»EEEELLLLLAAAA!«

Stöhnend schließe ich die Augen. Ausgerechnet Charly Mackenzie. Sie hat mir gerade noch gefehlt. Miss Nervensäge höchstpersönlich. Sie ist genauso schlimm wie Ruth. Scheint wohl in der Familie zu liegen. Vielleicht handelt es sich ja um einen Gendefekt.

»Ich komme gleich«, rufe ich zurück und hoffe, dass sie eine Weile Ruhe gibt. Der untere Teil des Rocks ist mittlerweile nicht mehr eierschalenweiß, sondern kaffeebraun.

Ganz und gar nicht das, was die alte Dame sich vorgestellt hat. Fuck! Das gibt Ärger! Ich lasse den Kopf auf die Tischplatte sinken und schließe die Augen.

Ich habe keine Ahnung, wie ich das wieder hinbiegen soll. Noch eine Stunde, bis Mrs Dunham auftaucht, um den Rock abzuholen. Soweit ich weiß, ist sie zum achtzigsten Geburtstag ihrer Schwester Marge eingeladen, der unter dem Motto Fünfzigerjahre stattfinden wird. Sie haben ein altes Diner gemietet, einen Fake-Elvis engagiert, und Mrs Dunham hat mir erzählt, dass ihr Mann sogar den alten Cadillac seines Großvaters aus der Garage geholt hat. Der Oldtimer muss ein Vermögen wert sein.

Ich persönlich finde es unglaublich cool, auf diese Art in der Vergangenheit zu schwelgen, und Mrs Dunham sieht in diesem Petticoat bestimmt fantastisch aus. Sie erinnert mich ein wenig an June Carter. Ich hatte schon immer eine Schwäche für Countrymusik.

Wenn nur dieser dämliche Kaffeefleck nicht wäre. Verdammt! Ich habe ihren besonderen Tag vollkommen ruiniert. Das ist mal wieder typisch für mich.

»Ella? Wo steckst du?«

Heute bleibt mir wirklich nichts erspart. Ich werfe einen letzten Blick auf mein Manuskript, dann speichere ich es schnell auf dem USB-Stick, der in meinem Laptop steckt, und klappe ihn zu. Den Stick stopfe ich zurück in mein Nadelkissen.

Es kommt bestimmt kein Einbrecher auf die Idee, hier nachzusehen.

Nicht, dass ich paranoid wäre. Oder dass es in Duncan besonders viele Verbrechen gäbe. Bis auf die Brandserie vor ein paar Jahren, hinter der allerdings Bürgermeister Dunn steckte, gab es hier in der Vergangenheit keine besonderen Vorkommnisse. Duncan ist ein langweiliges Dorf mitten in den schottischen Highlands. Aber ich will kein Risiko eingehen. Bis jetzt kennt niemand mein Geheimnis, und so soll es auch bleiben.

Allein der Gedanke daran, dass ein Einbrecher den Stick stehlen und alles ausplaudern würde, jagt mir einen Schauer über den Rücken.

Okay, vielleicht bin ich wirklich paranoid. Schließlich ist es nur eine Liebesgeschichte. Niemand kennt Adam und Eliza. Und es ist ja nicht so, als wäre ich eine berühmte Bestsellerautorin. Aber ich würde lügen, wenn ich behaupten würde, dass ich mir nicht wünsche, mein Buch eines Tages in einer Buchhandlung zu entdecken.

So wie das Theaterspielen ein Traum von Marcy gewesen ist, so ist es mein Traum, bei einem Verlag zu veröffentlichen. Und Marcy hat mir gezeigt, dass Träume wahr werden können, wenn man nur intensiv arbeitet und daran glaubt.

Allerdings muss man kein Genie sein, um eine Verbindung zu mir herzustellen, und wenn jemand herausfindet, dass hinter meinem Love Interest niemand Geringeres als Adam Parker steckt, habe ich ein großes Problem an der Backe.

Ich gebe zu, ich war nicht sehr erfinderisch, was seinen Namen angeht, aber ich wollte die Geschichte so realistisch wie möglich gestalten. Und dazu gehört es nun mal, dass ich seinen richtigen Namen verwende. Alles andere wäre seltsam für mich gewesen.

Aber die Protagonistin heißt Eliza. So wie mein Pseudonym. Ich bin Eliza Woods.

Duncan ist bekannt dafür, dass alles hier Augen und Ohren hat. Es ist praktisch unmöglich, etwas geheim zu halten. Aber bisher ist es mir gelungen, und ich habe nicht vor, das zu ändern.

Ich habe es noch niemandem gegenüber erwähnt, und so soll es auch bleiben. Nicht, weil ich Angst vor den Reaktionen meiner Mitmenschen habe. Zumindest ist das nicht der Hauptgrund.

Ein viel größeres Problem wäre es, wenn der wirkliche Adam hinter mein Geheimnis käme.

Aber Adam Parker lebt rund dreitausend Meilen von Duncan entfernt in New York. Zudem hat er keine Ahnung, dass ich existiere, und ich bin ihm nur ein einziges Mal begegnet. Ich schätze, ich muss mir also keine Sorgen machen, dass er mir auf die Schliche kommt.

Seufzend stehe ich auf, streiche meinen salbeigrünen Faltenrock, den ich selbst genäht habe, glatt und atme tief aus, ehe ich das Nähatelier verlasse und nach vorn in den Verkaufsraum gehe.

Als ich im Foyer ankomme, sehe ich Charly, wie sie mit ihren perfekt manikürten weinroten Fingernägeln an der Theke lehnt und wild darauf trommelt. Sie sieht perfekt wie immer aus, schwarzer Bob, Stirnfransen, rote Lippen, und erinnert mich an eine Burlesque-Tänzerin. Ich setze mein professionelles Lächeln auf und verfluche mich dafür, dass ich vorhin nicht daran gedacht habe, den Laden zuzusperren.

»Hey, Charly. Was kann ich für dich tun?«

»Na, endlich! Ich stehe mir schon seit zehn Minuten die Beine in den Bauch. Was hast du da hinten denn gemacht? Pornos angesehen?«

Mir bleibt für einen Moment die Luft weg, und ich spüre, wie mir die Röte in die Wangen schießt.

Ich versuche mit aller Kraft mir nichts anmerken zu lassen. Sie muss nicht wissen, dass ich gerade tief in den Plot meiner neuesten Liebesgeschichte versunken war.

Fieberhaft überlege ich, was ich ihr antworten soll. Ihr breites Grinsen jagt mir eine Höllenangst ein. Weiß sie vielleicht etwas? Meine Hände sind feucht, und ich wische sie an meinem Rock ab, ehe ich das Kinn hebe. Ich darf mir meine Unsicherheit nicht anmerken lassen. Charly ist wie eine Hyäne. Manchmal glaube ich fast, sie kann riechen, wenn jemand unsicher ist oder Angst hat. Aus Charly wäre bestimmt auch ein guter Dementor geworden. Ich kann mir bildlich vorstellen, wie sich ihre Nasenflügel weiten und sie tief den Duft meiner Angst einatmet. Ihr lautes Lachen reißt mich aus meinen Gedanken.

»Schau nicht so schockiert. Ich mach doch nur Spaß. Kein Mensch würde auf die Idee kommen, dass du dir dort hinten heimlich einen erotischen Film reinziehst.«

Ich weiß nicht, was mich mehr stört. Dass sie es mir zutraut oder die Tatsache, dass es nicht der Fall ist. Aber warum wundere ich mich? Schon seit meiner Schulzeit hält mich Charly Mackenzie für verklemmt, spießig und langweilig, und ich weiß, dass sie mit ihrer Meinung nicht allein ist.

Ich ziehe meine weiße Schluppenbluse gerade und setze mein perfektes Lächeln auf.

»Ich habe gerade den Saum eines Kleides ändern müssen. Dabei trage ich Kopfhörer und höre Musik, deshalb habe ich dich nicht gehört.« Nicht ganz die Wahrheit, aber im Grunde genommen auch keine Lüge. Wenn ich schreibe, versinke ich immer in einer anderen Welt. Dann bin ich gefesselt und drifte so weit ab, dass ich nichts mehr um mich herum wahrnehme. Dafür brauche ich nicht einmal Musik.

Charly blickt mich mit zusammengekniffenen Augen an. Sie glaubt mir nicht, und ich sehe sie regelrecht vor mir, wie sie nach hinten stürmt und meinen Laptop aufklappt. Allein bei dem Gedanken daran beginnt mein Herz zu rasen.

Aber dann entspannt sie sich, und ein schmales Lächeln erscheint auf ihrem Gesicht.

Gefahr gebannt. Gott sei Dank.

Charly lehnt sich über die Theke und funkelt mich an. Dabei fixieren mich ihre Augen, die so dunkel sind, dass man die Pupillen kaum erkennen kann. Alles in mir zieht sich zusammen. Ich kenne diesen Blick. Himmel, in den vergangenen zwei Monaten habe ich ihn mindestens einmal die Woche zu Gesicht bekommen. Ich warte nur noch darauf, dass sie die Bombe platzen lässt.

»Ruth gefällt das Brautkleid nicht mehr.«

Genau das habe ich gemeint.

Ruth Mackenzie ist die schwierigste, gemeinste, arroganteste Braut, die ich kenne.

Und sie ist der Meinung, dass sich alle Welt vor ihr verbeugen muss, nur weil sie die Erbin des Mackenzie-Clans ist. Ihr Urgroßvater hat vor über hundert Jahren aufgrund einer verlorenen Wette den Mackenzie Single Malt Whisky hergestellt, und seitdem schwimmt die Familie regelrecht in Geld.

Die Welt ist einfach ungerecht.

Dass Ruth in zwei Wochen heiratet, verkompliziert das Ganze noch etwas mehr.

»Was genau gefällt ihr denn nicht?«, frage ich vorsichtig, auch wenn sich alles in mir dagegen sträubt.

Es ist nicht so, dass Ruth das Brautkleid schon seit Monaten in ihrem Schrank hängen hat und sich einfach umentschieden hat.

Nein, ich habe das Kleid nach ihren Vorstellungen für sie geschneidert, und es befindet sich seit vierundzwanzig Stunden in ihrem Besitz.

Vierundzwanzig Stunden!

»Eigentlich alles. Sie ist der Meinung, die Farbe passt doch nicht so gut zu ihrem Teint und würde sie blass aussehen lassen. Zudem ist der Schnitt ein wenig unvorteilhaft, und es ist sowieso viel zu kurz. Kennst du Lady Dis Hochzeitskleid? So etwas stellt sie sich vor.«

Ich schließe die Augen und atme tief aus. Lady Dis Kleid bestand aus elfenbeinfarbenem Seidentaft und hatte eine Schleppe von über sieben Metern. Ich weiß es so genau, weil meine Tante Mary ein Bild von ihr und Prinz Charles in ihrem Wohnzimmer hängen hatte. Schon als sechsjähriges Mädchen wusste ich, dass das Kleid mit über zehntausend Perlen bestickt ist und ein Hufeisen auf dem Unterrock zu sehen ist, das aus achtzehnkarätigem Gold besteht. Mal abgesehen davon, dass es damals so viel gekostet hat wie ein neuer Aston Martin. Aber das behalte ich für mich.

Wie immer.

»Nun, ich werde es nicht schaffen, ihr in der kurzen Zeit ein neues Kleid zu nähen. Ruth müsste hier im Laden vorbeisehen. Vielleicht gefällt ihr ja eines der Kleider, die wir noch im Lager haben.« Na bitte, hört sich doch sehr diplomatisch an.

Charly zieht die rechte Augenbraue nach oben, die so dünn gezupft ist, dass man sie kaum erkennt. »Im Lager? Sie soll ein Kleid von der Stange tragen? An ihrer *eigenen* Hochzeit? Ist das dein Ernst?«

So wie die meisten Bräute, aber das sage ich nicht. Die wenigsten sind finanziell dazu in der Lage, sich ein Kleid genau nach ihren Vorstellungen schneidern zu lassen. Aber auch das verkneife ich mir. Auch wenn es mir auf der Zunge liegt.

Wie gerne würde ich Charly hinauswerfen, mich wieder an meinen Laptop setzen und weiter an der Liebesgeschichte von Eliza und Adam schreiben. Außerdem haben mich ein paar Leserinnen über meinen Wattpad-Account angeschrieben, denen ich noch antworten will, und ich muss das nächste Kapitel hochladen.

»An was habt ihr denn so gedacht?«, frage ich stattdessen und greife nach einer champagnerweißen Spitzenstola, die auf einem Stuhl liegen geblieben ist. Meine Hände ballen sich zu Fäusten um den Stoff. Am liebsten würde ich Charly damit erwürgen. Meine Mordgedanken sind manchmal so ausgeprägt, dass ich mit dem Gedanken spiele, vielleicht eines Tages einen Krimi zu schreiben.

Aber das kann ich nicht. Ich bin auf Ruth Mackenzies Hochzeit angewiesen. Oder besser gesagt: auf ihr Geld.

»Ruth hatte gehofft, du könntest ihr ein neues schneidern.«

Okay, das ist bestimmt ein Witz. Ich lache laut auf, aber Charly blickt mich weiterhin an. Nichts an ihrem Gesichtsausdruck deutet darauf hin, dass sie einen Scherz gemacht hat. Fassungslos schüttle ich den Kopf.

»Bis zur Hochzeit sind es gerade mal zwei Wochen. Das schaffe ich niemals.«

Charly verzieht das Gesicht, als würde sie darüber nachdenken.

»Ich bin mir ziemlich sicher, dass Ruth darüber sehr unglücklich sein wird. Und mein Onkel übrigens auch. Er hält sehr große Stücke auf dich.«

Seufzend lasse ich den Kopf sinken. Damit hat Charlie mich, und das weiß sie. Es gibt da noch diese eine Option. Mein Ass im Ärmel, aber eigentlich hatte ich gehofft, nicht darauf zurückgreifen zu müssen. Es gibt noch dieses Kleid, das meine Tante aufbewahrt hat. Eigentlich war es einmal für meine Hochzeit gedacht, aber da es in den Sternen steht, ob ich überhaupt mal heiraten werde, kann ich es auch Ruth überlassen. Sie ist zwar deutlich kleiner als ich, aber es zu kürzen dürfte das geringste Problem sein. Ich bin mir ziemlich sicher, dass Ruth begeistert sein wird. Es ist ein absoluter Traum.

Und es würde perfekt zu Ruths dunklem Teint und ihren walnussbraunen Haaren passen.

Viel besser als zu mir.

»Ich habe vielleicht eine andere Lösung. Sag Ruth, sie soll bei mir vorbeikommen. Vielleicht habe ich ein anderes Kleid für sie. Aber sie soll allein kommen.« Mit Ruth komme ich klar, es ist Charly und der gesamte Mackenzie-Clan, die das Gespräch boykottieren könnten.

Charly scheint mein Vorschlag überhaupt nicht zu gefallen. Missmutig presst sie die Lippen aufeinander.

»Warum nur sie allein?«

»Weil sie die Braut ist. Nur ihre Meinung zählt.«

Charly scheint über meine Worte nachzudenken, und zu meiner Überraschung ist sie einverstanden.

»Okay.«

»Okay?«, frage ich vorsichtig nach. Bei Charly kann man sich nie sicher sein.

Sie zieht eine Augenbraue nach oben und signalisiert mir damit, dass sie mich für dämlich hält.

Aber ehrlich gesagt denke ich das Gleiche von ihr.

»Natürlich wird mein Onkel für beide Kleider bezahlen, falls sie ihm dann auch gefallen. Dafür muss es aber perfekt und am Hochzeitstag fertig sein. Genauso wie Ruth es sich vorstellt. Verstanden?«

In Gedanken rechne ich alles zusammen. Das sind insgesamt zehntausend Pfund. Ein kleines Vermögen.

Das wäre perfekt. Die Schulden, die ich von Tante Mary übernommen habe, zerren an meinen Nerven, und damit könnte ich sie fast vollständig zurückzahlen. Mit nur einem Kleid! Oder zwei, wenn man es genau nimmt.

Es wäre sozusagen ein Jackpot, und ich hätte genug Zeit, weitere Kapitel meines Romans zu schreiben.

Ich weiß, wie sehr meine Leser auf eine Fortsetzung warten. Ich kann sie nicht noch zwei weitere Wochen vertrösten.

Ich beiße mir auf die Unterlippe, während Charly mich ungeduldig ansieht.

»Einverstanden.«

»Dann bis später, Ella.« Sie schenkt mir ein letztes Lächeln, dann nickt sie und verlässt den Laden.

Einen Moment starre ich ihr nach. Es muss schön sein, wenn die ganze Welt sich um einen dreht. Wenn man sich alles kaufen kann und Geld keine Rolle spielt. Ich wünschte, ich könnte auch so sorgenfrei durchs Leben gehen. Es muss ein sehr befreiendes Gefühl sein, wenn man sich um nichts kümmern muss.

Seufzend schließe ich die Tür ab und gehe zurück an meinen Laptop. Ich halte kurz inne, um herauszufinden, ob sich ein schlechtes Gewissen in mir breitmacht, aber erleichtert stelle ich fest, dass es nicht so ist. Heute wird niemand mehr den Laden betreten, um ein Brautkleid zu kaufen, und falls Charlie noch mal auf die Idee kommt, hier aufzukreuzen, ist der Laden einfach schon geschlossen.

Ich ziehe den alten Plastikstuhl zur Seite, klappe den Laptop auf, und als das Manuskript auf dem Bildschirm erscheint, verliere ich mich wieder in meiner Geschichte.

Adam

Jeden Morgen stehe ich um Punkt 5 Uhr morgens auf, gehe eine Runde im Central Park joggen und hole mir dann bei *Lucy's Coffeeshop* an der Upper East Side einen extrastarken Espresso macchiato und eine Tüte Blaubeermuffins, die ich meiner Nachbarin Mila vorbeibringe. Es ist eine Art stumme Vereinbarung zwischen uns. Sie bekommt von mir ihr Lieblingsgebäck, und dafür macht sie keine Probleme, wenn ich abends Damenbesuch mit nach Hause bringe. Die Wände sind dünn und das Haus ein wenig in die Jahre gekommen. Es ist nicht so, dass ich mir nicht etwas Neues leisten könnte, aber ich mag mein Apartment und die Gegend, in der ich wohne. Nur leider kann laute Musik, Gelächter oder auch schon ein quietschendes Bett nachts ziemlich stören. Mila hat sich, ohne mit der Wimper zu zucken, auf meinen Deal eingelassen.

Allerdings bin ich jetzt nicht mehr in New York und muss mich hier ein wenig neu orientieren. Statt in *Lucy's Coffeshop* stehe ich in Raes Café und betrachte die schwarze Tafel, die sich an der Wand hinter der Theke befindet und auf der der Kaffee des Tages steht. Ein extragroßer Americano mit einem Schuss Mackenzie Whisky.

Okay, diese Schotten sind ganz schön durchgeknallt. Es ist noch nicht einmal Mittag. Wenn das Raes Idee gewesen ist, dann hat die schottische Mentalität schon mehr auf sie abgefärbt, als mir bewusst war. Unsere gemeinsamen Abende in New York haben wir ausschließlich im *Stanley's*, einer In-Bar in Hell's Kitchen, bei einigen Whisky-Shots, ein paar

Mimosa oder einem Manhattan Daiquiri verbracht. Aber die Rae von damals existiert nicht mehr, und ich frage mich, ob es diesen Adam noch gibt. Wenn ich ehrlich bin, hoffe ich es nicht. Allein der Gedanke an die Oberflächlichkeit, die Gleichgültigkeit, die Beliebigkeit, die meinen Alltag beherrscht hat, frisst mich beinahe auf.

Ich entscheide mich für einen schlichten Kaffee und zwei Himbeer-Scones, auch wenn es diesmal niemanden gibt, den ich erpressen muss. Ohne darüber nachzudenken, mache ich ein Foto davon und schicke es Mila. Sie würde das *Iris* lieben. Das Café ist ziemlich oldschool und absolut gemütlich. Hier trifft Alt auf Neu, Holz auf Glas, antik auf modern. Mitten im Raum hängt ein alter Kristallkronleuchter an der Decke, und eine alte Holztreppe führt über eine Galerie mit zwei Gästezimmern in den ersten Stock.

Ein paar Stühle sind im Raum verteilt, dazwischen befinden sich bunte Sitzsäcke und am Fenster hohe Tische und Barhocker. Im hinteren Bereich des Cafés gibt es einen Wintergarten mit meterhohen Regalen, die gefüllt mit Unmengen von Büchern sind. Man fühlt sich wie in der New York Library, und ich frage mich, ob das Raes Methode ist, um mit dem Heimweh klarzukommen. Manchmal hat sie den ganzen Tag in der Bibliothek verbracht, und ich konnte sie nur mit einem extragroßen Spicy Pumpkin Latte herauslocken. Hinter dem Haus befindet sich eine Terrasse für laue Sommernächte. Rae hat eine Hollywoodschaukel aufstellen lassen, und überall hängen Lichterketten und Lampions.

Aber Milas Herz würde für die Kuchentheke höherschlagen. Raes Bruder Iain gehört die Bäckerei nebenan, und er versorgt das *Iris* mit den köstlichsten Leckereien. Seit Henry Lucas, der Ehemann von Raes bester Freundin Marcy und Seriensuperstar, sich mit Iain zusammengetan hat und nun stiller Teilhaber ist, entstehen dort regelmäßig neue Köstlichkeiten. Ich weiß das deshalb so genau, weil Rae es sich nicht nehmen lässt, mir Fotos von Iains neuesten Kreationen zu schicken, die auf Instagram derzeit ziemlich gefeiert werden. Vor ein paar Wochen hat sie mir sogar extra per Expresslieferung seine neuste Kreation geschickt: Cruffins – eine Mischung aus Muffin und Croissant. Manchmal ist sie ziemlich durchgeknallt, aber genau das macht sie so liebenswert.

Ich höre Raes Stimme aus der Küche, und als die Tür aufgeht, kommt sie zusammen mit einer ziemlich attraktiven Brünetten heraus. In New York wäre sie genau der Typ Frau, den ich abends mit nach Hause nehmen würde. Allerdings bin ich mir nicht sicher, ob das hier in Schottland auch zutrifft.

»Hey, Adam. Wenn du was brauchst, dann wende dich an Iain. Er sucht verzweifelt nach einem Versuchskaninchen. Aber lass dich von dem verbrannten Geruch nicht täuschen. Und falls du Gwen suchst: Sie ist mit Colin bei Brenda. Sie sind gerade dabei, ein Insektenhotel zu bauen. Ich muss zu den Mackenzies und mich um die Hochzeitsvorbereitungen kümmern.«

Ich sehe noch, wie sie mir kurz zuwinkt, dann verschwindet sie durch den Hinterausgang.

Die Brünette reicht mir die Tüte mit dem noch warmen Gebäck über die Theke und schiebt mir lächelnd den Kaffeebecher zu. »Hier, deine Scones und ein extragroßer Kaffee. Schwarz. Ohne Zucker.«

»Danke«, murmele ich und halte ihr meine Kreditkarte hin, die sie stirnrunzelnd anstarrt, als hätte ich ihr gerade eine Tüte Kokain angeboten.

»Rae hat mir heute ausdrücklich gesagt, dass ich von Adam Parker auf keinen Fall Geld annehmen darf, sonst wirft sie mich raus. Es tut mir echt leid, aber ich mag meinen Job.«

Ich betrachte sie genauer. Ihre haselnussbraunen Locken hat sie zu einem frechen Zopf zusammengebunden, und ihre Augen haben eine Farbe, die sich nicht genau definieren lässt. Eine Mischung aus Zimtbraun und Hellgrau mit goldenen Sprenkeln. Ungewöhnlich, aber ziemlich heiß.

»Ich glaube, ich habe mich noch nicht vorgestellt. Ich bin Camille.« Sie hält mir ihre Hand entgegen und eine kurze, ungute Erinnerung blitzt in mir auf, aber ich versuche sie mit aller Kraft zu verdrängen. Mit diesem Namen habe ich schlechte Erfahrungen gemacht.

Ich sage nur: Aufzug. Blowjob. Videokamera.

Camilles Locken fallen ihr über die Schultern und rahmen ihre hohen Wangenknochen, die Stupsnase und die vollen Lippen ein. Sie ist sehr attraktiv, keine Frage.

Unsere Finger berühren sich, und einen Moment erstarre ich. Warte darauf, ob ich etwas spüre. Etwas Warmes. Etwas Prickelndes. Etwas, das ein Gefühl in mir auslöst. Ich bin nicht wählerisch, mir genügt schon ein kleines Kribbeln. Aber da ist nichts.

Mein Reservekanister an Gefühlen ist aufgebraucht.

Ich ziehe die Hand zurück und lächle Camille an, als wäre nichts gewesen. Auch sie lächelt, aber ich kann die Enttäuschung in ihren Augen sehen, und sofort macht sich das schlechte Gewissen in mir breit. Dabei habe ich ihr nichts versprochen. Ich habe niemandem etwas versprochen.

»Es gibt hier also bald eine Hochzeit?«

Camille seufzt tief. »Ruth Mackenzie. Ihrem Vater gehört die größte Whiskydestillation in den Highlands.«

Ich greife nach der Tüte und drehe mich um.

»Kommst du am Freitag auch ins *Ginnie's*? Ruth und Jamie feiern ein wenig und haben fast den ganzen Ort eingeladen.« Camille streicht sich eine Locke aus dem Gesicht und lächelt verlegen. Ich weiß nicht einmal, wer Ruth und Jamie sind. Ich habe nicht vor, während meiner Zeit hier viele Bekanntschaften zu schließen. Im Grunde genommen bin ich nur nach Duncan gekommen, um Rae nahe zu sein und einen klaren Kopf zu bekommen. Und mir zu überlegen, was ich mit dem Scheck über dreihunderttausend Dollar machen werde, der sich in meinem Koffer befindet und den ich bisher nicht angerührt habe.

Ich habe noch niemandem davon erzählt. Die Einzige, die davon weiß, ist meine Mutter, die mir damit in den Ohren liegt, endlich über meinen Schatten zu springen und in die Firma meines Dads einzusteigen. Ich muss erst ein wenig zu mir finden, bevor ich mich entscheide. Sobald das erledigt ist, packe ich meine Sachen und verschwinde von hier.

Irgendwohin.

An einen Ort, an dem mich niemand kennt. Einen Platz, an dem ich neu anfangen kann. In diesem Moment klingelt mein Handy, und als ich es aus meiner Hosentasche ziehe, entdecke ich auf dem Display den Namen Scott Johnson. Er ist der Anwalt meines Vaters und macht schon seit Wochen Jagd auf mich. Keine Ahnung, was er sich von seinen zahlreichen Anrufen erhofft. Vielleicht hat er gehofft, dass ich das Erbe ausschlage, dann hätte er es Jessica Flint übertragen können, Dads letzter Lebensgefährtin. Ich sollte wohl nicht wütend darüber sein. Wie heißt es so schön: Der Apfel fällt nicht weit vom Stamm. Warum rege ich mich über die Affären meines Vaters auf, wenn ich genauso bin?

Aber ich habe meine Frau nicht betrogen, so wie mein Vater es getan hat. Vielleicht steige ich deshalb jede Nacht mit einer anderen Frau ins Bett. Vielleicht fällt es mir deshalb so schwer, mich zu binden. Weil ich meines Vaters Sohn bin. Ich habe seine Gene geerbt, und vermutlich liegt das Fremdgehen in meiner DNA. Das ist etwas, das ich meiner zukünftigen Frau ersparen möchte.

So gesehen bin ich wohl ein selbstloser Mistkerl.

Camille scheint zu bemerken, wie sehr ich in Gedanken vertieft bin, denn sie lehnt sich noch ein wenig mehr über die Theke und blickt mich mit großen Augen an. Dabei habe ich einen erstklassigen Blick auf ihr Dekolleté. Ich schätze, sie hat ein C-Körbchen. Genau mein Typ.

Wenn ich ehrlich bin, könnte ich etwas Ablenkung gebrauchen. Vielleicht liegt es an den fehlenden Erinnerungen oder an den vorhandenen. Ich weiß es nicht. Aber Camille wäre in der Lage, mir ein paar Stunden Sorglosigkeit zu schenken. Ein kaltes Bier, gute Musik, und ich bin mir sicher, dass sie mich danach mit in ihr Apartment nehmen und mir alle schlechten Gedanken aus dem Kopf vögeln würde.

Obwohl ich mir geschworen habe, nicht mehr nur für eine Nacht mit einer Frau ins Bett zu gehen. Nie mehr bedeutungslosen Sex zu haben.

Aber es wäre so leicht zuzusagen, um für einen Abend alles zu vergessen. Für ein paar Stunden so zu tun, als wäre mein Leben kein einziges Chaos. Vielleicht sollte ich mit ihr ins *Ginnie's* gehen. Was habe ich schon zu verlieren?

»Mal sehen.« Es ist kein Versprechen, nur zwei dahingesagte Wörter, dennoch beginnen ihre Augen zu funkeln.

»Ich würde mich freuen.« Camille hebt die Hand, und ein zaghaftes Lächeln umspielt ihre Lippen. Ich nicke ihr kurz zu, dann drängele ich mich an dem Kerl, der hinter mir steht, vorbei nach draußen. Genau in diesem Moment steht Rosie Shark vor mir. Sie hat mir gerade noch gefehlt.

Ella

»Was mache ich denn, wenn Ruth das andere Kleid auch nicht gefällt?«, murmele ich und greife nach dem Cappuccino, den mir Iain über die Theke reicht. Ich habe ihm von Charlys Besuch gestern erzählt, und wie immer hört er mir geduldig zu. Das ist etwas, das ich an Iain echt zu schätzen weiß. Er hat für jeden ein offenes Ohr. Vielleicht hätte er besser Psychologe werden sollen, anstatt die Bäckerei zu übernehmen. Wobei ich dann auf seine Apfelzimtrollen verzichten müsste. Nein, keine Chance.

»Das ist doch dann nicht dein Problem. Sie wird so schnell kein neues Kleid auftreiben können. Dann muss sie es sich bei jemand anders kaufen, und du bist sie los. Ich weiß gar nicht, warum du dir so den Kopf darüber zerbrichst.« Iain grinst mich an und schiebt mir einen Cruffin über die Theke. Cruffins sind seine neueste Kreation. Voriges Jahr wurde in Duncan die letzte Staffel der berühmten Serie *War of Kingdoms* gedreht. Nachdem Iain einen Autounfall hatte, ist Marcy für ihn eingesprungen und hat die Filmcrew mit Backwaren versorgt und sich dann Hals über Kopf in Henry verliebt. Na ja, und da Henry schon lange die Nase voll hatte vom Filmgeschäft und Backen seine große Leidenschaft ist, hat er sich als Iains Teilhaber angeboten. Seitdem backen die beiden, was das Zeug hält, und jede Woche gibt es neue Kreationen. Henry ist mit Marcy nach Australien geflogen, während Iain gerade versucht seine Cruffins unter die Leute zu bringen.

Ich beiße in das Gebäck und zerfließe innerlich. Die Mischung aus Croissant und Muffin ist unglaublich lecker und mein persönlicher Untergang. Vergesst die Apfelzimtrollen. Die Welt gehört den Cruffins.

»Das stimmt schon«, murmele ich. »Aber ich brauche das Geld. Das Pflegeheim für Tante Mary verschlingt ein Vermögen, und lange wird die Lebensversicherung nicht ausreichen. Aber vielleicht hätte ich doch ablehnen sollen. Ich kann einfach nicht Nein sagen. Das ist meine Schwäche, und Charly weiß das.« Ich schiebe mir noch ein kleines Stück in den Mund. Gott, schmeckt das gut.

Wenn man groß und schlank ist, bedeutet das nicht automatisch, dass man keine Figurprobleme hat. Es ist nur leider so, dass die Menschen immer nur Dicksein damit verbinden, aber auch wir Dünnen leider manchmal darunter. Nur werden wir damit oft nicht ernst genommen. Aber nur weil meine Waage kein Gramm zu viel anzeigt, scheint mir nicht die Sonne aus dem Hintern.

Ich weiß gar nicht, wie oft ich mir als Teenager anhören durfte: Du kannst so froh sein, Ella. Du kannst essen, was du willst, und nimmst nicht zu.

Ja, genau das ist mein Problem.

Gerade als ich Iain sagen will, wie gut seine Cruffins sind, taucht ein Lockenkopf neben mir auf.

»Jeder in Duncan weiß, dass du nicht Nein sagen kannst. Das ist dein zweitgrößtes Problem, Ella.« Camille grinst mich an, und ich verschlucke mich fast an meinem Gebäck. Ich weiß nicht, ob sie es nur so dahingesagt hat oder ob sie mir damit eine reinwürgen will. Ich frage mich, was mein größtes Problem ist, aber ich halte lieber den Mund, als mir noch eine Stichelei anhören zu müssen. Lieber sterbe ich an der Unwissenheit als an ihrer Beleidigung.

Camille arbeitet seit ein paar Wochen bei Rae im Café, und schon seit ihrem ersten Tag kann sie mich nicht ausstehen. Dabei weiß ich überhaupt nicht, was ich ihr getan habe.

Wenn ich ehrlich bin, habe ich bisher noch nicht einmal viel mir ihr geredet. Aber so wie sie sich gibt, scheint sie eine Menge über mich zu wissen.

Mein Blick fällt auf Iain, der sie nur anstarrt. Himmel, wieder dieser Hundeblick. Er gehört auch zu der Fraktion hier im Ort, die ihr verfallen ist. Es würde mich nicht wundern, wenn in seinen Augen rote Herzen aufleuchten würden.

Okay, sie ist hübsch. Genau der Typ Frau, den Männer bevorzugen. Es gibt einfach eine Kategorie, die jeder Mann anziehend findet, egal, ob sie seinem Typ entspricht oder nicht.

Aber bei Iain sehe ich noch etwas anderes. Dieser weiche Ausdruck in seinen Augen, wenn er sie ansieht. Das Lächeln auf seinen Lippen.

Das nervöse Zucken seiner Wimpern. Ich kenne Iain lange genug, um zu wissen, dass er ernsthaft an Camille interessiert ist.

Aber sie scheint ihn überhaupt nicht zu beachten. Armer Kerl. Iain ist kein Titelmodel für die GQ, aber er ist durchaus attraktiv.

»Kannst du mir ein paar Cronuts und neue Himbeer-Scones bringen, Iain? Unser Vorrat geht allmählich zu Ende, und wir haben noch nicht einmal Mittag.«

»Mach ich«, sagt Iain, und ein breites Lächeln umspielt seine Lippen. Himmel, der Typ ist total vernarrt in sie.

»Danke.« Sie lächelt zurück, und während sie wartet, tippen ihre Fingernägel auf der Glastheke. Dabei wirft sie mir immer wieder einen spöttischen Blick zu. Einen Moment wage ich sogar, an mir herabzusehen. Habe ich vielleicht Himbeermarmelade auf meinem Shirt?

Aber da ist nichts zu sehen. Was hat sie denn nur für ein Problem?

»Kannst du mir die Sachen ins Café bringen, Iain? Ich muss wieder rüber.«

»Klar«, ruft Iain aus der Backstube, die sich im hinteren Bereich der Bäckerei befindet.

Camille wirft mir noch einen kurzen Blick zu, dann verschwindet sie wieder Richtung Café. Seit dem Umbau sind das *Iris* und die Bäckerei miteinander verbunden, sodass man einen Blick von dem einen Raum in den anderen werfen kann. So kann Iain auch mal einspringen, wenn im Café viel zu tun ist, oder Rae schickt eine Aushilfe zu Iain, wenn dieser gerade in der Backstube verschwinden muss.

Ein Klingeln ertönt, und als ich mich umdrehe, taucht Quentin mit einem breiten Grinsen auf, er hat die Arme um die Taille einer kleinen Blondine geschlungen. Seine Haare sind zerwühlt, sein Shirt zerknittert, und seine Begleitung sieht genauso aus. Vermutlich haben die beiden heute Nacht nicht viel Schlaf abbekommen. Ich ziehe eine Augenbraue hoch und blicke meinen Cousin fragend an.

Es kommt nicht oft vor, dass er eine Frau im Arm hält. Was hauptsächlich daran liegt, dass er sich selten auf etwas Festes einlässt. Er verbringt die Nacht mit ihnen, aber zum Frühstück ist er schon wieder verschwunden.

Oder hat sie vor die Tür gesetzt.

Beides keine besonders charmanten Eigenschaften.

Dass es sich heute anders verhält, beunruhigt mich ein wenig. Denn das ist das einzig Positive an diesen Gewohnheiten. Sie sind berechenbar.

»Hey, wie geht's?«, murmelt Quentin, und der Arm um die Taille seiner Blondine wird ein wenig lockerer. Hat er Angst, ich könnte falsche Schlüsse ziehen? Dass er vielleicht ernsthaft an ihr interessiert sein könnte?

»Gut«, sage ich so fröhlich wie möglich und lächle die Frau an seiner Seite an. Dann strecke ich die Hand aus und reiche sie ihr. »Hey, ich bin Ella. Quentins Cousine.« Ihr Blick ist so eindeutig, dass ich zurückschrecke. Kühl. Arrogant. Vernichtend.

Es ist ein Fehler. Wie immer. Es ist jedes Mal so, wenn ich versuche, Kontakt mit seinen Bettbekanntschaften aufzunehmen. Nicht, weil ich besonders scharf darauf wäre, sondern weil sie mir leidtun. Manchmal glaube ich, sie sind sich über das Ausmaß dieser ganzen Angelegenheit nicht im Klaren. Er hat einfach kein Interesse an einer ernsthaften Beziehung.

Quentin sieht die Frau nicht einmal an. Langsam schüttelt er den Kopf, seine Augen fixieren mich, als würde er mich anschreien: Halt die Klappe.

Vermutlich sollte ich mich einfach nicht einmischen.

»Kommst du auch zu Ruth und Jamies Junggesellenabschied, Ella?«, fragt Quentin stattdessen. Es ist offensichtlich, dass er mich damit ablenken will, und es gelingt ihm.

Der Junggesellenabschied. Ich erinnere mich, dass Ruth vor ein paar Wochen beiläufig so was erwähnt hat. Aber zählt das als Einladung? Ich bin mir nicht sicher, ob ich hingehen soll. Ich bin kein Fan solcher Veranstaltungen. Der Gestank von schalem Bier, die laute Musik, und meistens klebt irgend so ein Typ an einem, den man nicht mehr loswird. Eigentlich würde ich lieber an meiner Geschichte weiterschreiben.

Allerdings wäre es nicht schlecht, dort aufzutauchen. Ich weiß, dass Quentin sonst wieder einen blöden Spruch loslassen würde. Er würde mich Einsiedlerin, spießig und langweilig nennen. Seltsamerweise stört es mich nicht, wenn andere mich so nennen, aber bei Quentin macht es mir etwas aus.

»Ich weiß es noch nicht«, murmele ich und nippe an meinem Cappuccino. Vielleicht habe ich Glück, und sie lassen es darauf beruhen.

»Wir könnten zusammen hingehen«, sagt Iain und wischt sich die bemehlten Hände an einem Handtuch ab. »Dann haben wir beide eine Ausrede, um wieder verschwinden zu können.«

Verwirrt sehe ich ihn an. »Wie meinst du das?«

»Dann haben wir beide eine Ausrede, falls wir die Party vorzeitig verlassen wollen.«

»Ich verstehe es immer noch nicht.«

»Na ja«, sagt Iain und lehnt sich gegen die Theke. »Du könntest dann plötzliche Kopfschmerzen vortäuschen, und ich bin Gentleman genug, um dich nach Hause zu bringen.«

»Was du auch machen könntest, wenn wir nicht zusammen auftauchen würden. Schließlich kennen wir uns schon eine ganze Weile und sind Freunde. Freunde machen so was füreinander.«

»Man kommt zusammen, man geht zusammen. Es wäre einfach glaubwürdiger.« Iain zwinkert mir zu.

»Niemand auf dieser Welt würde uns für ein Paar halten.«

Er runzelt die Stirn. »Warum nicht?«

»Ach bitte. Willst du wirklich diese Nummer durchziehen? Fishing for Compliments? Im Ernst?«

Iain scheint wirklich irritiert zu sein, während Quentin sich wohl ein wenig unwohl fühlt. Ob es an seiner Begleitung liegt oder an der Tatsache, dass er genau weiß, warum ich glaube, dass es keine gute Idee ist, wenn wir gemeinsam dort auftauchen, weiß ich allerdings nicht. Es spielt aber auch keine Rolle, denn in diesem Moment wird Iain durch etwas hinter mir abgelenkt. Dann dreht er sich um, reißt die Ladentür auf und geht hinaus.

Fragend blicke ich Quentin an, der nur mit den Schultern zuckt und sich einen Scone aus der Auslage schnappt. Ich finde es etwas unhöflich, dass Iain mich mitten im Gespräch stehen lässt, also beschließe ich, dass ich genauso gut von hier verschwinden kann. Ohne mich zu verabschieden.

Dann komme ich auch nicht mehr in Verlegenheit, mir eine Ausrede für heute Abend ausdenken zu müssen.

»Ich habe noch einen Termin«, murmele ich und hebe meinen Becher Cappuccino hoch, als würde diese Geste irgendetwas Bestimmtes bedeuten. »Wir sehen uns.«

»Bis heute Abend«, ruft Quentin, während seine Begleitung nur ein seltsames Grunzen von sich gibt, und plötzlich fällt mir wieder ein, dass ich immer noch nicht weiß, wie sie heißt.

Eigentlich würde ich viel lieber an meiner Geschichte schreiben, als Ruths Brautkleid umzunähen, aber leider bleibt mir die Arbeit nicht erspart. Im Nachhinein habe ich mich dafür verflucht, dass ich ihr das Kleid vorgeschlagen habe, aber letztendlich hatte ich keine andere Wahl. Also muss wohl oder übel mein Kleid daran glauben.

Meine Mom hat es zusammen mit meiner Tante für mich genäht, als ich noch ein kleines Mädchen gewesen bin. Es ist ein wunderschöner Rock aus perlmuttfarbenem Organza und dazu eine Korsage, die mit Perlen bestickt ist und mit Fledermausärmeln aus Spitze. So ungern ich es auch zugebe, es passt Ruth viel besser als mir. Ich bin mir sicher, meine Mom wäre damit einverstanden. Tante Marys Schulden damit zurückzuzahlen ist der vernünftigere Weg.

Emotionen lassen keine Schulden verschwinden, kaufen kein Essen und bezahlen keine Miete.

Okay, ich gebe zu, es ist nicht besonders ehrlich von mir, ihr ein bereits vorhandenes Kleid anzudrehen, aber Ruth möchte im Grunde genommen nur eine wunderschöne Braut sein, und ich habe nicht genug Zeit, um noch eine Variante von Lady Dis Brautkleid zu nähen.

Es wäre eine Win-win-Situation für uns beide.

Gerade als ich die Bäckerei verlasse und die Tür hinter mir zuziehe, bleibe ich wie erstarrt stehen.

Das muss ein Albtraum sein. Was zur Hölle kann ich machen, damit ich daraus aufwache?

Auf der anderen Straßenseite steht Duncans Bürgermeisterin Rosie Shark und unterhält sich mit einem Mann, der mir den Rücken zugedreht hat. Iain lehnt gegen einen Laternenmast, und seine Stirn ist gerunzelt, als er sich mit ihm unterhält. Er wirkt angespannt, und alles in mir zieht sich zusammen. Ist das vielleicht dieser Gerichtsvollzieher aus Inverness, Simon Brooks, von dem Mrs Shark letztens gesprochen hat?

Anscheinend dreht er derzeit die Runde in der Umgebung, da nach der Flaute der vergangenen Monate einige Firmen Insolvenz anmelden mussten.

Was, wenn er zu mir will, um die Schulden für Tante Marys Laden einzutreiben? Verdammt! Ich bin nur noch ein Brautkleid davon entfernt, einen Großteil davon zurückzuzahlen. Wieso hätte er nicht einfach ein paar Wochen später kommen können? Panik überkommt mich. Ich drehe mich um, aber hinter mir befindet sich nur die Bäckerei, und dort würde ich in der Falle sitzen. Aber die Flucht nach vorn ist auch praktisch unmöglich, da ich ihm so direkt in die Arme laufen würde.

Shit! Vermutlich verfüge ich über einen sechsten Sinn, denn die Wahrscheinlichkeit, dass sich tatsächlich jemand nach mir erkundigt, ist ziemlich hoch. Verdammt hoch sogar, wenn man bedenkt, dass ich erst kürzlich einen Brief von der Bank of Scotland erhalten habe mit der Bitte, mich mit ihnen in Verbindung zu setzen. Was ich bedauerlicherweise vergessen habe.

Aber wie gesagt, ich bin nur noch einen kleinen Schritt davon entfernt, Tante Marys Schulden zurückzuzahlen.

Vielleicht könnte ich mich bücken und zwischen den Autos ins *Iris* flüchten, um dann durch den Hinterausgang zu verschwinden?

Ich bin gerade noch dabei, meinen Plan zu überdenken, da höre ich, wie Iain meinen Namen ruft. Wie erstarrt bleibe ich stehen. Mist, Mist, Mist!

Jetzt komme ich aus der Nummer nicht mehr raus.

»Ella! Schau mal, wer hier ist.«

Ich lege den Kopf in den Nacken, schließe die Augen und atme tief aus. Ich werde das schaffen. Ich habe schon ganz andere Dinge überstanden.

Gerade als ich dabei bin, die Straße zu überqueren, fängt mein Herz an wie wild zu pochen und meine Hände beginnen zu schwitzen. Mit einem Mal wird mir schwindelig, und ein seltsames Gefühl breitet sich in mir aus. So viele Gedanken schwirren mir durch den Kopf. Wirre Gedanken. Verrückte Gedanken. Was zum Teufel ist los mit mir?

Der Typ will nur Geld von mir, nicht meine Seele.

Ich schaffe das. Mit erhobenem Kopf gehe ich auf die drei zu. Auf keinen Fall werde ich mich unterkriegen lassen.

Die Bürgermeisterin lacht und klopft dem Gerichtsvollzieher auf die Schulter, und für einen Moment kommt mir die Situation seltsam vor. Sie scheint den Mann besser zu kennen. Sehr gut sogar. Ich trete näher und kann ihre Stimmen hören. »Wissen Sie, es freut mich ungemein, dass Sie hier sind. Ich bin mir sicher, Sie werden eine schöne Zeit hier in Duncan haben. Und Rae hat Sie sicherlich schon so sehr vermisst.« Sie stößt ihn mit ihrem Ellbogen an und zwinkert ihm zu.

»Danke«, antwortet der Mann, und ruckartig bleibe ich stehen. Wie ein Reh im Scheinwerferlicht starre ich auf den Hinterkopf des Mannes, der nur noch ungefähr einen Meter von mir entfernt ist.

Nein. Nein, nein, nein. Das kann nicht sein. Das gibt es nicht. Oh, mein Gott!

Rose blickt über seine Schulter und bemerkt mich.

»Ella, schön, dass Sie hier sind. Erinnern Sie sich noch an Adam?«

Er dreht sich um, und alle Farbe weicht aus meinen Wangen.

Es ist nicht der Gerichtsvollzieher.

Er ist tatsächlich der Mann aus meinem Liebesroman.

Der Mann meiner schlaflosen Nächte.

Adam Parker.

Adam

Ich drehe mich um und sehe eine junge Frau, die mich mit weit aufgerissenen Augen anstarrt. Ich fühle mich unbehaglich und habe ehrlich gesagt keine Ahnung, wie ich mich verhalten soll. Ich war viel zu sehr in das Gespräch mit Mrs Shark vertieft, die mir ihr Beileid wegen des Todes meines Vaters ausgesprochen hat, als dass ich sie gehört hätte. Noch bevor Rosie sie vorstellen kann, weiß ich, wer vor mir steht.

Ella Finnigan.

Es ist schon eine Weile her, dass wir uns das letzte Mal begegnet sind. Genau genommen war es auf Raes Hochzeit, und ich habe meinen Kummer mit einer Menge Whisky-Shots ertränkt. Vielleicht habe ich damals nicht den besten ersten Eindruck hinterlassen. Ob sie sich noch daran erinnert? Obwohl ich wirklich nicht mehr nüchtern war, kann ich mich an diesen Abend erinnern. Verdammt! Es war der schlimmste Abend meines Lebens.

Ella steht direkt vor mir, und ich habe sie kleiner in Erinnerung. Aber vielleicht spielt mir da mein Gehirn auch einen Streich. Wie gesagt, ich hatte zu viel Alkohol intus, als dass ich damals einen klaren Gedanken hätte fassen können. Sie ist ein wenig größer als die Durchschnittsfrau, aber immer noch kleiner, als ich es bin. Ich schätze sie auf knapp ein Meter achtzig, aber spielt das eine Rolle?

Ella ist schlank – der sportliche Typ mit langem rostbraunem Haar und unglaublich vielen Sommersprossen im Gesicht. Attraktiv, aber nicht mein Typ.

Trotzdem ertappe ich mich dabei, wie ich mich frage, wo an ihrem Körper sie sonst wohl noch Sommersprossen hat.

Ich erinnere mich noch gut an den Moment unserer ersten Begegnung, und es fühlt sich seltsam an.

Und ich sehe ihr an, dass ihr unser Zusammentreffen damals unangenehm gewesen ist. Deshalb werde ich nicht weiter darauf eingehen. Ich will sie nicht in Verlegenheit bringen.

Auf Raes Hochzeit hätte ich mich gerne noch ein wenig mit ihr unterhalten, aber nach dieser Sache war sie wie vom Erdboden verschluckt.

Egal, wen ich gefragt habe, keiner konnte mir sagen, wo Ella Finnigan zu finden war, und am nächsten Morgen war es bereits zu spät.

Es ist nicht so, dass ich hätte abreisen müssen. Ich habe es nur nicht mehr ertragen. Ja, ich bin ein Feigling. Aber warum hätte ich mich damit quälen sollen?

Nur zu gut erinnere ich mich an ihr entsetztes Gesicht. Und an das Tattoo, das sie auf ihrem Nacken trägt. Es ist mir damals sofort aufgefallen. Sie hatte ihr Haar hochgesteckt, und als sie an mir vorbeiging, habe ich ihr nachgeschaut.

Ich weiß es deshalb so genau, weil ich genau dasselbe Tattoo besitze. Ist das ein verdammter Zufall? Ich schätze schon, oder?

Denn für mich hat es eine ganz persönliche Bedeutung. Ich frage mich, was sie darin sieht.

»Adam, darf ich dir Ella vorstellen?«

Ich trete vor und reiche ihr die Hand.

»Hallo. Schön, dich kennenzulernen.«

Ich kann in ihren Augen sehen, dass sie mich erkennt. Und dass sie enttäuscht ist, weil sie glaubt, ich würde sie nicht wiedererkennen.

Ich fühle mich wie ein Idiot. Aber sie auf den Abend anzusprechen kommt nicht infrage. Ich kann sie nicht so blamieren, nur damit sie weiß, dass ich mich erinnere.

Ich werde es ihr erklären.

Später. Wenn ich die Gelegenheit habe, unter vier Augen mit ihr zu sprechen.

Sie starrt mich an, dann ergreift sie meine Hand. Es ist ein seltsamer Moment, als sich unsere Hände berühren, denn so unbedeutend diese Geste normalerweise ist, so bedeutungsvoll ist sie in diesem Augenblick. Zumindest fühlt es sich so an, und sie scheint es auch zu spüren, denn sofort zieht sie ihre Hand weg.

»Hey.«Sie lächelt, und ihr Blick schweift umher. Ist sie nervös?

Sie ist so blass, dass es mir ein wenig Angst macht. Sie wird doch nicht in Ohnmacht fallen? So warm ist es hier doch auch wieder nicht. Oder ist ihr meine Anwesenheit unangenehm? Habe ich mich jemals bei ihr entschuldigt?

»Ella?«Nicht nur ich scheine mir Sorgen über ihre Gesichtsfarbe zu machen, denn Rosie wirkt nun auch so, als befürchte sie, dass Ella jeden Moment umkippt.

»Was?«Ihr Blick huscht von Rosie zu mir, dann schüttelt sie den Kopf. »Mir geht es gut. Mir ist nur gerade etwas eingefallen. Hab was im Laden vergessen.«

Sie hebt die Hand und blickt zu mir. »Wir sehen uns bestimmt mal wieder. War nett, dich kennenzulernen. Schöne Zeit in Duncan.«

Dann dreht sie sich um und läuft über die Straße. Es ist eindeutig. Sie läuft weg. Vor mir.

Rae hat mir eines der Zimmer über dem Café zur Verfügung gestellt. Sie und Colin wohnen vorübergehend bei Brenda, Colins Schwiegermutter, die ein paar Wochen bei ihrer Schwester Glenda verbringt. Ja, ich weiß. Brenda und Glenda – das klingt nach zwei zauberhaften Hexen, aber den Witz darf ich nicht mehr bringen. Colins Blick, als ich es erwähnt habe, war schon böse genug. Anscheinend ist das ein empfindlicher Punkt bei ihm.

Meine Tasche gleitet zu Boden, während ich mich auf das Bett fallen lasse. Ich weiß nicht, ob es eine gute Idee gewesen ist, nach Schottland zu fliegen.

Aber ich musste weg. Raus aus New York.

Und Rae war nun mal meine erste Wahl. Sie ist diejenige, die mir immer schon den Kopf zurechtrücken konnte. Die mir zur Seite gestanden hat.

Und zum wiederholten Mal frage ich mich, was ich jetzt machen soll.

Aber die Antwort darauf werde ich heute nicht mehr finden. Also kann ich es genauso gut sein lassen.

Ella

Meine erste Liebesgeschichte schrieb ich in der ersten Klasse. Damals hatte mich Gregory Lance auf die Schulter geboxt und mir anschließend ein Stück Erdbeerschokolade geschenkt. Um meine widersprüchlichen Gefühle für ihn unter Kontrolle zu bekommen, begann ich eine Geschichte zu schreiben, in der der Bösewicht und der Held ein und dieselbe Person war. Gregory. Das funktionierte so gut, dass ich in all meinen Geschichten meinen Schwarm als Helden und Antihelden dargestellt habe.

Mit allem hätte ich heute Morgen gerechnet. Sogar mit einem Erdbeben mitten in den Highlands. Aber niemals mit der Tatsache, Adam Parker gegenüberzustehen. Was zur Hölle macht er hier?

»Wo liegt denn eigentlich dein Problem?« Ich habe auf Quentin gewartet, als er sich von seiner Bekannten verabschiedet und das *Ginnie's* aufgesperrt hat. Über eine halbe Stunde habe ich auf der Treppe gesessen und mir den Kopf über die vergangenen Minuten zerbrochen. Quentin hat sich nur bereit erklärt, mit mir darüber zu sprechen, wenn ich ihm helfe, ein paar Getränkekisten einzuräumen, die heute Morgen geliefert wurden.

Ich habe zugestimmt, noch ehe mir bewusst wurde, wie viele Kisten sich am Hintereingang des *Ginnie's* türmen. Trotzdem ist es mir das wert. Ich muss mit jemandem darüber reden, sonst platze ich.

Jemandem, der das Ausmaß meiner Misere kennt. Ich zupfe am Saum meines Shirts und starre Quentin vorwurfsvoll an.

»Ist das dein Ernst? Ich habe gestern Abend eine Sexszene mit ihm geschrieben. Eine ziemlich intensive Sexszene, und jetzt steht er plötzlich vor mir.«

Mein wahr gewordener Traum. Ahhhhh! Ich schlage mir die Hände vors Gesicht, um die Gedanken loszuwerden. Angenehme Gedanken zwar, aber absolut unpassend in diesem Moment. Wenn ich mir vorstelle, was er in meiner Geschichte mit seiner Zunge angestellt hat. Mein Gott, allein bei dem Gedanken daran wird mir ganz anders. Adam Parker ist nicht von schlechten Eltern. Schon bei Raes Hochzeit ist mir aufgefallen, wie durchtrainiert er ist, und ich schätze, das wird sich in den letzten drei Jahren nicht geändert haben. Verdammt! Ich muss diese Bilder loswerden.

Quentin scheint mein Problem nicht zu verstehen.

»War sie denn heiß?«

»Was?«

»Die Sexszene.«

Ein kurzes Stöhnen entschlüpft mir. Ich kann gar nichts dagegen machen. »Verdammt, ja.«

Quentin bleibt stehen und grinst mich an. »So habe ich dich ja noch nie gehört. Nicht mal, als du mit dem irischen Loser zusammen gewesen bist. Wirst du etwa rot?«

Ich ignoriere seinen letzten Kommentar. »Sein Name war Chris, und er war kein Ire. Er kam aus Wales.«

»Spielt keine Rolle, er war ein Loser.«

Ich verdrehe die Augen und schnappe mir eine Getränkekiste. »Was mache ich denn jetzt?«

»Ich verstehe dein Problem einfach nicht. Adam weiß doch nichts davon. Das wäre dasselbe, als würde plötzlich Megan Fox vor mir stehen. Sie weiß auch nicht, dass ich mir gestern Abend ihr Bild angesehen habe, während ich ...«

»Stopp!« Angewidert verziehe ich das Gesicht. »Das will ich gar nicht hören.«

Er grinst mich schelmisch an. »... während ich mit meiner Mom telefoniert habe.«

Stirnrunzelnd sehe ich ihn an. »Wieso starrst du ein Bild von Megan Fox an, wenn du mit Tante Fiona telefonierst?«

»Sie hat so eine beruhigende Wirkung auf mich. Dann sind die Telefonate mit meiner Mom einfacher zu ertragen.«

Wenn ich so darüber nachdenke, kann ich es verstehen. Allein schon Tante Fionas Stimme kann sehr anstrengend sein. Generell eine Oktave zu hoch, und sie spricht so unglaublich schnell, dass man Kopfschmerzen davon bekommt.

»Aber was ist, wenn Adam es erfährt? In New York kennt niemand Eliza Woods, aber in Schottland vielleicht schon. Was mache ich denn, wenn er zufällig auf meinen Roman stößt?«

Quentin zieht eine Augenbraue hoch. »Du weißt aber schon, dass deine Sorge ziemlich übertrieben ist, oder? Selbst wenn jemand hier deinen Roman liest, muss er erst mal draufkommen, dass du hinter dem Pseudonym Eliza Woods steckst. Und dass es sich bei Adam wirklich um Adam handelt.«

Okay, Quentin hat recht. Es gibt keinen Grund, Panik zu schieben. Ich habe sehr genau darauf geachtet, dass es keine Verbindung zwischen Eliza Woods und Annabella Finnigan gibt. Ich bin vermutlich nur ein wenig paranoid, weil er wieder hier ist.

Oh, mein Gott! Er ist wieder hier. In Duncan. Und er hat sich mit mir unterhalten.

Dann wird meine Euphorie rapide abgebremst. Er hat sich nicht an mich erinnert. Vermutlich glaubt der Rest der Welt, dass ich total durchgeknallt bin, denn im nächsten Moment bin ich am Boden zerstört.

Er hat mich nicht erkannt.

Vielleicht war eure Begegnung für ihn nicht so beeindruckend wie für dich?

Okay, das ist ein Argument. Manchmal hasse ich meine innere Stimme.

»Was soll ich denn jetzt machen?«, frage ich Quentin noch mal und setze mich auf einen Barhocker.

Er scheint ein wenig genervt von mir zu sein, was ich ihm nicht verübeln kann. »Was genau meinst du?«

»Wie soll ich mich verhalten? Wie ...?«

Plötzlich steht Quentin auf, sodass sein Stuhl über den Steinboden kratzt, dann kommt er zu mir und zieht mich in eine Umarmung. Als Kind habe ich mir immer gewünscht, Quentin wäre mein großer Bruder, dabei ist er nur zwei Tage älter als ich. Wie der Zufall es will, waren unsere Mütter damals gleichzeitig schwanger. Nur dass mein Dad nach der Geburt verschwunden ist, während Quentins Dad so was wie ein Ersatzvater/Onkel für mich geworden ist. Ja, so schräg, wie es sich anhört, ist es auch. Meine Mutter hatte irgendwann mal eine Affäre mit ihrem Schwager, Quentins Dad. Das war dann der Grund, warum auch er irgendwann seine Sachen gepackt hat und verschwunden ist. Und dann blieben nur noch Quentin und ich übrig. Damals haben wir uns geschworen, immer zusammenzuhalten.

Egal, was geschieht.

Er ist das, was einem besten Freund am nächsten kommt. Zusammen mit Marcy. Und ein wenig auch Iain. Im Grunde genommen sind das die einzigen Menschen neben Tante Mary, die mir nahestehen.

»Sei einfach du selbst. Die liebenswürdige, ruhige, bezaubernde Ella. Ich bin mir ziemlich sicher, dass er dich bemerken wird.«

Sosehr ich mir das auch wünsche, weiß ich ehrlich gesagt nicht, ob das so klug wäre. Denn damit würde er vielleicht von meinem Geheimnis erfahren. Und das wäre das Allerschlimmste.

Ella

Es ist jedes Mal dasselbe. Ich bin so sehr in meine Geschichte vertieft und fiebere mit meinem Protagonisten mit, bis jemand auftaucht, der mich aus meinen Gedanken reißt. Und dann dauert es wieder eine Ewigkeit, bis ich in die Geschichte zurückfinde.

Zweitausend Wörter habe ich heute geschrieben, tausendsiebenhundert aber wieder gelöscht, nachdem Charly gegangen ist. Danach habe ich sofort den Laden zugesperrt und mich wieder an den Laptop gesetzt. Wenn Ruth morgen auftaucht, werde ich erst mal keine Zeit mehr zum Schreiben haben.

Mein Blick wandert zur Uhr an der Wand. Sie ist so alt, dass man die Ziffern kaum noch sehen kann, und der Minutenzeiger bleibt jedes Mal ein wenig hängen, wenn er die Zwölf passiert hat. Vielleicht sollte ich sie austauschen, aber es war ein Geschenk meiner Mom an meine Großtante, und ich bringe es einfach nicht über mich. Es ist schon nach 23 Uhr. Vielleicht sollte ich es für heute gut sein lassen und morgen weiterarbeiten. Aber in meiner Wohnung wartet niemand auf mich, und das Letzte, was ich möchte, ist Rae oder Colin auf die Nerven gehen. Sie würden es niemals zugeben, aber ich weiß, dass sie so empfinden, und ich kann es ihnen nicht einmal übel nehmen. Seufzend klappe ich meinen Laptop zu und stelle im nächsten Moment erschrocken fest, dass ich mein Manuskript nicht gespeichert habe. Doch dann fällt mir ein, dass ich meinen Laptop so eingestellt habe, dass er meine Dokumenten automatisch alle zehn Minuten speichert, und ich beruhige mich wieder. Dass der Text mit einem Mal verschwindet, ist mein absolutes Worst-Case-Szenario.

Einen kurzen Moment schließe ich die Augen und lasse die gestrige Begegnung mit Adam noch mal Revue passieren. Es ist schon eine Weile her, dass ich ihn das letzte Mal gesehen habe. Genau drei Jahre, vier Monate, zwei Wochen und zwei Tage. So lange ist Raes und Colins Hochzeit her, und an diesem Tag bin ich ihm zum ersten Mal begegnet. Ich weiß es noch, als wäre es gestern gewesen. Es hört sich an wie ein Klischee, aber das ist es nicht.

Adam Parker ist der Typ Mann, den man nicht mehr vergisst. Und das ist keine Übertreibung. Er hat diesen »Ich-reiße-dir-deinen-Slip-vom-Leib-Blick« drauf, und ich frage mich, ob er den wohl zu Hause vor dem Spiegel geübt hat oder ob diese Gabe angeboren ist. Wobei es eigentlich keine Rolle spielt.

Bei unserer ersten und bis gestern einzigen Begegnung hat er sich in mein Herz, meine Seele und in mein Gehirn gebrannt, und seitdem vergeht kein Tag, an dem ich nicht an ihn denke. Und auch keine Nacht.

Wenn ich an den Tag zurückdenke, wird mir augenblicklich übel. Es war Himmel und Hölle zugleich.

Ich stand zusammen mit Marcy und Colins Trauzeugen Jack auf der Veranda des *Iris*. Dort fand Raes und Colins Hochzeit statt, und nach ein paar Stücken Hochzeitstorte und einer Runde Twist benötigte ich dringend frische Luft.

Meine Hände umklammerten das Holzgeländer, und ich blickte zur Straße hinunter. Marcy, Jack und ich kennen uns schon seit der Schulzeit, und wann immer er mich sieht, zieht Jack mich ein wenig auf. Ich nehme es ihm nicht übel. Es ist eine Art Spiel zwischen uns. Er macht sich über mich lustig, und ich klaue ihm dafür regelmäßig sein Pint, wenn er im *Ginnie's* ist.

An diesem Tag hatte er sich mal wieder über meine Füße lustig gemacht.

»Du hast Elefantenfüße, Ella«, sagte Jack lachend, und dann stampfte er mit seinen eigenen Füßen auf, um meinen Gang nachzuahmen. In seinem weißen Hemd mit dem schwarzen Kummerbund und dem dazugehörigen Smoking sah er dabei aus wie ein bekiffter Pinguin.

»Hör auf, Jack«, murmelte Marcy, der es sichtlich peinlich war. Ich konnte es ihr nicht verdenken, schließlich ging es hier um mich, und mir war es ebenfalls unangenehm. Aber ich kannte Jack und wusste, dass er es genoss, mich ein wenig zu ärgern. Er meint es nicht böse. Dafür ist Jack ein viel zu guter Kerl. Es ist einfach seine Art, mir Aufmerksamkeit zu schenken.

Er war nicht der Erste, der sich über die Größe meiner Füße lustig gemacht hat. Bereits in der Grundschule hatte man mich regelmäßig damit gehänselt, und auch später hatte mich immer wieder mal jemand damit aufgezogen. Der Spitzname Elefantenfuß war noch das kleinste Übel gewesen.

Aber Jack hatte definitiv den falschen Zeitpunkt gewählt. Nur war weder ihm noch mir das bewusst gewesen.

Ich blickte hinab auf meine weißen Chucks, die ich zusammen mit einem blassblauen Sommerkleid trug. Es war nicht so leicht, schöne Ballerinas oder Sandalen in Größe dreiundvierzig zu bekommen, was sollte ich machen?

Als Kind hatte ich darunter gelitten, aber mittlerweile stand ich darüber. Meistens zumindest.

»Ich an deiner Stelle würde auf meine eigenen Füße aufpassen, Jack. Kann echt schmerzlich werden, wenn ich dir auf die Zehen steige.«

»Gut gekontert, Finnigan«, sagte Jack lachend und ahmte noch mal einen Elefanten nach, indem er mit einer Hand an seine Nase fasste und mit der anderen einen Rüssel imitierte.

»Ich heiße Ella Finnigan und bin eine Elefantendame«, grölte er, während er im Kreis lief, was echt total bescheuert aussah. Marcy blickte von ihm zu mir, und ihrem Gesichtsausdruck nach wusste sie nicht so recht, ob sie in sein Gelächter einstimmen oder mich verteidigen sollte.

Und genau da geschah es.

Adam Parker trat aus dem Wintergarten hinaus auf die Terrasse und sah zu, wie Jack mich nachäffte. Er hatte die Hände in den Taschen seines Smokings vergraben, die oberen Knöpfe seines weißen Hemdes waren gelöst und die Ärmel hochgekrempelt. Ein paar Strähnen seines mitternachtsschwarzen Haars fielen ihm in die Stirn, und ein leichter Bartschatten zeichnete sich ab.

In der Kirche hatte ich ihn zum ersten Mal gesehen. Er stand neben Rae vorn am Altar und hielt die Trauringe in den Händen. Rae hatte darauf bestanden, dass ihr Bruder Iain sie zum Altar führen, aber Adam ihr Trauzeuge werden sollte.

Ich hatte ihn die ganze Zeit ansehen müssen. Allein seine Augen waren anbetungswürdig. Zartbitterschokoladenbraun mit langen, dunklen Wimpern. Und dazu seine Lippen. Voll, leicht geschwungen. Absolut sinnlich und höllisch sexy.

Es kann mir wirklich keiner einen Vorwurf daraus machen, dass ich ihn die ganze Zeit über hatte ansehen müssen. Der Mensch ist nun mal so gepolt, dass er etwas Schönes bewundert. Warum sollte da ein heißer Mann eine Ausnahme sein?

Die Zeremonie war so unglaublich gewesen, dass ich geweint hatte. Und jetzt stand der Mann, den ich den ganzen Tag still und heimlich beobachtet hatte, nur wenige Meter von mir entfernt.

Ich hätte ihn ansprechen sollen. Ein paarmal hatte ich es sogar versucht. Wirklich. Aber jedes Mal, wenn ich kurz davor war, verließ mich der Mut.

Irgendwas an ihm faszinierte mich. Und dabei war es nicht sein gutes Aussehen, sondern diese Traurigkeit, die er ausstrahlte. Als hätte er etwas verloren.

Als er uns entdeckt hatte, hob er den Kopf, sah in meine Richtung und unsere Blicke trafen sich. Nur für den Bruchteil einer Sekunde, aber lange genug, dass jeder Schmetterling in meinem Bauch zu flattern begann. Dieser Moment hatte etwas Magisches an sich, und plötzlich rief Jack erneut: »Ich bin Ella Finnigan, und ich habe Elefantenfüße.«

Habe ich erwähnt, dass Jack manchmal ein Arsch sein kann? Marcy sah mich mit einem entschuldigenden Blick an, aber ihr war ich nicht böse. Sie konnte ja nichts dafür, dass ihr Freund so ein Spinner war. Aber das war der Moment, in dem ich am liebsten im Erdboden versunken wäre. Wenn man es einmal hört, dann ist es witzig, aber irgendwann bildete sich dieser Kloß in meinem Hals, und ich hatte große Mühe, ihn hinunterzuschlucken.

Ich fasste den Entschluss, Jack zu ignorieren. Vielleicht brachte Adam mich ja nicht damit in Verbindung. Aber dann sah ich es. Adam lachte. Er lachte über Jacks Elefanteneinlage, und in gewisser Weise lachte er damit auch über mich. Und das verletzte mich zutiefst.

Es ist keine schöne Erfahrung, wenn der Mann, mit dem man sich in den letzten acht Stunden im Geheimen bereits eine Zukunft ausgemalt hat, einen auslacht.

Sein Lachen hallte durch die Nacht. Er legte den Kopf in den Nacken und – ohne Witz – hatte Tränen in den Augen.

Ich auch, aber aus anderen Gründen.

»Verdammt! Das war echt komisch, Mann. Wer ist denn diese Ella Finnigan? Die würde ich nur zu gerne mal kennenlernen.«

»Das bin ich«, sagte ich trocken und starrte ihn an.

Adam lachte laut auf. Vermutlich dachte er, ich scherze.

Dann wanderte sein Blick zu Jack, der aufgehört hatte zu lachen, die Lippen zusammenpresste und ein wenig wie ein

Schuljunge aussah, den man beim Stehlen erwischt hatte. Und dann wanderte sein Blick wieder zu mir. Und sein Lachen erstarb.

»Im Ernst? Er hat dich damit gemeint?«

Langsam nickte ich. Dann tat ich etwas komplett Dämliches. Ich schlüpfte aus meinen Chucks, hob mein rechtes Bein und zeigte ihm meinen Fuß.

»Ich habe große Füße. Deswegen nennt Jack sie Elefantenfüße.«

Zu Adams Verteidigung muss man sagen, dass er ernsthaft beschämt aussah. Ihm schien das Ganze noch viel peinlicher zu sein.

»Das tut mir leid. Ich dachte, es wäre ein Scherz.«

Er fuhr sich durch die Haare und wirkte unglaublich verlegen. Adam öffnete den Mund, schloss ihn aber sofort wieder. Vermutlich wollte er nur eine weitere Entschuldigung loswerden, aber ich hatte genug davon. Mein Bedarf an Peinlichkeiten war für diesen Tag gedeckt.

Ich deutete mit der Hand hinter meine Schulter. »Ich geh dann mal wieder rein.«

»Warte!«

Ich blieb und hielt die Luft an. Machte mich auf einen weiteren Witz gefasst.

»Hast du Lust auf einen Schokoladenminzmuffin? Als Wiedergutmachung?«

Langsam drehte ich mich zu ihm um. Adam fuhr sich mit den Fingern durch das Haar, und ich konnte nicht anders, als ihn anzustarren.

»Ich weiß, dass ist nichts Besonderes, aber in diesem Moment sind meine Möglichkeiten ein wenig begrenzt.«

Ich konnte nicht aufhören, ihn anzustarren. Woher wusste er, dass ich eine Schwäche für Schokoladenminzmuffins habe?

Aber vielleicht wusste er es gar nicht. Vielleicht war es nur Zufall. Aber letztendlich spielte es keine Rolle.

Langsam nickte ich.

»Immer.«

Und dann zuckten seine Mundwinkel, und er lächelte.

Adam Parker lächelte mich an, und meine Welt schien für einen kurzen Moment stillzustehen.

Wir verbrachten den ganzen Abend zusammen, und als er sich von mir verabschiedete, waren die Elefantenfüße vergessen und mir wurde klar, dass dieser Mann mir den Kopf verdreht hatte.

Ich musste die ganze Nacht an ihn denken, doch als ich am nächsten Tag Rae im Café besuchte in der Hoffnung, ihn noch mal zu sehen, war er schon abgereist.

Ohne ein Wort.

Ohne eine Verabschiedung.

Ohne einen letzten Gedanken an mich.

Seitdem habe ich ihn nicht mehr gesehen, aber es ist kein Tag vergangen, an dem ich nicht an ihn gedacht habe. Irgendwann wurden meine Gedanken so intensiv, dass ich angefangen habe, sie niederzuschreiben. Erst in Form von Tagebucheinträgen, später wurden es Gedichte, und dann – eines Tages – begann ich eine Geschichte zu schreiben. Ich ließ all meinen Gedanken freien Lauf und stellte als Protagonistin Eliza Dinge mit ihm an, die ich mich im wahren Leben niemals getraut hätte. Ich hatte mir einen Traum-Adam geschaffen, und an der Resonanz meiner Leserinnen merke ich, dass meine Figur auch bei ihnen gut ankommt.

Gott sei Dank hat er keine Ahnung, was ich hier treibe. Ich werfe einen Blick auf die Uhr. Vielleicht sollte ich doch noch ein wenig weiterarbeiten, damit dieses bescheuerte Kleid endlich fertig wird.

Schlaf wird schließlich vollkommen überbewertet.

Adam

Seit über drei Stunden sitze ich in meinem Zimmer und starre an die Decke. Der Jetlag macht mir zu schaffen. Vielleicht sollte ich noch ein wenig spazieren gehen? Es ist nach zehn, und ich sitze hier in Raes Café fest. Sie und Colin sind vor einer Stunde zu Brenda gegangen, während ich hierbleibe.

Das Café ist genauso, wie ich es in Erinnerung hatte. Gemütlich, ein wenig chaotisch und voller Leben. Genau das Richtige für Rae. Ich lehne mich mit dem Rücken gegen die Wand, greife nach meinem Handy und scrolle durch die Timeline. Ich checke meine Nachrichten bei Instagram und sehe Bilder von ein paar Kollegen aus Manhattan, die Fotos von einer Raftingtour in Kanada posten. Mila, meine Nachbarin, teilt ihre Eiswaffel mit ihrem Golden Retriever Jackson, und George, mein alter Boss, posiert mit seinem neuen Porsche GT. Unter anderen Umständen würde ich auch in New York sitzen, mir im *Stanley's* ein Bier gönnen und mich auf die Suche nach ein wenig Spaß machen. Absolut unverbindlich. Absolut aufregend. Absolut spaßig. Genau mein Ding.

Bis mein Dad gestorben ist und mir seitdem die Frage durch den Kopf geht, ob das alles gewesen sein soll.

Ob die Unverbindlichkeit, die Aufregung, der Spaß für den Rest meines Lebens alles bestimmen sollen.

Ob da nicht noch etwas kommt. Irgendwie sehne ich mich nach etwas Neuem. Etwas Ruhigem. Etwas Beständigem.

Vielleicht bin ich auch einfach nur schlecht drauf. Ich scrolle mich durch verschiedene Apps, wie immer, wenn mir langweilig ist, und entdecke plötzlich eine Nachricht von Rae, die sie mir vor wenigen Minuten geschickt haben muss. Ich war so in Gedanken, dass es mir gar nicht aufgefallen ist.

Ich öffne die Nachricht und sehe zwei weitere Kapitel eines Buchs, das Rae vor ein paar Wochen entdeckt hat. Wir haben eine Gemeinsamkeit, die auch die Jahre, die sie in Schottland lebt, überdauert hat.

So verrückt es auch klingt, wir lesen zusammen. Anfangs habe ich mich dagegen gesträubt, denn Raes Vorliebe für Liebesromane war so gar nicht mein Ding. Aber ihr zuliebe habe ich mich dazu durchgerungen, und was soll ich sagen? Ihre Leidenschaft ist auch meine heimliche Leidenschaft geworden. Es ist unser Ding. Nur wir beide. Allein deswegen ist es das wert, die Bücher zu lesen.

Ich folge ihrem Link und lande bei Wattpad. Hier können unbekannte Autoren ihre Geschichten einstellen und Leser finden, die sie unterstützen. Anfangs hielt ich das für ziemlichen Mist, aber oft ist richtig guter Stoff dabei.

Über den Link lande ich bei einer unbekannten Autorin. Allein der Titel ist genau Raes Ding. *The Love I love.* Kitschig, romantisch und viel Sex. Ich lade die Seiten herunter, mache es mir bequem und beginne zu lesen.

Kurz vor Mitternacht beschließe ich, doch noch eine Runde spazieren zu gehen. Duncan ist nicht New York City, ich muss mir also keine Sorgen machen, überfallen zu werden. Ich bin mir sogar ziemlich sicher, dass ich niemandem begegnen werde.

Ich schlüpfe in meine Sneakers, ziehe mir einen Hoodie über und gehe die Treppe hinunter. Soweit ich weiß, wurde das andere Gästezimmer nicht vermietet.

Ich bin also vollkommen allein im Café. Nicht, dass es mir etwas ausmachen würde. Im Gegenteil, es ist mir lieber, als mit Rae und ihrer Familie bei Brenda zu wohnen.

Sosehr ich es auch genieße, in ihrer Nähe zu sein, will ich ihr Glück mit Colin nicht rund um die Uhr mit ansehen müssen. Ich bin schließlich kein Masochist. Als Colin mich damals während Raes Schwangerschaft gebeten hat, sie zu besuchen, habe ich eine Weile bei ihnen gewohnt. Es war die Hölle. Aber ich habe es ertragen, weil ich wusste, wie sehr Rae es sich gewünscht hat, und weil ich echt beeindruckt war, dass Colin mich eingeladen hat. Ich bin mir ziemlich sicher, dass ich an seiner Stelle nicht über meinem Schatten springen könnte. Ich könnte es nicht ertragen.

Aber Colin macht es keine Angst, dass ich hier bin, und darum beneide ich den Kerl. Nicht, weil er die Frau, die ich immer noch liebe, geheiratet hat, sondern weil er in mir keinen Rivalen sieht.

Er ist sich Raes Liebe vollkommen sicher, und ich frage mich, wie sich so ein Gefühl von Sicherheit wohl anfühlen mag.

Als ich die Hintertür öffne, bleibe ich erst einmal stehen und atme tief ein. Es ist kühl um diese Uhrzeit, aber es fühlt sich an, als würde ich zum ersten Mal seit langer Zeit richtig atmen können.

Zum ersten Mal seit dem Tod meines Vaters.

Vor drei Monaten ist er gestorben, und seitdem schleppe ich diesen Scheck mit mir herum. Ich weiß, es wäre an der Zeit, ihn einzulösen, aber ich bringe es nicht über mich. Denn wenn ich es mache, kann ich es nicht mehr aufhalten, und das jagt mir eine Scheißangst ein.

Einen Moment verharre ich in der Dunkelheit. Lasse die Kälte auf mich wirken. Die frische Luft. Die absolute Stille. Ich schließe die Augen, reibe mir den Nacken. Atme ein und wieder aus. Ein und wieder aus. Ein und wieder aus.

Versuche alles in mir herunterzufahren, dann erst mache ich mich auf den Weg.

Wie erwartet, ist hier um diese Uhrzeit niemand zu sehen. Ein paar Straßenlaternen flackern in unregelmäßigen Abständen, eine ist sogar komplett ausgefallen. Je weiter ich ortsauswärts gehe, desto dunkler wird es. Wie eine Decke liegt die Stille über dem Ort. Ich weiß nicht, wann ich das letzte Mal ganz allein war.

Plötzlich sehe ich Licht in einem Laden am Ende der Straße. Es ist bereits kurz nach Mitternacht, und als ich näher komme, entdecke ich hinter einem Schaufenster Ella Finnigan. Was macht sie da?

Ohne groß darüber nachzudenken, klopfe ich an die Glasscheibe.

Ella

»Ahhh!«

Vor lauter Schreck kippe ich mir die Tasse Brombeertee über meine Bluse. Es ist schon spät, ich bin müde, und jeder Muskel schmerzt. Endlich habe ich es geschafft, die letzten Kapitel hochzuladen, und noch ein paar Änderungen an Mrs Sharks Cocktailkleid vorgenommen. Es ist eine Sache, dass ich den Brautmodenladen meiner Großtante führe, eine andere, dass jeder in Duncan weiß, dass ich nähen kann. Wie sollte ich es ihnen denn abschlagen? Aber jetzt ist es schon spät, und ich wollte nur noch eine letzte Tasse Tee trinken und dann nach oben in meine Wohnung gehen. Bis es an der Tür klopfte.

Ich schwöre, ich bin gerade ein wenig gestorben.

Was, wenn es ein Einbrecher ist?

Einbrecher klopfen nicht an. Sie brechen ein. Deswegen heißen sie ja so.

In diesen Momenten verfluche ich meine innere Stimme.

Als es wieder klopft, spiele ich kurz mit dem Gedanken, das Licht auszuschalten und so zu tun, als wäre ich nicht da. Aber dann fällt mir ein, dass die Person mich wohl gesehen haben muss, also bleibt mir nichts anderes übrig, als nachzuschauen. Mein Laden ist am Ende der Straße, nur wenige Meter vom Friedhof entfernt. Für gewöhnlich verirrt sich tagsüber kaum jemand hierher, geschweige denn um Mitternacht. Es ist ein wenig gruselig und meiner Meinung nach ein komplett unpassender Ort für ein Brautmodengeschäft. Meine Tante meinte immer, sie spiele mit dem Gedanken, zu der Brautmode auch Trauerbekleidung anzubieten. Mit ihrem morbiden Humor bin ich nie wirklich klargekommen.

Mein Herz trommelt wie wild gegen meinen Brustkorb, als ich meinen ganzen Mut zusammennehme und durch den Verkaufsraum gehe. Wer auch immer das ist, er sollte einen verdammt guten Grund haben.

Doch als ich näher komme, erkenne ich Adam, der die Hände in die Hosentaschen gesteckt hat und etwas verlegen aussieht. Er blickt sich um und wechselt von einem Bein aufs andere. Verwirrung macht sich in mir breit. Ist etwas geschehen? Braucht er vielleicht Hilfe? Findet er nicht mehr zurück? In diesem Teil von Duncan ist es ziemlich düster. Wenn man sich nicht auskennt, kann man sich verlaufen.

Es dauert eine Weile, bis ich die drei Türschlösser, die mein Großonkel vor Jahren dort befestigt hat, geöffnet habe. Ich vermute, auch er war ein wenig paranoid.

Dann öffne ich die Tür einen Spalt.

»Adam, richtig? Ist alles okay?« Warum ist er bloß hier?

Verlegen reibt er sich den Nacken. Habe ich erwähnt, wie niedlich er dabei aussieht? Wobei ich das in seiner Gegenwart wohl nicht erwähnen sollte. Niedlich ist bestimmt kein Adjektiv, mit dem Männer in Zusammenhang gebracht werden wollen. Es ist ihm bestimmt nicht maskulin genug.

»Ich konnte nicht schlafen und bin ein wenig spazieren gegangen, da habe ich bei dir Licht brennen sehen und dachte, ich schau mal vorbei.«

Überrascht blicke ich ihn an. »Um Mitternacht?«

Er zuckt mit den Schultern. »Liegt wohl am Jetlag. Kann ich reinkommen?«

»Jetzt?«, krächze ich.

Er zuckt mit den Schultern. »Ist das ein Problem?«

Alles in mir schreit: Ja. Lass ihn rein. Zerr ihn in dein Bett. Reiß ihm die Klamotten vom Leib, und stürze dich auf ihn. Pack deine Handschellen aus, und binde ihn ans Bett fest.

Gib ihm auf keinen Fall die Möglichkeit zu fliehen. Go, Ella. Go!

Wie gesagt, manchmal geht mir meine innere Stimme tierisch auf den Keks.

»Nein, gar nicht. Alles cool.« Ich lächle so breit wie möglich, obwohl ich spüre, wie Panik mich überkommt. Aber ich schaffe das. Zögerlich gehe ich einen Schritt zur Seite, öffne die Tür etwas weiter und lasse ihn rein.

Oh. Mein. Gott.

Langsam schlendert Adam durch den Laden, und ich beobachte ihn genau. Das *Marry* ist nicht besonders groß, nur ein Verkaufsraum mit einer Umkleidekabine, ein kleines Nähatelier und eine Toilette, die sowohl das Personal wie auch die Kunden benutzen. Die Wände sind in einem hellen Pastellgelb gestrichen, geschmückt mit bunten Bildern von Frauen mit großen Hüten und meterhohen Spiegeln, die den Raum viel größer erscheinen lassen.

Die meisten Kleider hängen im Verkaufsraum aus, aber manche befinden sich auch an Modellpuppen, die im Schaufenster stehen. Auf den weißen Holzregalen liegen, nach Farben und Größe sortiert, verschiedene Hüte, Brautschuhe, Handtaschen, Haarschmuck und auch Handschuhe.

Adam schlendert durch den Raum, bleibt stehen und sieht sich alles genau an, während ich gegen den Türrahmen lehne und ihn beobachte. Ich kann nur hoffen, dass er sich nicht hinten umsehen möchte. Es ist dort ein wenig chaotisch, was vermutlich daran liegt, dass kaum Platz vorhanden ist. Ich bräuchte einen größeren Laden mit einem Lagerraum und einem kleinen Büro. Aber ich fürchte, in Duncan bleibt das wohl ein Wunschtraum. Nicht, weil es keinen größeren Laden gäbe. Laurens Antiquitätengeschäft steht immer noch leer und ist fast dreimal so groß wie mein Geschäft. Aber es ist schon schwierig, sich mit einem kleinen Laden wie diesem über Wasser zu halten, einen größeren könnte ich mir nicht leisten. Außerdem würde meine Tante diesen Laden niemals aufgeben. Hier hat alles angefangen, hier wird alles enden, sind ihre Worte, wenn man sie auf einen neuen Laden anspricht.

»Das ist sehr hübsch. Ist das von dir?«

Langsam schüttle ich den Kopf. Es ist seltsam, ihn hier zu haben. Meine Hände sind feucht, ich wische sie an meiner Jeans ab. Adam macht mich unheimlich nervös.

»Nein. Das ist ein Kleid von Lorenzo Rosso, einem bekannten italienischen Designer. Seine Kleider sind sehr modern und auch für Menschen mit normalem Geldbeutel erschwinglich.«

Er nickt, dann greift er nach einem weiteren Kleid. Es ist schneeweiß mit roséfarbenen Blüten an der Taille und Spitzenorganza an den Ärmeln.

»Und das hier?«

»Das ist ein französisches Modell von Petit Cœur, einem großen Unternehmen, das sich auf Brautmode spezialisiert hat.«

Dann holt er ein weiteres Kleid hervor, und ich schlucke, als ich es sehe. Es ist ein Abendkleid, und ich habe es selbst genäht.

»Was ist mit dem?«

Es ist ein Bohokleid aus fließendem Chiffon. Der Rücken ist frei, nur am Hals befindet sich ein Haken, an dem das Kleid gehalten wird. Die Fledermausärmel bestehen aus weißer Spitze, und auf der rechten Seite ist ein Schlitz, der bis zur Hüfte hochgeht.

Es ist ein Traum von einem Kleid, und irgendwann werde ich es selbst tragen. Irgendwann.

»Gefällt es dir?«, flüstere ich und warte gespannt auf seine Antwort.

»Ich finde es wunderschön. Von wem ist es?«

Mein Herz macht einen Sprung, als ich seine Worte höre. Es ist seltsam, wie viel sie mir bedeuten, aber ich bringe es nicht über mich, ihm zu erzählen, dass es von mir ist.

Ich gebe zu, ich habe seinen Account auf Instagram verfolgt. Dort postet er regelmäßig Fotos, wenn er im Central Park joggen geht, nachts in einer Rooftop-Bar feiert oder sein Steak in einem schicken New Yorker Restaurant bestellt. Der Adam hier hat nichts damit zu tun. Man könnte fast meinen, er wäre einer von uns.

»Eine Bekannte hat es genäht.«

»Sie ist sehr talentiert. Mit dem Kleid könnte sie ein Vermögen verdienen.«

Verwirrt sehe ich ihn an. »Du kennst dich mit Abendmode aus?«

»Nein, nur mit Immobilien. Aber ich erkenne etwas Besonderes, und besondere Dinge haben immer ihren Preis.«

Ich will gerade noch etwas dazu sagen, da klingelt mein Handy, und ich schrecke auf. Ich habe mir einen Wecker gestellt, für den Fall, dass ich einschlafe, damit ich nicht die ganze Nacht hier verbringe. Es ist fast 1 Uhr, und ich sollte langsam zu Bett gehen.

»Es ist schon spät. Vielleicht sollte ich für heute Schluss machen.«

»Du hast recht. Ich bring dich nach Hause.«

Lächelnd schüttle ich den Kopf. »Das musst du nicht. Ich wohne über dem Laden im ersten Stock.«

Er zieht überrascht eine Augenbraue nach oben. »Tatsächlich?« Dann zuckt er mit den Schultern. »Okay. Dann bringe ich dich eben nach oben.«

Ungläubig starre ich ihn an. »Im Ernst?«

»Na klar. Hast du eine Ahnung, was dir alles passieren kann? Du könntest ausrutschen und dir auf der Treppe den Hals brechen. Oder dich verlaufen. Glaub mir, so abwegig ist das nicht. Was für ein Mensch wäre ich, wenn ich das zulassen würde.« Er grinst mich an, und dabei entdecke ich ein

Grübchen auf seiner rechten Wange. Etwas, was mir bisher noch gar nicht aufgefallen ist. Ich notiere es im Geiste bei den Dingen, die ich neu an Adam Parker entdeckt habe und die ich in meinen Charakterbogen aufnehmen werde.

»Na gut. Ich möchte nicht die Verantwortung dafür übernehmen, dass du Gewissensbisse hast, falls mir etwas zustoßen sollte.«

Er legt den Kopf zur Seite und grinst. »Du machst dir über mich Gedanken.« Es ist keine Frage, eher eine Feststellung.

Oh, Adam, du hast keine Ahnung, wie viele Gedanken ich mir schon über dich gemacht habe.

Wenn man es genau nimmt, sind es bereits achthundertsechzig Buchseiten.

»Bild dir ja nichts darauf ein«, murmele ich stattdessen und schließe die Tür auf. »Rae würde mir den Kopf abreißen, wenn du wegen mir schlaflose Nächte hättest.«

Als würde das jemals geschehen.

Er tritt heraus, und ich schließe die Tür hinter ihm ab. Der Eingang zum Treppenhaus ist auf der anderen Seite des Hauses, deshalb ist es mir leider nicht möglich, direkt vom Laden in den ersten Stock zu gehen. Besonders nachts ist das oft ein wenig unheimlich.

»Bist du morgen auch bei dieser Junggesellenfeier?«

Überrascht blicke ich ihn an, während wir um das Haus herumgehen. »Du auch?«

»Camille hat mich eingeladen.«

Ein Stich durchfährt mich. Er hat Camille schon kennengelernt. Das ging ja schnell. Aber eigentlich wundert es mich nicht. Camille kann man nicht übersehen. Sie sticht einem ins Auge wie ein Diamant, der in der Sonne glitzert. »Tatsächlich?«

Adam lehnt sich an die Wand meines Hausflurs, während ich die Tür aufsperre. »Vielleicht sehen wir uns ja. Wäre nett, noch jemanden zu kennen, mit dem man sich unterhalten kann.«

Wenn er mit Camille dort auftaucht, wird er nicht viel Zeit zum Reden haben. Vermutlich wird ihre Zunge die meiste Zeit in seinem Hals stecken. Aber das sage ich nicht. Er wird es noch früh genug herausfinden, und vielleicht ist es auch genau das, was er will. Mit einem Mal habe ich gar keine Lust mehr, morgen ins *Ginnie's* zu gehen.

»Ja, vielleicht.«

Adam

Rae und ich haben unseren eigenen kleinen Buchclub. Früher in New York haben wir einmal die Woche Bücher getauscht. Jeder musste ein Buch in dem Lieblingsgenre des anderen lesen, und dann wurde bei einer Pizza Calzone das Buch bis auf die letzte Seite auseinandergenommen. Ich habe diese Abende geliebt. Obwohl es sich hauptsächlich um ziemlich kitschige, abgedroschene Geschichten gehandelt hat.

Es ist unser Geheimnis, und nicht einmal Colin hat hier Zutritt. Obwohl ich weiß, dass es nicht viel zu bedeuten hat, gefällt mir der Gedanke, dass ich etwas mit Rae teile, das nur uns beiden gehört.

Nun, der Typ ist mit ihr verheiratet. Er teilt sich das Bett und das ganze Leben mit ihr. Also hast du wohl verloren, Kumpel.

Habe ich erwähnt, dass ich mein Gewissen manchmal nicht ausstehen kann?

Im Großen und Ganzen handelt es sich bei den Büchern immer um dasselbe Genre: *Millionär liebt mittellose Frau* oder zwei Menschen, die sich nicht ausstehen können, verlieben sich ineinander. Ich lese sie nur Rae zuliebe. Jedes Mal, wenn ich die Bücher in die Finger bekomme, würde ich die Protagonisten am liebsten packen und so lange schütteln, bis sie über den Mist, den sie anstellen, nachdenken.

The Love I love hat es Rae wirklich angetan. Jedes Mal, wenn ein neues Kapitel veröffentlicht wird, ist sie ganz aus dem Häuschen. Witzigerweise heißt der Protagonist dieser

Geschichte auch Adam, und Rae lässt keine Gelegenheit aus, mir den Kerl unter die Nase zu reiben.

Zusammen mit Rae sitze ich auf der Hollywoodschaukel vor dem Café. Sie liest auf ihrem I-Pad, während ich in einem stinknormalen Taschenbuch blättere.

»Sag mal«, sagt Rae und blickt über ihr Tablet zu mir. »Was wäre für dich der größte Verrat? Ich meine, was könntest du niemals verzeihen?«

»Belogen zu werden«, sage ich, ohne darüber nachdenken zu müssen. Denn das ist es, was mir am Tod meines Vaters so zusetzt. Ich habe es bisher noch niemandem erzählt, nicht einmal Rae, aber das ist für mich das Schlimmste.

Die Lüge.

»Okay, sprechen wir von einer Schwindelei, einer Notlüge oder eine richtigen Lüge?«

»Eine Lüge ist eine Lüge. Alles andere sind nur Synonyme dafür, um ihr Gewicht abzuschwächen. Im Grunde genommen bleibt es dabei, was es ist: nicht die Wahrheit.«

Rae beißt sich auf die Unterlippe und blickt über ihr Tablet hinweg in die Ferne. Sie denkt nach, und ihre Gedanken sind irgendwo, nur nicht hier. Man kann es ganz deutlich in ihrem Gesicht sehen.

»Worum geht's?«

Sie dreht ihren Kopf zu mir, und ich sehe einen Schatten auf ihrem Gesicht. Für andere ist er vielleicht nicht sichtbar, aber für mich schon. Ich kenne sie einfach zu gut und weiß, wann sie glücklich ist und wann sie sich Sorgen macht oder traurig ist. Das alles erkenne ich binnen Sekunden. Ich frage mich, ob Colin sie auch schon so gut kennt. Vermutlich ja. Der Gedanke versetzt mir einen Stich.

»In dieser Geschichte hat die Frau ein Geheimnis aus ihrer Vergangenheit und hat ihrem Geliebten nichts davon erzählt. Er hat sie aber auch nicht danach gefragt. Nachdem er aber davon erfahren hat, ist er wütend geworden und hat die ganze Beziehung infrage gestellt. Sie waren davor so glücklich, aber mit diesem einen Satz hat sich alles verändert. Ich frage mich, ob sie ihm wirklich davon hätte erzählen müssen. Und wäre es eine Lüge, wenn sie es nicht getan hätte?«

»Beeinflusst es ihre Beziehung elementar?«, frage ich und weiß eigentlich schon, auf was sie hinauswill.

Rae kaut auf ihrer Unterlippe. Das macht sie nur, wenn sie unter Stress steht. Starkem emotionalem Stress.

»Eigentlich nicht. Aber wenn er davon wüsste, würde es sie beeinflussen. Glaube ich zumindest.«

»Du hast es Colin nicht erzählt, oder?« Sie sieht mich mit großen Augen an, und urplötzlich sammeln sich Tränen darin. Langsam schüttelt sie den Kopf.

»Es war nur eine einzige Nacht, Rae.«

Sie schließt die Augen, und eine Träne läuft über ihre Wange. Sofort wird mir das Herz schwer. Diese eine Nacht, die mir alles bedeutet hat, ist für sie eine Tragödie. Dabei war das lange bevor sie nach Schottland gekommen ist. Lange bevor sie Colin überhaupt kennengelernt hat.

Es ist kein Betrug, und nichts davon hat mit ihm zu tun.

Ich greife nach ihrer Hand und ziehe sie zu mir heran. Ihr Kopf liegt auf meiner Schulter, und sie schluchzt leise. Es bricht mir das Herz, sie so leiden zu sehen.

»Warum hast du es ihm nicht gesagt?«

Ich halte die Luft an, als ich auf ihre Antwort warte. Weil ich weiß, dass sie nicht das sagen wird, was ich hören möchte.

Weil die Nacht für mich so viel bedeutet hat.

Weil ich dich immer schon geliebt habe, Adam.

Weil es ein besonderer Moment für uns beide war.

Aber das sagt sie nicht. Sie wäre nicht meine Rae, wenn sie es täte.

Stattdessen sticht sie mir ein Messer ins Herz. Tief und ohne Rücksicht auf Verluste.

»Weil es nichts bedeutet hat.«

Da ist er. Der Satz, der mir die Eingeweide herausreißt. Der dafür sorgt, dass mein Herz zu schlagen aufhört. Der mir die Luft zum Atmen nimmt. Dabei habe ich es gewusst. Für Rae war der Abend nur ein netter Zeitvertreib. Eine einmalige Sache. Wir waren beide ungebunden, hatten Spaß an One-Night-Stands und fühlten uns zueinander hingezogen. Nach dieser Nacht haben wir uns geschworen, sie niemals mehr zu erwähnen – ja nicht einmal daran zu denken, und wir haben nie wieder darüber gesprochen. Aber ich habe sie nie vergessen.

Ich schlucke den Kloß in meinem Hals hinunter und beschließe, ihr nicht zu widersprechen. Ihr geht es schon schlecht genug, und es würde niemandem helfen, wenn ich ihr sagen würde, wie viel mir diese Nacht tatsächlich bedeutet hat.

Meine Fingerspitzen gleiten über ihre nackten Oberarme, und ich schließe die Augen. Atme tief ein und genieße den Augenblick. In diesen paar Minuten gehört sie mir.

»Warum glaubst du dann, dass es wichtig wäre?«

»Weil wir keine Geheimnisse voreinander haben. Bis auf dieses. Du bist mein bester Freund, Adam, und ich will dich nicht verlieren. Ich habe Angst, dass Colin dich und mich mit anderen Augen betrachten würde, wenn er die Wahrheit wüsste.«

Jetzt wäre es mein Part, ihr zu sagen, dass sie es Colin gegenüber nicht erwähnen sollte. Um ihn nicht zu verletzten. Aber auch aus egoistischen Gründen, denn das Letzte, was ich möchte, ist, sie zu verlieren. Aber ich wäre ein miserabler Freund, wenn ich darauf drängen würde, dass sie weiterhin mit diesem Geheimnis lebt.

»Erzähl es ihm. Sei ganz offen zu ihm, und sag ihm, wie es damals passiert ist. Colin hat auch eine Vergangenheit. Er hatte eine Frau und ein Kind, und, ganz ehrlich, wenn er sie nicht verloren hätte, wer weiß, ob das mit euch etwas geworden wäre. Erzähl es ihm, er wird es verstehen.«

Sie hebt den Kopf und sieht mich mit rot verweinten Augen an. »Was, wenn nicht?«

Ihre Stimme zittert, und es bricht mir das Herz.

»Dann kommst du mit Gwen einfach zu mir nach New York.« Es klingt wie ein Scherz, aber ich habe noch nie etwas so ernst gemeint.

Erneut beginnt sie zu schluchzen, und ich ziehe sie fest an mich.

Und obwohl ich es hasse, kann ich den Gedanken nicht verdrängen, dass ich mir wünsche, Colin möge ihr verzeihen.

Damit sie wieder glücklich wird.

Ella

»Bist du sicher, dass es die richtige Farbe für mich ist?«, fragt Ruth mich am nächsten Morgen. Sie betrachtet sich in dem meterhohen Spiegel kritisch von allen Seiten, während ich ihr mit meiner dritten Tasse Kaffee dabei zusehe.

Ab und zu dreht sie sich wie eine Ballerina im Kreis, dann hält sie ihr Haar nach oben und begutachtet ihren Rücken. Das Kleid steht ihr unglaublich gut. Perfekt für ihr C-Körbchen.

Ja, ich gebe zu, ich bin ein wenig eifersüchtig, denn Ruth sieht atemberaubend darin aus. Aber vielleicht ist es nicht nur das. Ruth ist genauso alt wie ich, wir sind zusammen aufgewachsen, gingen in dieselbe Schule, und während ich in Edinburgh Modedesign studiert habe, hat sie ein betriebswirtschaftliches Studium absolviert und ist ins Familienunternehmen eingestiegen. Ihr ganzes Leben folgt einem roten Faden, während ich das Gefühl habe, in einem Labyrinth festzustecken. Außerdem hat sie eine große Familie, die hinter ihr steht, während ich ganz allein bin. Na gut, vielleicht nicht ganz allein, aber die Menschen, die mir nahestehen, kann man an einer Hand abzählen.

»Ich finde, die Farbe passt zu dir.« Es ist ein zartes Blassgrün und sieht toll aus in Verbindung mit ihren Katzenaugen und den braunen Haaren. Ruth sieht darin aus wie eine Elfe.

»Meinst du? Ich finde, in dem Kleid kommen meine langen Beine gar nicht zur Geltung. Und schau dir mal mein

Dekolleté an. Ich sehe aus, als wäre ich platt wie eine Flunder.«

Instinktiv blicke ich auf meine eigene Oberweite. Sie hat gut reden. Im Gegensatz zu ihr trifft es auf mich tatsächlich zu. Ich habe so kleine Brüste, dass ich nicht einmal einen BH brauche.

»Nein, es sieht wirklich gut an dir aus. Aber wenn du willst, kann ich es ein wenig kürzen.«

»Du meinst so?« Sie zieht den Stoff über ihr rechtes Bein ein wenig höher. Meines Erachtens ist es für ein Brautkleid jetzt fast unanständig kurz, aber wie heißt es so schön: Der Kunde ist König.

»Wenn es dir so besser gefällt.« Ruth bewundert sich im Spiegel, während ich schon mal das Stecknadelkissen aus meinem Nähatelier hole. Wie ich sie kenne, werden ihr noch ein paar weitere Dinge einfallen, die geändert werden müssen.

»Hast du auch Unterwäsche hier?«

»Klar. An was hast du gedacht?«

Ihre Augen beginnen zu leuchten, und sie klatscht in die Hände wie ein kleines Kind.

An was richtig Heißes. Jamie sollen die Augen herausfallen, wenn er mich sieht. Dann würde ich die Unterwäsche ganz weglassen, liegt mir auf der Zunge, aber ich verkneife mir den Kommentar. Dafür brauche ich das Geld viel zu dringend.

»Warte einen Moment.« Ich gehe zu dem Regal, in dem ich die Accessoires verstaut habe, und hole verschiedene Modelle Brautunterwäsche heraus.

»Hier«, sage ich und zeige Ruth eine schneeweiße Spitzenkorsage, die auf der Rückseite geschnürt werden muss. Dazu ein passendes Spitzenhöschen und weiße Strümpfe.

»Und hier hast noch ein blaues Strumpfband. Das kann dir Jamie dann später ausziehen.«

»Ich hoffe doch sehr, dass er mir den Rest auch ausziehen wird.« Sie mustert die Korsage, dann legt sie sie auf den Verkaufstresen. »Ich finde sie sehr schön. Die nehme ich.«

Sie fragt überhaupt nicht nach dem Preis. Wehmut überkommt mich. Es muss schön sein, so unbeschwert Geld ausgeben zu können.

Ruth stemmt die Hände in die Hüften, hebt das Kinn und posiert vor dem Spiegel wie ein Supermodel vor der Kamera. Ich glaube ja fast, sie hat gar kein richtiges Interesse an dem Kleid, sondern will nur von mir umschmeichelt werden. Komplimente einzuheimsen liegt den Mackenzies im Blut.

»Es soll kälter werden. Glaubst du, ich bräuchte dafür einen Pelz?«

Im Mai? Meint sie das ernst?

»Ich glaube nicht. Eine Stola dürfte genügen.«

Ruth wirft mir einen missbilligenden Blick zu. »Meine Tante Patricia hat im Mai geheiratet, und dann hat es zu schneien begonnen, und sie hat sich fast den Hintern abgefroren.«

Ich frage mich, wo ihre Tante lebt. Am Nordpol? Oder in Sibirien? Alaska?

Aber ich schüttle nur den Kopf. »Tut mir leid, aber ich verkaufe keine Pelze.« Weder echte noch unechte. Jagd auf Tiere zu machen, aus welchen Grund auch immer, ist ein absolutes No-Go für mich.

»Mein Dad sagt immer: Ein guter Geschäftsmann muss auf alle Eventualitäten vorbereitet sein. Kein Wunder, dass der Laden in Schulden versinkt. Deine Tante hatte übrigens immer Pelz im Sortiment.«

Warum kann sie nicht endlich den Mund halten?

Meine Hände ballen sich zu Fäusten, und die Nadeln piksen in meinen Handflächen. Aber ich versuche mir nichts anmerken zu lassen, denn das macht eine gute Geschäftsfrau: Sie lässt ungerechtfertigte Kritik nicht an sich herankommen.

»Du könntest ja morgen noch nach Inverness fahren und dir da die Brautkleider ansehen. Ich bin mir sicher, sie haben bestimmt noch Pelzjacken vorrätig. Aber ...«, ich stocke und schenke ihr ein leichtes Lächeln, »... du hast ja keine Zeit. Die Hochzeit ist ja schon vier Tagen.«

Ruth lässt die Schultern hängen und sieht aus wie ein Vogel, der sich die Flügel gebrochen hat. »Vielleicht hast du recht.« Dann erhellt sich ihr Gesicht plötzlich.

»Aber ich sollte das andere noch probieren«, meint sie und verschwindet schon in der Umkleidekabine. Seufzend schüttle ich den Kopf. Bräute gehören zu den schwierigsten Kundinnen. Alles ist auf diesen einen Tag ausgerichtet und muss perfekt sein. Die Erwartungshaltung ist unglaublich hoch, und da ist es auch kein Wunder, wenn die Enttäuschung groß ist, sobald etwas nicht klappt.

Ich mache den Job noch nicht lange, dennoch hatte ich schon die ein oder andere Braut als Kundin, und es ist immer dasselbe.

Wobei ich es auch nachvollziehen kann. Schließlich geht man davon aus, nur einmal im Leben zu heiraten.

Falls das nicht klappt, sollte man es allerdings positiv sehen. Man bekommt für ein neues Brautkleid eine zweite Chance.

»Ella?«, ruft sie aus der Umkleidekabine. »Kannst du mir bei dem Reißverschluss helfen?«

»Natürlich. Warte!«, ich stelle die Kaffeetasse auf den Empfangstisch, schiebe den Vorhang zur Seite und betrachte Ruth, die mich mit hochrotem Kopf ansieht.

»Der Reißverschluss klemmt.«

Ich trete ein, ziehe den Stoff zusammen und versuche ihn zu bewegen, aber Ruth hat recht. Er rührt sich keinen Millimeter.

Ruth japst, und ihr Gesicht wird noch einen Tick dunkler.

»Atme, Ruth. Sonst fällst du mir hier noch in Ohnmacht.«

»Ich kann nicht«, keucht sie. »Das Kleid ist zu eng.«

Warum zum Teufel hast du es dann angezogen?, möchte ich am liebsten rufen. So was merkt man doch schon früher. Stattdessen seufze ich laut auf. »Luft anhalten.«

Ruth gehorcht, zieht scharf die Luft ein und verharrt in dieser Situation, während ich versuche, den Stoff ein wenig zu lockern und die Spannung von dem Schlitten zu nehmen. Und schon funktioniert es.

Erleichtert öffne ich das Kleid, und es fällt zu Boden.

»Danke. Das war knapp.«

»Ich schätze, du nimmst das andere, oder?«

Ruth blickt allen Ernstes auf das Kleid, das zu ihren Füßen am Boden liegt, und dann auf das andere Kleid, das über dem Stuhl im Verkaufsraum hängt.

Als gäbe es eine Wahl.

»Ja, ist wohl besser so«, seufzt sie, doch dann schaut sie zu mir. »Oder meinst du, du könntest das noch ändern?«

Auf keinen Fall. Nicht in diesem Leben. Nur über meine Leiche.

»Ich könnte es versuchen. Aber ich bin mir nicht sicher, ob ich es rechtzeitig schaffen werde.«

Ruth seufzt tief und lässt den Kopf hängen. Einen Moment lang bin ich versucht, ihr zu sagen, dass ich notfalls die ganze Nacht dran arbeiten könnte, aber dann hebt sie den Kopf und schaut in den Spiegel. Unsere Blicke treffen sich, und da liegt etwas Entschlossenes in ihren Augen.

»Okay, dann nehme ich das andere. Aber kannst du es mir später vorbeibringen? Ich muss noch ein paar Dinge besorgen und kann dafür echt nicht mein Brautkleid mitnehmen.«

»Aber natürlich.«

Das alte Cottage der Mackenzies ist traumhaft schön, und ich frage mich, als ich später dort aufschlage, warum die gesamte Hochzeit nicht hier stattfindet. Es wäre die perfekte Location. Das riesige, aus roten Backsteinen errichtete Haus steht am Ortsrand von Duncan zwischen Wiesen und Hügeln. Ein kleiner Kiesweg, so breit, dass gerade mal ein Auto hinauffahren kann, führt direkt zum Haus. Die Südseite ist mit Efeu bewachsen, und vor dem Haus ist ein kleiner, romantischer Rosengarten zu sehen. Früher hat er Ruths Mutter Sandy gehört, die allerdings mittlerweile mit einem Amerikaner verheiratet ist und Duncan schon lange den Rücken gekehrt hat. Die Scheidung ging durch die Medien und eskalierte zu einem Rosenkrieg.

Was man irgendwie auch verstehen kann, denn es ist wirklich ein beeindruckendes Haus und wirkt auf den ersten Blick wie ein kleines Schloss. Es wäre eine traumhafte Kulisse für eine Hochzeit. Oder für einen Jane-Austen-Film. Wenn man den Kiesweg entlangfährt, kann man rechts mehrere Koppeln mit Pferden sehen. Soweit ich weiß, verdienen die Mackenzies ihr Geld nicht nur mit Whisky, sondern auch mit der Pferdezucht, und Ruth ist eine begeisterte Reiterin.

Ich stelle meinen Honda auf dem Parkplatz vor dem Haus ab und steige aus dem Wagen. Hier wirkt er total fehl am Platz. Meine Turnschuhe knirschen auf dem Kies, und ich drehe mich einmal im Kreis, um alles auf mich wirken zu lassen. Sogar die Luft riecht hier besser.

Die Tür zum Cottage öffnet sich, und eine ältere Dame tritt heraus. Sie trägt ihr sonnengelbes Haar zu einem Zopf gebunden, der ihr locker über der Schulter liegt. Dazu eine weiße Bluse und einen engen, blassblauen Rock. Das muss ihre Haushälterin sein. Ich erinnere mich, dass Ruth einmal so was erwähnt hat. Wie es sich wohl damit lebt, so viel Geld zu besitzen? Die Mackenzies gehören zu den reichsten Clans hier in der Gegend. Ich bin mir ziemlich sicher, dass keiner von ihnen aufs Geld achten muss.

Seufzend öffne ich die Hintertür meines Hondas und hole das Brautkleid heraus. Ich habe es extra auf die Rückbank gelegt, damit keine Falten entstehen, und für den Notfall habe ich auch den Dampfglätter dabei.

Ich hoffe wirklich, es gefällt ihr. Allein der Gedanke, dass sie etwas daran auszusetzen hat, verursacht mir Bauchschmerzen. Ich habe es ein wenig gekürzt und die Seiten mit Perlen bestickt. Nicht viel Arbeit, erzielt aber eine große Wirkung. Quentin hat mir erzählt, dass die Mackenzies Verwandte in ganz Europa haben und dass einige von ihnen zur Hochzeit kommen werden. Wenn ihnen das Kleid gefällt, dann besteht vielleicht die Chance, dass ich noch mehr Aufträge bekomme.

Einen Moment bleibe ich stehen, lege den Kopf in den Nacken und betrachte das Haus. Vielleicht sollte ich mich beeilen. Dem Blick der Haushälterin nach zu urteilen, ist sie nicht begeistert, mich zu sehen.

»Ella?«

Erschrocken drehe ich mich zu der Stimme um und entdecke Adam, der aus dem Rosengarten herausschlendert und Charly im Schlepptau hat.

»Was machst du denn hier?«

Ich bin so überrascht, dass ich im ersten Moment gar nicht weiß, was ich darauf sagen soll. Die Frage könnte ich zurückgeben. Was macht er denn hier? Ausgerechnet mit Charly?

Ich schlucke und streiche mir verlegen eine Haarsträhne aus dem Gesicht. Demonstrativ hebe ich die Kleiderhülle in die Höhe. »Ich bringe das Brautkleid.«

Ich komme mir vor wie Baby aus *Dirty Dancing*. Ich habe eine Wassermelone getragen.

Mit diesem Satz habe ich wohl Charlys Aufmerksamkeit geweckt, denn sie geht an Adam vorbei und bleibt mit verschränkten Armen vor mir stehen. »Ist es so, wie wir es vereinbart haben?«

Ich frage mich, welche Aufgabe Charly wohl bei dieser Hochzeit hat. Ist sie Ruths Mädchen für alles? Oder hat man ihr vielleicht gar keine Aufgabe zuteilt, und deshalb macht sie sich so wichtig?

Am liebsten würde ich ihr genau das sagen, aber stattdessen verkneife ich mir jeden Kommentar. Wie immer.

»Natürlich. Es ist so, wie ich es mit Ruth vereinbart habe.« Ich kann mir den Sarkasmus nicht verkneifen. Schließlich ist Ruth die wichtigste Person dieser Hochzeit und nicht Charly.

»Gib her«, sagt sie und greift nach dem Kleiderbügel. »Ich bringe es ihr. Sie möchte nicht, dass jemand Fremdes sie in dem Kleid sieht.«

Verwirrt schaue ich sie an. »Aber was, wenn ich noch etwas ändern muss?«

»Dann rufe ich dich. Du kannst ja hier ein wenig spazieren gehen. Es dauert bestimmt nicht lange.«

Vollkommen verblüfft sehe ich ihr hinterher, während Charly die Treppe hochgeht.

Ich weiß gar nicht, was ich dazu sagen soll.

»Sie ist ganz schön resolut«, sagt Adam.

»So war sie schon immer. Sie kann echt anstrengend sein.«

Ich starre immer noch in die Richtung, in der Charly verschwunden ist. Irgendwie schaffe ich es nicht, Adam in die Augen zu sehen. Fast als hätte ich ein schlechtes Gewissen.

Wenn ich mich weiter so benehme, wird er vielleicht noch misstrauisch. Ich nehme meinen ganzen Mut zusammen und drehe mich zu ihm.

Adam steht nur ein paar Meter von mir entfernt und lächelt mich an. Erst jetzt sehe ich, dass er Laufklamotten trägt.

»Bist du hierhergelaufen?«

Er nickt. »In New York bin ich normalerweise immer viel früher unterwegs, aber der Jetlag macht mir immer noch zu schaffen.«

»Ah«, sage ich dümmlich. Ich bin kein Sportfreak, und joggen habe ich noch nie leiden können.

»Und was machst du hier?«, frage ich ihn stattdessen.

»Ich soll für Rae eine Liste holen mit den Hochzeitsvorbereitungen, die noch zu erledigen sind. Charly wollte sie mir bringen.«

Der Mackenzie-Clan gehört zu den größten Familien hier in der Gegend und ist mit Abstand der reichste. Ich frage mich, warum sie niemanden beauftragen, der sich um die Hochzeitsangelegenheiten kümmert. Tradition hin oder her, aber ich kann einfach nicht nachvollziehen, warum sich ein ganzes Dorf um eine Hochzeit kümmern soll. Ich würde eine andere Art von Hochzeit bevorzugen. Nur ich und mein Mann. Allein. Auf einer einsamen Insel vielleicht. Oder allein mitten in den Highlands.

Ich deute über meine Schulter zu meinem Wagen. »Willst du mit mir zurückfahren? Mein Wagen ist zwar ein wenig gewöhnungsbedürftig, aber er hat mich noch nie im Stich gelassen.«

»Das ist nett, wirklich. Aber ich laufe lieber zurück.«

Ich nicke stumm. Irgendwas scheint ihn zu bedrücken, aber ich will nicht weiter nachfragen. Schließlich kenne ich ihn ja kaum.

Ich würde ihm so gerne meine Hilfe anbieten. Wenn er jemanden zum Reden braucht. Wenn er ...

»Adam?« In diesem Moment brüllt Charly nach ihm. Sie rennt die Treppen herunter und drückt Adam ein Blatt Papier in die Hand. »Hier, die Liste mit den noch anliegenden Aufgaben.« Als sie ihn anlächelt, bin ich regelrecht schockiert. Ich weiß nicht, wann ich Charly das letzte Mal lächeln gesehen habe. Aber dann wandert ihr Blick zu mir, sie hakt sich bei mir unter und zieht mich mit sich.

»Komm mit, Ella. Wir haben ein Problem.«

Ella

Das *Ginnie's* ist brechend voll, als ich es betrete. Quentin hat im hinteren Bereich einen Tisch für alle reserviert, und ich dränge mich durch die Menge, bis ich die Gruppe entdecke. Es ist mir immer noch ein Rätsel, warum sie mich zu ihrem Junggesellinnenabschied eingeladen hat. Rae legt mir eine Hand auf die Schulter, und ich lächle ihr kurz zu. Vermutlich denkt sie dasselbe wie ich. Normalerweise haben wir nichts mit den Mackenzies am Hut. Rae nicht, weil sie erst vor ein paar Jahren nach Duncan gezogen ist, und ich nicht, weil ich in der Vergangenheit immer einen großen Bogen um Ruth und ihre Familie gemacht habe. Das liegt hauptsächlich daran, dass der Mackenzie-Clan zu den Leuten gehört, die glauben, sich alles kaufen zu können. Mein Blick wandert nach links, und an den Billardtischen entdecke ich Colin, Jack, Quentin und Jamie, und mein Hals wird plötzlich trocken, als ich Adam sehe, der mit verschränkten Armen gegen die Wand lehnt.

Irritiert werfe ich einen Blick zu Rae, die nur mit den Schultern zuckt, und dann zu Ruth, die stehen geblieben ist und uns breit angrinst. »Jamie und ich dachten uns, wir feiern zusammen. Wo wir doch auch den Rest unseres Lebens gemeinsam verbringen möchten. Warum dann nicht auch den letzten Abend als Unverheiratete?«

Mir gefällt der Gedanke, auch wenn ich Ruth so was niemals zugetraut hätte. Ich hatte sie mir mit einem Stripper, jeder Menge Champagner und rosa Cupcakes vorgestellt und nicht in Duncans einziger Bar. Aber der Gedanke, den

Abend gemeinsam mit Adam zu verbringen, bereitet mir Unbehagen.

Vielleicht ist es besser, wenn ich mich ein wenig zurückziehe. Ich gehe hinter die Bar, während Quentin gerade dabei ist, der Blondine von heute Morgen zu imponieren, indem er ihr einen von seinen geheimen Cocktails mixt, die nicht auf der Karte stehen.

Nachdem ich mir ein Pale Ale aus dem Kühlschrank geholt habe, mache ich es mir an der Theke gemütlich. Von hier habe ich einen tollen Überblick, ohne mitten im Geschehen zu sein.

Mein Blick wandert zur Bühne, auf der ein Typ steht und auf seiner Gitarre herumzupft. Eines muss man Quentin wirklich lassen. Er sammelt immer die fertigsten Typen auf. Diesmal ist es ein Kerl mit schulterlangem, strähnigem blondem Haar, einem Dreitagebart und einer Reibeisenstimme, die Rod Stewart alle Ehre macht. Er zupft an seiner Gibson und tippt mit einer Fußspitze im Takt, während seine Finger auf wundersame Weise eine Melodie spielen, die die ganze Bar zu verzaubern scheint. Er hat wirklich einen richtigen Riecher für diese Kerle.

Das *Ginnie's* wird mit jeder Stunde voller. Allerdings gehört ein großer Teil der Gäste zu Ruths Junggesellinnenabschied und ein kleiner Teil zu Jamies Party. Ich bin mir aber ziemlich sicher, dass jeder von diesen Gästen das *Ginnie's* später mit einem breiten Grinsen verlassen wird. Was vermutlich daran liegt, dass Quentin sich eine neue Marketingstrategie überlegt hat: Der erste Drink ist immer umsonst. Wenn er die Bar noch eine Weile besitzen möchte, sollte er sich etwas anderes einfallen lassen.

Quentin schlendert zu mir herüber und lehnt sich gegen den Tresen.

»Meine Strategie scheint aufzugehen. So voll war es hier schon lange nicht mehr.«

»Ich glaube nicht, dass das langfristig klappt. Du wirst pleitegehen, mein Lieber.«

»Oh, doch. Kein Mensch geht nur für einen Drink in eine Bar. Sobald sie das erste Glas getrunken haben, wollen sie mehr. Dann hast du sie am Haken.«

Ich zucke mit den Schultern. Vielleicht hat er recht, und sein Konzept funktioniert.

Mein Blick wandert zu Ruth und dem Rest ihrer Gäste. Sie haben den gesamten hinteren Bereich der Bar, in dem sonst nur Stammgäste sitzen, eingenommen. Manche von ihnen lümmeln auf schwarzen Sitzsäcken, die verteilt herumstehen, andere haben es sich auf den alten Holzbänken bequem gemacht, die Quentin und Jack vor ein paar Wochen dort platziert haben. Der Typ auf der Bühne beginnt nun einen Song der Jackson Five zu spielen.

Am anderen Ende des Tresens stehen Jamie und ein paar seiner Gäste. Colin, Jack, Iain und auch Adam sind dort versammelt. Die anderen habe ich noch nie gesehen, aber das ist auch nicht verwunderlich, denn Jamie kommt nicht aus der Gegend. Er ist in Inverness aufgewachsen.

Ich würde viel lieber mit den Männern feiern, als mich zu Ruth zu setzen. Ihre Gäste kenne ich fast alle, aber das könnte ein Problem werden. Sie sind voller Vorurteile und vergessen nie etwas. Wenn etwas erst mal in den Köpfen der Menschen eingebrannt ist, dann bekommt man es nur schwer wieder heraus.

Vorsichtig blicke ich wieder zum Ende der Bar. Colin nippt an seinem Bier und unterhält sich mit Jack, den ich schon eine ganze Weile nicht mehr gesehen habe. Dahinter stehen Iain und Adam, die in ein Gespräch vertieft sind. Gut, das gibt mir die Möglichkeit, ihn ein wenig zu beobachten.

Ist es krank, wie ich ihn anstarre, wenn man bedenkt, dass ich vor wenigen Stunden noch eine Liebesszene über ihn geschrieben habe? Also nicht direkt über ihn, sondern eher über die Figur, die er in meinem Roman verkörpert? Ich bin so zerrissen zwischen Realität und Fantasie, dass es mir echt schwerfällt, beides voneinander zu trennen.

Wie kann es auch anders sein, Adam sieht heute Abend wieder umwerfend gut aus. Er ist leger gekleidet, mit dunklen Jeans, schwarzen Boots und einem weißen Shirt, das seine Muskeln darunter erahnen lässt.

Vielleicht sollte ich zu ihm gehen. Ich könnte ihn fragen, wie es ihm in Duncan gefällt und warum er überhaupt gekommen ist. Wäre das zu aufdringlich?

Aber was, wenn er nicht mit mir sprechen möchte?

Trotzdem würde ich so gerne mehr über ihn erfahren.

In Sekundenschnelle rattere ich alle Vor- und Nachteile durch, und als ich gerade dabei bin, zu ihm zu gehen, taucht Camille auf. Wo ist sie denn plötzlich hergekommen? War sie vielleicht die ganze Zeit schon da? Ich würde gerne behaupten, dass sie hässlich ist, aber das Gegenteil ist der Fall. Sie gehört in die Kategorie: Ich-stehe-morgens-auf-und-sehe-sofort-atemberaubend-aus.

Camille legt Adam den Arm auf die Schulter und lehnt sich an ihn, während er weiter mit Iain spricht. Wobei ich nicht weiß, welcher Gesichtsausdruck der drei mich mehr irritiert.

Camilles, weil sie Adam ansieht, als wäre er etwas zu essen.

Iains, der sich anscheinend am liebsten übergeben möchte.

Oder Adams, der wirkt, als würde er gleich einschlafen.

Irgendwie scheint keiner von ihnen glücklich mit der Situation zu sein.

»Ella. Wo bleibst du?«

Ruths Stimme reißt mich aus meinen Gedanken. Erschrocken drehe ich mich um und sehe die zukünftige Braut, die mittlerweile aufgestanden ist und mich zu sich winkt. So ein Mist! Ich dachte, ich würde von ihr verschont bleiben.

»Dein Typ ist wohl gefragt.«

Quentin grinst mich an, während er gerade dabei ist, Gläser zu polieren.

»Scheint so. Wünsch mir Glück.«

»Hals und Beinbruch, du wirst es brauchen.«

Ich stehe auf, kippe den Rest meines Pale Ales hinunter und murmele: »Sehr witzig.«

Ich drängele mich an den Gästen vorbei, um zu Ruth zu gelangen. Ihre Augen sind schon so glasig, dass es nicht nur vom Alkohol kommen kann. Dafür sind wir noch nicht lange genug hier. Was zur Hölle hat sie gemacht?

Als ich bei ihr ankomme, bemerke ich, dass sie barfuß ist und mit ihren rot lackierten Zehen wackelt.

»Wir spielen eine Runde ›Ich habe noch nie in meinem Leben ...‹«

Charly, die gerade an ihrer Margarita nippt, wirft ihrer Cousine einen erstaunten Blick zu. »Im Ernst? Das ist ein Junggesellinnenabschied und kein Kindergeburtstag.«

»Ich bin die Braut, ich darf bestimmen.« Ich bin mir ziemlich sicher, dass sie auch bestimmen würde, wenn sie nicht die Braut wäre. Das entspricht einfach ihrem Naturell.

»Was hältst du von der Idee, Ella?«

Erschrocken blicke ich sie an. Im Ernst? Sie fragt mich?

Charly grinst mich an. Sie führt etwas im Schilde.

»Na klar, warum nicht?«

Es ist nicht so, dass ich Erfahrung mit diesem Spiel hätte. Ein paarmal habe ich mitgemacht, aber das ist schon eine halbe Ewigkeit her. Trotzdem kann ich nicht leugnen, dass ich nervös bin.

»Ich will, dass Jamie dabei ist. Los, holt sie alle her, damit wir zusammen spielen können.«

Okay, noch beschissener kann es doch jetzt echt nicht werden, oder?

Ich brauche etwas zu trinken. Als ich zu Quentin an die Bar komme, schiebt er mir schon ein neues Pale Ale entgegen.

»Quentin, du musst mir helfen. Sag Ruth, dass du mich hinter der Bar brauchst.«

Quentin zieht eine Augenbraue nach oben. »Wofür denn? Du kannst nicht mal ein Pale Ale von einem IPA unterscheiden.«

»Das ist doch vollkommen egal. Ich will nicht mitspielen.«

»Warum hast du das denn nicht einfach gesagt?«

»Weil sie mir dann keine Ruhe mehr gelassen hätten«, raune ich ihm zu. »Ruth und Charly sind wie Hyänen, das weißt du. Und ich habe leider keinerlei weibliche Rückendeckung.«

Marcy ist in Australien, Rae kümmert sich um Gwen. Mehr Freundinnen kann ich in Duncan leider nicht vorweisen.

Ganz schön armselig, ich weiß.

»Du wirst es überleben. Es ist doch nur ein Spiel.« Mit einem Lappen wischt er die Theke sauber. »Ach, und Ella. Schummeln ist nicht erlaubt. Du weißt, was dann passiert.«

»Ja, ja«, murmele ich, greife nach meiner Flasche und gehe zurück zu den anderen. Ich habe keine Ahnung, was geschieht, wenn man bei diesem Spiel schummelt, und es ist mir auch vollkommen egal.

Ich setze mich auf einen Sitzsack, der weit genug von den anderen entfernt ist, aber noch nah genug, um alles mitzubekommen. Vielleicht bemerkt niemand, dass ich nicht mitspiele, wenn ich so weit abseits sitze.

Wobei ich selbst nicht daran glaube.

»Wie schön, dass sich auch die Herren dazu entschlossen haben, an unserem Spiel teilzunehmen.«

Himmel, wo hat Charly nur gelernt, sich so verbissen auszudrücken? Sie spricht, als hätte man ihr einen Stock in den Hintern geschoben.

Ich zwinge mich regelrecht dazu, mich nicht umzudrehen. Ich will auf keinen Fall Adam sehen. Dabei spielt es keine

Rolle, dass Camille noch vor wenigen Minuten an ihm geklebt hat.

Nein, ich habe ihn gar nicht beobachtet. Überhaupt nicht. Er ist nur zufällig in den letzten dreißig Minuten ständig vor meine Augen gelaufen.

»Okay«, schreit Ruth und fängt an.

»Ich habe noch nie in meinem Leben jemand Fremdes geküsst.«

Ein paar der Gäste beginnen zu lachen, und ich sehe die anderen an, die an ihren Gläsern nippen.

Ich trinke ebenfalls.

Ruth blickt mich mit weit aufgerissenen Augen an. »Ella? Du? Wirklich?«

Nein, das ist gelogen. Aber ich würde gerne. Und Adam in Gedanken zu küssen ist fast dasselbe, oder? Mein Blick trifft Colins, der mich anlächelt. Ich habe das Gefühl, dass er nicht scharf darauf ist, hier zu sein. Kann man es ihm verübeln? Dann sehe ich Adam, der zusammen mit Camille trinkt.

Oh. Das erklärt einiges.

»Meinst du einen einfachen Kuss oder einen mit Zunge?«, ruft eine Brünette, die an der Wand lehnt und auf ihr Handy schaut.

»Nur zwei Wörter sind hier wichtig: geküsst und fremd. Weitere Informationen sind nicht von Bedeutung.«

Die Brünette scheint mit der Erklärung einverstanden zu sein, denn sie nickt, und ihr Blick fällt wieder auf ihr Handy.

»Okay, ich bin dran«, ruft Charly und hebt ihr Glas. »Ich hatte noch nie mit einer verheirateten Person Sex.«

Okay, das ist leicht. Das würde mir nicht im Traum einfallen. Als ich den Kopf hebe, sehe ich Adam, der an seinem Glas nippt. Dann begegnet sein Blick meinem, und augenblicklich werde ich nervös.

Ich sehe zur Seite und nehme die anderen nur noch am Rande wahr.

Ich habe noch nie in meinem Leben etwas gestohlen.

Ich habe noch nie in meinem Leben einen Wagen gecrasht.

Ich habe noch nie in meinem Leben Nacktfotos von mir machen lassen.

Sofort wandert mein Blick zu Colin, der erstarrt, das Glas auf den Tisch knallt und so ruckartig aufsteht, dass sein Stuhl nach hinten kippt. Und dann ist er auch schon verschwunden und verlässt die Bar. Der Spruch kam von Charly, der ein spöttisches Grinsen auf den Lippen liegt. Ich weiß nicht, was sie sich dabei gedacht hat, denn jeder weiß, dass sie damit Rae treffen wollte.

Rae hatte vor ihrer Ankunft in Duncan zusammen mit Adam eine ziemlich wilde Zeit, und ein One-Night-Stand hat Nacktfotos von ihr ins Netz gestellt. Kein Wunder, dass Colin nicht gut darauf zu sprechen ist, aber als mein Blick zu Adam geht, erkenne ich blanke Wut in seinen Augen.

Camille scheint das allerdings nicht zu erkennen, denn sie setzt sich, ohne mit der Wimper zu zucken, auf seinen Schoß.

Seufzend trinke ich meine Flasche leer, stehe auf und zwänge mich durch die Menge nach draußen.

Das Verabschieden spare ich mir. Ich werde Ruth schon sehr bald wiedersehen.

Adam

Am liebsten hätte ich dieser Charly Mackenzie den Hals umgedreht. Es war offensichtlich, dass sie auf Rae angespielt hat. Es macht mich immer noch wütend, dass dieses Foto von Rae weiterhin im Netz existiert. Zwar ist es der Polizei damals gelungen, das Bild auf einigen Plattformen löschen zu lassen, aber es wurde auch kopiert und auf Internetseiten im Ausland hochgeladen, und hier scheint die New Yorker Polizei keinen Einfluss zu haben.

Was einmal im Internet existiert, bleibt dort – genauso ist es. Ich weiß, wie schlimm dieses Foto für Rae gewesen ist und wie wütend ich damals war, als ich es zum ersten Mal sah.

Ich war damals kurz davor, diesen verfickten Laptop vom Tisch zu schleudern.

Ich brauche frische Luft und ein wenig Abstand. Camille klebt schon den ganzen Abend an mir. Ich habe kaum die Möglichkeit, mich mit jemandem zu unterhalten. Bestimmt ist das ihre Masche. Mich so lange zu nerven, bis ich sie mit auf mein Zimmer nehme. Aber diese Masche zieht bei mir nicht.

Ich habe keine Lust, die Nacht mit Camille zu verbringen. Keine Ahnung, irgendwie reizt sie mich nicht. Klar, sie ist höllisch attraktiv, trotzdem verspüre ich nicht den geringsten Drang, mit ihr nach Hause zu gehen. Dafür würde ich mich viel lieber mit jemand anderem unterhalten.

Das wurde mir klar, als ich Ella Finnigan in der Bar gesehen habe.

Kühle Nachtluft weht mir entgegen, als ich die Bar verlasse. Was habe ich mir nur dabei gedacht, an diesem bescheuerten Junggesellenabschied teilzunehmen? Ich kenne den Typ nicht einmal. Wer verbringt denn diesen besonderen Tag mit wildfremden Menschen?

Ich fahre mir über das Gesicht und bemerke, dass ich immer noch die Flasche Whisky in der Hand halte. Jack hat sie mir vorhin vor die Nase gestellt, und ich habe sie dankbar angenommen.

Irgendwie ist dieser Ort noch gefährlicher für mich als New York City. Das liegt daran, dass jeder hier dein Freund sein will und zu wissen glaubt, was das Richtige für dich ist. Dabei wissen sie nichts von mir.

Rein gar nichts.

Nichts von den Fehlern, die ich gemacht habe.

Nichts von den Entschuldigungen, die ich nicht ausgesprochen habe.

Nichts von den Entscheidungen, die ich getroffen habe.

Nichts von den Momenten, die ich verpasst habe.

»Nicht jeder verpasste Moment ist ein verlorener«, höre ich eine Stimme und schrecke zusammen. Habe ich das gerade laut gesagt?

Und wer zur Hölle hat mir zugehört?

Ich stehe mitten auf der Straße in diesem Nest am Arsch der Welt und schaue mich um, aber niemand ist zu sehen.

Wie zur Hölle kann das sein? Höre ich jetzt etwa schon Stimmen? Steht es denn schon so schlimm mit mir?

»Hier drüben.«

Egal, wohin ich sehe. Nichts als Dunkelheit.

»Auf 10 Uhr. Dann geschätzt zwei Schritte nach vorn.«

Okay, irgendjemand will mich wohl verarschen. Falls jemand hier eine versteckte Kamera installiert hat, wird es wohl nicht lange dauern, bis man das Video auf YouTube hochladen wird, und die ganze Welt wird sehen, was für ein Idiot ich bin.

Aber ich folge trotzdem der Stimme, gehe zwei Schritte nach vorn, und da sehe ich sie.

Ella, die auf dem Boden unter einem Baum sitzt.

Sie hat die Knie angezogen und den Kopf dort abgelegt und blickt mich mit großen Augen an. Ein paar Meter entfernt steht eine Straßenlaterne und spendet genug Licht, dass ich ihr Gesicht sehen kann.

Sie hat geweint.

Fuck! Und sie sieht wunderschön aus.

»Warum versteckst du dich hier?«

Sie zuckt mit den Schultern. »Ich will gerade niemanden sehen.« Langsam gehe ich auf sie zu. Ein Schritt vor den anderen.

»Dann hättest du dich nicht bemerkbar machen dürfen.«

»Uups.« Sie kichert und presst sich eine Hand auf den Mund. Da hat jemand viel zu tief ins Glas geschaut. Aber dann winkt sie ab, als würde ich keine Rolle spielen. »Schon okay. Du bist eine Ausnahme.«

Sie macht mich neugierig.

»Ach ja? Warum ausgerechnet ich?«

»Weil du nicht von hier bist. Du bist unvoreingenommen.« Dann hält sie inne und presst die Augen zusammen, als hätte sie Schmerzen.

»Obwohl, so ganz stimmt das nicht. Du hast ja meine Füße bereits kennengelernt.« Dann zieht sie plötzlich ihre Schuhe aus und wackelt mit den Zehen.

Langsam schüttle ich den Kopf. Ich bin mir sicher, dass ihr der Alkohol schon ein wenig zusetzt, sie lallt leicht, und ihre Stimmung ist ziemlich am Boden.

Das gefällt mir nicht.

»Richtig. Ich erinnere mich.« Die Elefantenfüße erwähne ich vorsichtshalber nicht. »Darf ich mich zu dir setzen?«

Sie wischt sich mit dem Handrücken über die Nase. »Auf den Boden?« Ihre Stimme klingt leicht entsetzt.

Okay, sie wischt sich den Rotz an ihrer Hand ab, aber ist schockiert, weil ich mich auf den dreckigen Boden setzen möchte? Im Ernst?

»Warum nicht?«

Einen Moment scheint sie darüber nachzudenken, dann rutscht sie ein Stück zur Seite.

Ich gehe zu ihr, setze mich daneben und lehne mich gegen den Baumstamm.

»Möchtest du darüber reden?«

»Eigentlich nicht.«

»Okay. Ich hab da so eine Theorie.«

»Über mich?«

»Nein. Über mich. Möchtest du sie hören?«

Ich spüre ihren fragenden Blick auf mir. »Klar.«

»Okay, bist du so weit? Jetzt kommt eine richtig tiefgehende Erkenntnis.«

»Spuck's schon aus, Parker.«

Ich lache leise und drehe meinen Kopf zu ihr. Ein wenig erinnert sie mich an Rae.

»Wenn es mir richtig schlecht geht, dann habe ich Sex.«

Einen Moment ist es still, dann prustet Ella los. Eine Mischung aus pusten und leisem Kichern. Es ist mir gelungen, sie abzulenken, auch wenn es der Wahrheit entspricht. Ich habe mir schon oft Gedanken darüber gemacht, aber erst jetzt wird es mir so richtig bewusst. Es stimmt, und das erschreckt mich. Es wird Zeit, das zu ändern.

»Wow. Das ist mir aber nicht wirklich eine Hilfe. Ich lebe in einem Dreitausendseelenkaff, und das Durchschnittsalter liegt bei zweiundsechzig Jahren. Könnte mit dem Sex ein Problem werden.«

»Willst du mir damit sagen, dass du keinen Sex hast?« Die Frage interessiert mich seltsamerweise viel zu sehr.

Obwohl es dunkel ist und die Straßenlaterne nicht allzu viel Licht spendet, sehe ich, wie ihr die Röte in die Wangen schießt.

Sie reckt das Kinn und sieht mich nicht an. Sehr interessant. »Darüber will ich nicht reden.«

»Du machst mich echt neugierig.«

»Sei still. Wir sollten eher überlegen, wie du deine Laune verbessern könntest. Wenn ich mich nicht täusche, klebt Camille die ganze Zeit an dir. Sie wäre eine Option, um dein Problem aus dem Weg zu räumen.«

Wenn ich es nicht besser wüsste, würde ich fast sagen, sie ist eifersüchtig. Aber das ist Unsinn. Ella und ich kennen uns kaum.

»Es sollte eher zum Nachdenken anregen, denn ich hatte in der Vergangenheit verdammt viel Sex.«

Einen Moment sieht sie mich stumm an. Die Intensität, mit der sie mich mustert, beunruhigt mich. Es ist, als könnte sie mich bis auf meine Grundmauern durchleuchten und Dinge dabei erkennen, die ich bislang versteckt gehalten habe.

»Was bedeutet, dass es dir in der Vergangenheit verdammt oft schlecht gegangen sein muss.«

»Gut kombiniert, Sherlock.«

Wieder legt sich Stille über uns. Dann legt sie den Kopf in den Nacken und betrachtet den Himmel. Er ist fast schwarz, und kein Stern ist zu sehen. Es fühlt sich an, als wären Ella und ich ganz allein hier. Weit und breit nichts außer uns beiden und dem Universum.

»Es ist ziemlich spät für ein so tiefgründiges Gespräch.«

»Dafür ist es nie zu spät.«

»Was fängst du denn mit dieser Erkenntnis an?«

»Eine gute Frage. Erst recht, wenn man bedenkt, dass ich zuerst wirklich vorhatte, mit Camille heimzugehen.«

Sie atmet scharf ein, und ich blicke zu ihr. Ich kann ihren Gesichtsausdruck nicht recht deuten.

»Was hat dich umgestimmt?«

Ich schlucke. »Du.«

»Ich?« Die Überraschung ist ihr deutlich anzuhören, und ich bin selbst verwirrt deswegen.

»Du bist gegangen und sahst ziemlich fertig aus. Ich konnte dich nicht einfach so gehen lassen.«

Sie zieht langsam beide Augenbrauen nach oben. »Und dafür lässt du Camille sitzen? Oh, oh. Da wirst du noch Ärger bekommen.«

»Ehrlich gesagt ist mir das ziemlich egal.«

»Warum?«, flüstert sie so leise, dass ich sie kaum verstehe. Das ist dann wohl die Eine-Million-Pfund-Frage, oder?

»Ich weiß es nicht.«

Das ist die Wahrheit. Und ich habe weder die Kraft noch die Lust, mir darüber Gedanken zu machen.

Nicht heute Nacht.

Sie wischt sich die Hände an ihrem Rock ab und stemmt sich nach oben. Anscheinend hat sie keine Lust mehr zu reden. Oder hier zu sitzen.

»Möchtest du ein Stück spazieren gehen, oder willst zu zurück ins *Iris*?«

»Ich gehe sehr gerne ein Stück mit. Woher weißt du, dass ich im Café wohne?«

Sie zuckt mit den Schultern. »Weil Rae alle Gäste dort unterbringt.« Sie bleibt stehen und hebt die Hände. »Also nicht, dass du wie alle Gäste bist. Jeder hier in Duncan weiß, dass du ihr bester Freund bist. Im Grunde genommen bist du so was wie eine Berühmtheit. Nicht so wie Henry. Er wurde schließlich zum Sexiest Man Alive gewählt.« Dann verstummt sie und presst schnell die Augen zusammen. »Nicht, dass du diesen Titel nicht auch verdient hättest. Du bist auch heiß, also ...«

Es ist niedlich, wie sie versucht sich zu rechtfertigen. Lachend stehe ich auf. »Ich verstehe, was du meinst.«

Sie lächelt, und mir fällt auf, dass es ein sehr hübsches Lächeln ist. Es ist nicht atemberaubend. Nicht unwiderstehlich, sondern ehrlich. Und genau das brauche ich jetzt.

Das macht es für mich so wertvoll.

Ich bin in den letzten Jahren einfach zu oft unwiderstehlich angelächelt worden. Sogar noch vor wenigen Minuten von Camille im *Ginnie's*.

Und irgendwie habe ich die Nase voll davon. Ein ehrliches Lächeln ist jetzt genau das Richtige.

Ella streicht sich eine Haarsträhne aus dem Gesicht, dann bleibt ihr Absatz an einem Stein hängen, und sie gerät ins Straucheln.

»Vorsicht«, rufe ich, greife nach ihrem Arm und halte sie fest.

Sie schenkt mir ein weiteres Lächeln, und es ist noch schöner als das zuvor. »Das war knapp. Danke.«

»Keine Ursache«, murmele ich, lasse sie los und gehe weiter. Nicht zu weit von ihr weg. Nicht, dass sie noch mal stolpert.

Wir laufen eine Weile schweigend nebeneinanderher, und es fühlt sich gut an. Normal. Richtig.

»Also, dieser Abend war ein wenig schräg.« Mir ist jedes Mittel recht, um mich weiterhin mit ihr zu unterhalten.

»Ich fand ihn auch schrecklich. Ständig diese dämlichen Fragen und dann dieses sinnlose Besäufnis.«

»Und diese Blicke, wenn man nicht mittrinkt. Als hätte man gerade ein großes Geheimnis offenbart. Man könnte meinen, sie wären alle Teenager und nicht erwachsene Menschen.«

»Na ja«, sagt Ella und zuckt mit den Schultern. »Du kannst ja jederzeit mittrinken. Weiß ja keiner, ob du die Wahrheit sagst, oder nicht.«

»Was hätte das Spiel dann für einen Sinn?«

»Es hat überhaupt keinen Sinn, außer sich vor anderen Menschen bloßzustellen. Aber es gibt nun mal Dinge, die andere über einen selbst nicht wissen sollen, und dann muss man manchmal zu drastischen Mitteln greifen. Um sich selbst zu schützen.«

Ich bleibe stehen und lasse mir ihre Worte durch den Kopf gehen.

»Du hast gelogen.«

Sie reckt das Kinn. »Ja.«

Ich beginne zu lachen. »Sehr erwachsen.«

Sie zuckt nur mit den Schultern und geht weiter. »Es ist mir egal, was sie von mir denken werden, wenn sie die Wahrheit herausfinden. Es ist nur ein Spiel.«

»Warum hast du dann gelogen, wenn es dir egal ist?«

Sie bleibt stehen und seufzt laut auf. »Das ist eine ziemlich lange Geschichte. Nur so viel: Ich wollte Charlie Mackenzie nicht die Genugtuung geben, sich über mich lustig machen zu können.«

»Manche Dinge muss man einfach akzeptieren, wie sie sind. Damit nimmst du ihnen allen Wind aus den Segeln. Soll ich dir ein Geheimnis verraten? Ich habe auch noch nie einen Fremden geküsst.« Einen Moment ist sie sprachlos, aber dann versteht sie, was ich gemeint habe. Lachend boxt sie mich gegen die Schulter.

»Aber du hast doch sicherlich schon eine Fremde geküsst, oder?«

»Definiere fremd.«

Sie zuckt mit den Schultern. »Na ja, jemanden, den ich nicht kenne.«

Er runzelt die Stirn. »Kann schon sein. Vielleicht sind die meisten Menschen in meinem Umfeld Fremde für mich. Vielleicht sogar Rae.«

Einen Moment starrt sie mich an, dann nickt sie langsam. »Das Gefühl kenne ich. Wenn man nicht mehr weiß, wer sein Gegenüber überhaupt ist. Wenn man glaubt, jemanden in- und auswendig zu kennen, und plötzlich stellt sich heraus, dass dem nicht so ist.«

Ella bleibt stehen und dreht sich zu mir um. Sie schlingt die Arme um ihren Körper und blickt mich mit großen Augen an.

»Was ist mit mir?«, frage ich sie.

»Was soll mit dir sein?«

»Bin ich ein Fremder für dich?«

Sie schnauft, als wäre meine Frage vollkommen absurd.

»Du bist Rae MacArrans bester Freund.«

Der Stempel wird mir wohl für alle Zeit bleiben.

»Das beantwortet nicht meine Frage.«

»Du hast recht. Im Grunde genommen bist du ein Fremder für mich, auch wenn wir schon so manch tiefsinniges Gespräch miteinander geführt haben. Somit denke ich also, dass du so jemanden wie mich bestimmt schon mal geküsst hast, oder?«

Wir stehen mitten auf der Straße. In New York wäre das ein Ding der Unmöglichkeit, aber hier scheint alles möglich zu sein.

Ella streicht sich eine Haarsträhne aus dem Gesicht und schluckt. Sie wirkt plötzlich nervös.

Ich gebe ihr keine Antwort. Was soll ich darauf auch sagen? Meine Anzahl an One-Night-Stands ist so hoch, dass ich den Überblick verloren habe. Aber es spielt auch keine Rolle.

»Ich sollte jetzt reingehen.« Sie deutet mit dem Daumen über ihre Schulter auf das Haus hinter sich.

»Ich schätze, wir sehen uns, Adam Parker.«

Sie schenkt mir ein kleines Lächeln, dann sperrt sie die Türe auf und geht hinein.

»Ja, ich denke, das tun wir, Ella Finnigan.«

Ella

Dieser Tag ist wirklich beschissen.

Seit unserer Begegnung vor dem Haus der Mackenzies vor drei Tagen habe ich Adam nicht mehr gesehen. Obwohl ich es darauf angelegt habe. Vielleicht macht mich das zu einer Stalkerin, aber ich wollte ihn unbedingt sehen und ein paar Worte mit ihm wechseln. Doch er ist weder im *Ginnie's* aufgetaucht, noch habe ich ihn bei Rae im Café gesehen oder in Brendas Gebrauchtwarenladen.

Ich bin sogar gestern bei Sonnenaufgang mit dem Fahrrad durch Duncan gefahren, in der Hoffnung, ihm beim Joggen zu begegnen. Aber nichts. Nada. Niente. Und dabei bin ich vorher eine ganze Ewigkeit nicht mehr Fahrrad gefahren. Anfangs dachte ich schon, ich hätte es vielleicht verlernt, aber Gott sei Dank ist das nicht der Fall. Es stimmt schon, was man sagt: Fahrradfahren verlernt man nicht.

Tja, egal, wie sehr ich mich also angestrengt habe, Adam war wie vom Erdboden verschluckt.

Bis heute Morgen. Als ich zufällig im Café *Iris* war, um mir einen Kaffee des Tages zu holen, habe ich ihn mit Camille zusammen am Tresen stehen sehen. Camille hat ihn mit Iains Cruffins gefüttert, und ich stand einfach nur so vor der Fensterscheibe und habe sie beobachtet. Der Duft von Zimt und Marzipan lag in der Luft, und alles wirkte so kitschig wie in einem Hollywoodfilm.

Doch als ich gesehen habe, wie er sich die Finger abgeleckt hat, habe ich mich umgedreht und bin nach Hause gegangen.

Ohne Kaffee.

Das erklärt, warum der Start in den Tag heute so beschissen gewesen ist, und im Laufe des Tages wurde es nicht besser.

Ruth Mackenzie kostet mich wirklich den letzten Nerv. Ich bin gerade zum gefühlt hundertsten Mal dabei, ihr Hochzeitskleid abzuändern. Diesmal muss es um die Taille enger genäht werden, und ich schwöre, dass ich es gar nicht mehr abwarten kann, bis ihre Hochzeit endlich vorüber ist.

Im Ernst, ich wusste, dass Ruth anstrengend ist, aber das übertrumpft alles.

Ich bin gerade dabei, die Naht zu öffnen, da ertönt ein Klingeln.

»Ich komme gleich«, rufe ich und lege den Stoff zur Seite, ehe ich mich auf den Weg in den Verkaufsraum mache.

Rae ist dort, zusammen mit ihrer Tochter Gwendolyn, die gerade mit weit aufgerissenen Augen eines der Kleider betrachtet, die ich im Schaufenster ausstellen möchte.

Die Modellpuppe trägt ein silberweißes A-förmiges Satinkleid im Stil von Jane Austin mit Spaghettiträgern und einer Seidenstola um die Schultern.

»Hey, Ella. Ich war gerade in der Nähe und dachte mir, ich schaue kurz bei dir vorbei. Gwen wollte unbedingt einmal die Prinzessinnenkleider sehen.«

Ich lache laut auf. »Mir ging es als Kind genauso. Tante Mary hat mich sogar manchmal hier übernachten lassen, weil ich nicht nach Hause gehen wollte.«

Rae verzieht das Gesicht. »Ich hoffe, dass es so weit nicht kommen wird. Wobei, wenn man sie so sieht, könnte man meinen, dass sie es gar nicht erwarten kann zu heiraten. Das wird ihrem Daddy gar nicht gefallen.« Ich beobachte Gwen, die unter den Satinstoff schlüpft und sich dort versteckt.

Ich zucke mit den Schultern. »Sind so nicht alle Mädchen?«

»Nein, ich nicht. Ich wollte nie heiraten und Kinder bekommen.«

»Wirklich nicht?«

Sie schüttelt den Kopf. »Nein, frag Adam. Er hätte sein letztes Hemd verwettet, dass ich ganz bestimmt mein Leben lang Single bleiben würde. Beziehungen waren nie so mein Ding.«

Sie sagt es nicht, aber ich weiß, was sie denkt. Bis Colin gekommen ist. Ich finde es einen schönen Gedanken, dass er ihre Welt komplett aus den Angeln gerissen hat.

»Adam ist genauso gestrickt. Das Letzte, was der Kerl will, ist, sein ganzes Leben mit nur *einer* Frau zu verbringen.«

Als sie seinen Namen erwähnt, zucke ich ein wenig zusammen. Ich habe bewusst versucht, nicht an ihn zu denken.

Es ist einfach sehr schwierig, mit einem Mann zu sprechen, mit dem man in der Fantasie Sex hatte, ohne ihn wirklich zu kennen. Auch wenn es eigentlich nur meine Protagonistin war, aber eine Psychologin würde hier mit Sicherheit einen Zusammenhang herstellen. Mein Gott bin ich verkorkst!

Doch noch seltsamer ist es, Rae von ihm sprechen zu hören. Ich weiß, dass Adam ihr bester Freund ist, und ich frage mich, ob zwischen ihnen einmal was gelaufen ist. Nicht, dass es mich etwas angehen würde. Aber allein der Gedanke daran verursacht mir Bauchschmerzen.

Ich weiß nicht, was ich darauf sagen soll, und wenn ich ehrlich bin, würde ich gerne das Thema wechseln.

Aber wie stelle ich das an, ohne unhöflich zu sein?

Gwen scheint meine Verbündete zu sein, denn sie rettet mich aus dieser unbehaglichen Situation, indem sie unter dem Rock hervorschlüpft, nach Raes Hand greift und sie mit großen Augen ansieht. Immer wieder zupft sie an ihrem Pullover.

»Mommy, ich muss mal.«

Okay, das ist dann wohl mein Stichwort. »Ihr könnt die Kundentoilette benutzen. Zweite Tür rechts«, sage ich schnell, noch ehe Rae reagiert.

Sie seufzt erleichtert. »Vielen Dank. Es ist jedes Mal dasselbe. Kaum verlasse wir das Haus bin, ich auf der Suche nach einer Toilette.« Sie nimmt Gwen auf den Arm und verschwindet mit ihr hinter mir.

Plötzlich wird mir übel. Mein Laptop. Was, wenn sie die Toilette nicht findet und einen Blick darauf wirft?

Was, wenn sie herausfindet, was ich schreibe?

So schnell ich kann, laufe ich zurück und klappe gerade noch den Bildschirm herunter, ehe die Toilettenspülung ertönt.

Glück gehabt. Okay, vielleicht bin ich wirklich paranoid. Ich sollte aufhören ein Doppelleben zu führen.

Ich höre Wasser rauschen, dann öffnet sich die Tür, und die beiden treten heraus.

»Ich will dich gar nicht länger aufhalten. Du hast bestimmt mit Ruths Brautkleid alle Hände voll zu tun. Ganz Duncan ist schon gespannt darauf, wie es aussehen wird. Ich wollte dir nur sagen, dass ich dir eine Doodle-Liste geschickt habe mit allen Arbeiten, die vor der Hochzeit noch anfallen. Wenn du willst, kannst du dich gerne eintragen. Wir sind für jede Hilfe dankbar.«

»Ich bin noch gar nicht dazu gekommen, meine E-Mails zu checken. Aber ich schau es mir mal an, okay?«

»Kein Problem.« Sie nimmt Gwen auf den Arm, holt ihre Tasche und verlässt den Laden.

Ich stöhne auf, als ich meine E-Mails abrufe und die Liste entdecke, die Rae mir geschickt hat. Die Aufgaben sind in verschiedenen Farben markiert. Rot ist bereits erledigt, grün wurde schon vergeben, und die blauen Aufgaben sind noch frei.

Ich sitze auf meinem Bett und scrolle mich durch die Aufgaben.

- *Trauringe vom Gravieren abholen*
- *Brautstrauß in Auftrag geben*
- *Blumengesteck für das Brautauto abholen*
- *Tischordnung festlegen*
- *Gästebuch organisieren*
- *Hochzeitstorte in Auftrag geben*
- *Blumengestecke für Kirche abholen*

Die Liste ist drei Seiten lang, und ich frage mich, wer auf die dämliche Idee gekommen ist, dass sich das Dorf um die Organisation kümmern soll. Ich weiß, dass es eine alte Tradition in Duncan ist, schon seit Jahrhunderten. Alles fing damit an, dass sich der Mackenzie-Clan und die Familie Craig in Duncan angesiedelt und als Geste der Solidarität sich gegenseitig bei den Hochzeitsvorbereitungen geholfen haben. Aber damals hatte man höchstens eine Kuh oder ein Lamm geschlachtet und ein paar Gläser heißen Grog getrunken. Niemand hätte gedacht, dass diese kleine Geste solche Auswirkungen auf die zukünftigen Bewohner von Duncan haben würde.

Ich blättere mich durch die Liste. Jack, Quentin, Colins Schwiegermutter Brenda, Rosie Shark, Mrs Green und auch Iain haben sich schon eingetragen. Plötzlich kommt mir ein Gedanke. Vielleicht ergibt sich die Möglichkeit, dass ich mit Adam zusammenarbeite. Dann wäre ich in seiner Nähe, ohne dass es auffällig wäre. Je länger ich darüber nachdenke, desto besser gefällt mir mein Plan.

Ich scrolle mich durch die Seiten, und als ich die Namen durchgehe, entdecke ich es.

Blumengestecke für Kirche abholen: Adam Parker und Camille Clark.

Kirche schmücken: Adam Parker und Camille Clark

Ein stechendes Gefühl macht sich in meiner Brust breit.

Ob er sich zusammen mit Camille eingetragen hat? Oder war es ihre Idee?

Eine Weile denke ich darüber nach, und der Cursor meines Laptops verharrt über der Stelle, bis ... er mich zu etwas verleitet, das ich noch nie getan habe. Ich werde zu einer Betrügerin.

Ich lösche Camille Clark aus der Liste und ersetze sie durch Annabelle Finnigan.

Ella

Ich habe kein schlechtes Gewissen, weil ich den Namen ausgetauscht habe, aber ich bin mir ziemlich sicher, dass man mir auf die Schliche kommen wird. Bestimmt sieht man es mir an. Vermutlich sehe ich aus wie Pinocchio und laufe den ganzen Tag mit knallroten Wangen durch die Gegend.

Und was soll ich sagen, wenn mich jemand darauf anspricht? Wie soll ich erklären, dass ich unbedingt mit Adam zusammenarbeiten wollte, ohne dass ganz Duncan merkt, was ich für ihn empfinde?

Aber vielleicht habe ich Glück, und es fällt niemandem auf.

Das glaubst du doch wohl selbst nicht, Ella.

Die Aufgaben für die Hochzeit wurden bereits alle vergeben. Iain kümmert sich um die Hochzeitstorte (klar, wer sonst?), Rae und Colin um den Sektempfang und das Dessertbüfett; außerdem hat Colin angeboten, sich um die Hochzeitsfotos zu kümmern. Jack hat es sich zur Aufgabe gemacht, eine geeignete Band herauszusuchen und kümmert sich um das Feuerwerk; Quentin stellt die Bar, die sich abends auf dem Marktplatz befinden wird, und organisiert den Junggesellenabschied; Tante Rose und Ruths Mutter Lydia haben die Einladungen verschickt und besorgen die Eisskulptur, Jesse, Ruths Bruder, wird der Chauffeur des Brautpaares sein. Charly weist die Brautjungfern ein und sorgt dafür, dass alle Blumenkinder rechtzeitig vor Ort sein werden. Ich kümmere mich um das Brautkleid und zusammen mit Adam um die Gestaltung der Kirche. Perfekt.

Genau aus diesem Grund stehe ich seit zehn Minuten vor Raes Café und warte auf Adam, um mit ihm zum Blumengroßmarkt nach Edinburgh zu fahren. Ein wolkenloser Himmel erstrahlt über Duncan, und wenn ich nicht wüsste, dass es ein Ding der Unmöglichkeit ist, würde ich meinen Hintern darauf verwetten, dass Ruth das eingefädelt hat. Ein perfektes Wetter für ihre Hochzeit. Soweit ich weiß, wird Colin das Paar bereits heute Nachmittag vor dem Mackenzie-Cottage fotografieren. Rae hat mir heute Morgen eine Nachricht geschrieben und mir mitgeteilt, dass Adam um 11 Uhr fertig sein wird. Also habe ich geduscht, mich gefühlt hundertmal umgezogen und mich schließlich für ein Paar kurze schwarze Jeansshorts, eine weiße taillierte Bluse und Ballerinas entschieden. Meine Haare habe ich zu einem Messy Bun gebunden. Unter dem Arm halte ich einen schmalen Aktenordner, den ich extra für die Hochzeitsvorbereitungen angelegt habe. Darin befinden sich die Liste, auf der alle Arbeiten aufgeführt sind, sowie ein paar Notizen, die ich mir über Ruth gemacht habe. Bestimmt kann man diese irgendwie in die Planungen mit einbauen. Ich könnte jetzt schon einen ganzen Abend lang nur Ruths Kommentare aufzählen, die sie, während sie das Brautkleid anprobiert hat, losgelassen hat.

Aber das ist nicht mein Job. Ich bin für die Blumen zuständig.

Ruths Lieblingsblumen sind gelbe Lilien, und ich habe keine Ahnung, ob wir sie um diese Jahreszeit bekommen werden, aber Ruth hat sie sich gewünscht, und es ist meine Aufgabe, ihr diesen Wunsch zu erfüllen. Sie hätte sich wohl genauso gut auch goldene Tulpen und juwelenbesetzte Rosen wünschen können. Es wäre auf das Gleiche herausgekommen.

Als hätte ich es mit ihrem Brautkleid nicht schon schwer genug. Aber was tut man nicht alles, um einem Mann näherzukommen, in den man gefühlt schon eine halbe Ewigkeit verliebt ist?

Nachdem ich Adam auf der Hochzeit von Rae und Colin kennenlernen durfte, dachte ich oft darüber nach, ihn zu kontaktieren. Ich habe ihm unzählige Nachrichten auf Instagram geschrieben, aber alle wieder gelöscht. Vielleicht hätte ich Rae nach seiner Telefonnummer fragen sollen, aber ich habe mich nicht getraut.

Ja, ich bin ein Feigling.

Gerade als ich dabei bin, in sein Zimmer hochzustürmen, fährt ein gelbes Taxi vor. Es hält vor mir, die Fahrertür öffnet sich, und Adam lehnt sich über den Beifahrersitz zu mir herüber.

»Kommst du?«

Vollkommen perplex starre ich ihn an. »Colin hat dir seinen Wagen geliehen?« Damit hätte ich nicht gerechnet. Er ist bekannt dafür, dass niemand sein Taxi fahren darf. Nicht einmal Rae.

Als Bestätigung grinst er mich an, und allein dieser Anblick lässt mein Herz höherschlagen.

Ich bin schon ein paarmal mit Colin in dem Wagen gefahren, aber jetzt nehme ich ihn ganz anders wahr. Das Leder ist kühl und klebt an meinen nackten Beinen. Der Duft von Kartoffelchips, Orangensirup und Babycreme liegt in der Luft. Eine eigenartige Mischung.

Im Fußraum befindet sich ein Karton mit Babywindeln, daher ist es mir nicht möglich, die Beine auszustrecken. Ich werfe einen Blick auf die Rückbank. Ein Kindersitz, ein Malbuch, verschiedene Stifte, eine Stoffpuppe und eine offene Trinkflasche liegen darauf. Auf dem Stoffbezug befindet sich ein handtellergroßer dunkler Fleck.

Soweit ich mich erinnere, hat Colin sein Taxi früher immer penibel gepflegt. Dass es jetzt so aussieht, als hätte eine Horde Kinder ein Jahr lang darin gehaust, zeigt mir nur, wie sehr er es genießt, Vater zu sein.

»Tut mir leid, dass es hier so aussieht. Aber ich habe keinen eigenen Wagen, und Colin war so nett, mir seinen zur Verfügung zu stellen. Gwen richtet hier ein ziemliches Chaos an. Colin tut mir richtig leid. Es wird eine Weile dauern, bis er den Wagen wieder sauber hat.«

Ich starre auf meine Hände, die in meinem Schoß liegen, und schüttle leicht den Kopf. Ich spüre Adams Blick auf mir, aber ich schaffe es nicht, mich zu ihm zu drehen.

Der Gedanke, was er wohl sieht, wenn er mir ins Gesicht blickt, zerreißt mich fast, und das liegt nicht an meinem schlechten Gewissen, sondern an der Tatsache, dass ich in meiner Fantasie schon viele Dinge mit ihm angestellt habe.

Ziemlich heiße Dinge.

Und er hat keine Ahnung davon.

Ich warte einen Moment, dann sehe ich zu Adam, der auf die Straße schaut und leise zur Musik mitsummt.

Summer in the City von Joe Cocker.

Ich habe gar nicht bemerkt, dass er das Radio eingeschaltet hat, so sehr war ich in Gedanken.

Ich überlege fieberhaft, was ich sagen könnte. So verrückt das klingt, ich habe keine Probleme damit, für meine Leser zu schreiben, wie ich mit der Zunge Adams Körper erkunde, aber ihm jetzt so nahe zu sein, macht mich wahnsinnig.

Meine Hände sind schwitzig, und mein Herz trommelt so laut in meiner Brust, dass ich mir sicher bin, dass er es hört.

»Gwen mag keinen Ketchup«, murmele ich und blicke aus dem Beifahrerfenster.

»Bitte?« Ich weiß nicht, ob er mich akustisch oder inhaltlich nicht verstanden hat. Ich drehe mich zu ihm und sehe seine verwirrte Miene. Vielleicht eher Letzteres. Ich kann mir ein Lächeln nicht verkneifen.

Mit dem Daumen deute ich nach hinten.

»Der rote Fleck auf dem Stoff. Gwen mag keinen Ketchup, und Colin weißt das. Trotzdem versucht er immer wieder, ihn ihr schmackhaft zu machen. Ich glaube sogar, er ist der größte Ketchup-Fan in ganz Schottland. Das letzte Mal hat sie einfach die offene Ketchup-Verpackung auf den Stoff gelegt und mit der Faust draufgeschlagen.«

Adam starrt mich noch einen Moment fassungslos an, dann bricht er in schallendes Gelächter aus.

»Im Ernst? Das hätte Rae sein können. Mein Gott, man merkt, dass sie ihre Tochter ist.«

»Colin war im ersten Moment ziemlich angefressen, aber dann hat Rae ihm klargemacht, dass er endlich aufhören soll, seinen Mädchen etwas schmackhaft machen zu wollen, das sie nicht ausstehen können. Ich denke, er hat's verstanden.«

Adam schüttelt immer noch den Kopf. »Das ist so typisch Rae. Einmal hatte sie einen Kunden, der ziemlich hohe Ansprüche an eine Wohnung hatte. Sie sollte in Manhattan liegen mit Blick auf den Central Park, aber wenn möglich nicht so dicht an der Upper East Side, wegen des Lärms, und natürlich mit gehobener Vollausstattung für so wenig Geld wie möglich. Da ist Rae der Kragen geplatzt. Sie ist aufgestanden, hat die Tür zu ihrem Büro geöffnet und den Mann gebeten, zu gehen. Als er vor ihr stand, meinte sie nur: ›Wenn Sie einen Ferrari wollen, müssen Sie auch einen Ferrari bezahlen. Wenn Ihnen das nicht möglich ist, dann müssen Sie sich mit einem verrosteten Ford Pick-up zufriedengeben.‹ Dann hat sie ihm die Tür vor der Nase zugeknallt. Alle im Büro haben geklatscht, nur George, unser Chef, hat ihr zu verstehen gegeben, dass sie ihren Job los ist, wenn sie das noch mal macht.«

Adam schüttelt den Kopf, während er die Spur wechselt. »Natürlich hat sie das wieder gemacht, aber George hat ihr nie gekündigt. Dafür war Rae in ihrem Job einfach zu gut.«

Es liegt so viel Wärme in seinen Worten, dass es mir einen Stich versetzt. Es klingt nicht so, wie ein Freund über seine beste Freundin oder ein Bruder über seine Schwester sprechen würde. Nein, es ist so viel Sehnsucht herauszuhören und tiefe Zuneigung. Man könnte fast glauben, er wäre in sie verliebt.

Ich erkenne einen unglücklich Verliebten auf hundert Meilen Entfernung. Es ist wie ein Stigma, das wir auf der Stirn tragen und mit dem wir uns untereinander erkennen können. Wie ein unsichtbares Tattoo, das man nicht loswird.

Es sei denn, man entliebt sich wieder. Aber ich habe noch nicht herausgefunden, wie das funktioniert. Ich habe es wirklich versucht, aber es ist nicht so einfach, wie ich dachte. Adam scheint es ähnlich zu gehen. Schließlich ist Rae seit drei Jahren mit Colin verheiratet, und jeder hier weiß, dass sie nur Augen für ihn hat.

Ich denke also, dass Adam diese Schlacht verloren hat. Ach was, er hat den Krieg und die Friedensverhandlungen verloren.

Etwas in mir möchte ihn gerne fragen, wie es ihm so dabei geht. Es wäre schön, einen Leidensgenossen zu haben. Aber dann fragt er mich vielleicht, ob ich denn auch schon mal in seiner Situation gewesen bin, und dann müsste ich lügen.

Schließlich kann ich nicht sagen: Hey, klar. Ich bin seit drei Jahren in dich verliebt, und du hast keine Ahnung davon.

Er würde mich dann nicht mehr so ansehen wie jetzt. Freundlich. Normal. Nein, dann würde etwas anderes zum Vorschein kommen. Befangenheit. Vielleicht sogar Abneigung.

Nein, ich habe kein Interesse daran, ein Freak zu sein.

Es brennt mir auf der Zunge zu erfahren, ob er und Rae einmal ein Paar gewesen sind. Bevor sie nach Duncan gekommen ist. Bevor sie Colin kennengelernt hat. Aber ich weiß nicht, ob es klug wäre, ihn danach zu fragen.

»Diese Ruth ist schon eine ziemlich dämliche Kuh, findest du nicht?« Seine Stimme reißt mich aus meinen Gedanken, und überrascht sehe ich zu ihm. Ihm liegt ein Lächeln auf den Lippen, aber dann verschwindet es, und sein Gesicht erblasst ein wenig. Nur eine Nuance, und jemand anderem wäre es vermutlich gar nicht aufgefallen. Nur mir, dem Freak, der jedes kleine Detail seines Körpers genau in Augenschein genommen hat.

Der sein Foto unter seinem Kopfkissen hat und es jede Nacht ansieht. Der jeden Winkel, jeden Sprenkel in seiner Iris, jede Falte in seinem Gesicht kennt.

Ich wäre sogar in der Lage, ein Gedicht über seinen Körper zu schreiben. Aber das mache ich nicht, schließlich bin ich kein Freak. Okay, kein richtiger. Vielleicht ein bisschen.

Adam scheint meinen Gesichtsausdruck falsch zu deuten, denn er schüttelt den Kopf und rudert sofort zurück. »Es tut mir leid, ich wusste nicht, dass ihr Freundinnen seid. Das ist mir so rausgerutscht.«

Einen Moment starre ich ihn nur an, dann kann ich ein Lächeln auch nicht mehr zurückhalten.

»Ruth und ich sind so weit davon entfernt, Freundinnen zu sein, wie es nur irgendwie geht. Außerdem ist es dir nicht rausgerutscht. Du hast es ganz bewusst gesagt. Aber du hast recht. Sie ist eine dämliche Kuh. Genauso wie ihre Cousine Charly und der gesamte Mackenzie-Clan.«

Meine Aussage scheint ihn noch mehr zu verwirren. »Aber warum dann der ganze Aufstand mit der Hochzeit, wenn ihr sie alle nicht ausstehen könnt?«

Das ist eine gute Frage. Ich muss ein wenig darüber nachdenken, um die richtigen Worte dafür zu finden, damit auch ein Außenstehender wie Adam es versteht. Ich hole tief Luft, ehe ich zu sprechen beginne.

»Die Mackenzies waren eine der ersten Familien, die in Duncan gelebt haben. Zusammen mit den Greens, den Dunhams, den MacLeans und den Sharks. Es gehört zu dieser bescheuerten Tradition, dass bei diesen Familien das ganze Dorf die Hochzeit ausrichtet. So war es schon immer. Damit geben sie der Verbindung ihren Segen. Ich weiß, es hört sich total lächerlich an.«

»Du heißt Finnigan, richtig?«

Überrascht schlucke ich. »Richtig. Aber meine Großmutter war eine MacLean.«

»Dann lebst du auch schon dein ganzes Leben lang in Duncan?«

»Anfangs nicht. Meine Mom hat in Dublin Modedesign studiert und dort meinen Dad kennengelernt. Irgendwann kam ich zur Welt, und dort haben wird dann gelebt, bis sie sich scheiden ließen und meine Mom mit mir nach Duncan zu ihrer Familie zurückgezogen ist.«

»Wie alt warst du damals?«

»Sieben.«

Er nickt, starrt auf die Straße und scheint in Gedanken zu sein.

»Und jetzt bist du immer noch hier?«

Ich zucke mit den Schultern. »Wieder. Ich war zwischenzeitlich ein paar Jahre weg. Aber dann hatte meine Tante diesen Schlaganfall und konnte sich nicht mehr um den Laden kümmern, und da bin ich zurückgekommen.«

»Den Laden für Brautkleider?«

»Genau. Eigentlich gehört er ihr. Sie heißt Mary, und sie wusste schon als Kind, dass sie eines Tages Brautkleider designen und schneidern wollte. Also hat sie den Namen ein wenig abgewandelt und den Laden *Marry* genannt. Ein Wortspiel damit die Leute ihn im Gedächtnis behalten.«

»Und was ist mit deiner Mutter? Hattest du nicht gesagt, sie wäre mit dir zurück nach Duncan gekommen?«

»Sie ist bei einem Autounfall ums Leben gekommen.«

»Das tut mir leid.«

»Danke.« Ein Kloß bildet sich in meinem Hals, wie immer, wenn ich an meine Mutter denke. Ich frage mich, wann dieser Schmerz vorbeigehen wird.

Man sagt, die Zeit heile alle Wunden, aber das ist nur ein Trugschluss. Der Schmerz vergeht nie, man gewöhnt sich nur an ihn.

»Okay, Mode ist also deine Leidenschaft. Für was brennst du noch?«

Okay, der Kloß in meinem Hals wird zu einem Stein. Was soll ich denn dazu sagen? Ich schreibe wahnsinnig gerne Liebesromane, und übrigens, du spielst in jeder meiner Geschichten die Hauptrolle? Nein, das kann ich nicht. Aber ich möchte ihn auch nicht anlügen. Ich muss es ihm erzählen, ohne dass es so offensichtlich ist.

»Ich schreibe gerne.«

Er wirkt überrascht, und ich weiß nicht, ob ich deshalb beleidigt sein sollte.

»Wirklich? Und was?«

»Was mir gerade in den Sinn kommt.«

Sehr vage ausgedrückt.

»Du machst mich neugierig, Ella Finnigan. Du bist ganz anders, als ich dich eingeschätzt habe.«

Ich weiß ehrlich gesagt nicht, ob das ein Kompliment ist, aber ich gehe nicht weiter darauf ein. Damit er nicht auf falsche Idee kommt und weiter nachbohrt. Und obwohl ich es mir erhofft habe, bin ich ein wenig enttäuscht, als er tatsächlich nicht weiter nachfragt.

Vielleicht hätte ich ihm dann erzählt, dass ich mir wünsche, meine Bücher würden bei einem Verlag veröffentlicht werden. Aber vermutlich nicht. Schließlich ist das ja auch nur eine Träumerei von mir. Allerdings würde er mich dann vielleicht doch fragen, ob ich schon mal etwas veröffentlicht habe. Und dann wahrscheinlich auf die Idee kommen, mich zu googeln.

Ganz schlechte Idee.

Nicht, dass man mich mit Eliza Woods in Verbindung bringen könnte, darauf habe ich natürlich geachtet, aber man kann nie wissen.

Aber ich würde gerne auch etwas über ihn erfahren. Könnte ich ihm auch eine Frage stellen? Oder wäre das zu persönlich? Aber schließlich hatte er mich ja gerade regelrecht verhört. Es wäre nur fair, wenn ich auch etwas von ihm erfahren würde.

»Warum bist du eigentlich hier?«

Das ist der Moment, in dem ich merke, wie alles an ihm erstarrt. Es ist eigenartig, wenn man so etwas hautnah miterlebt. Seine Hände verkrampfen sich um das Lenkrad. Das Weiß seiner Fingerknöchel sticht regelrecht hervor. Seine Kieferpartie spannt sich an, die Mundwinkel sind verkniffen. Er schluckt. Einmal. Zweimal. Ich sehe, wie sein Adamsapfel sich bewegt. Wie sein Augenlid zu zucken beginnt. Das alles geschieht innerhalb von Sekunden. Sein Körper ist steif wie ein Brett. Okay, ich habe definitiv die falsche Frage gestellt.

»Vergiss es«, sage ich hastig. »Ich wollte dir nicht zu nahe treten. Schon okay.«

»Nein«, presst er hervor und schüttelt den Kopf. Er sieht aus wie jemand, der vor einer Schlucht steht und sich überwinden muss, darüberzuspringen. Alles in ihm sträubt sich dagegen, aber er verspürt den Drang, es zu versuchen.

So scheint es ihm jetzt auch zu gehen bei dem Versuch, meine Frage zu beantworten. Dabei war das gar nicht meine Absicht.

»Es ist nur ... ich schätze, ich brauchte eine Auszeit.«

Ich nicke, sage aber nichts weiter dazu. Er muss mir nichts davon erzählen, es steht mir gar nicht zu. Schließlich kennen wir uns gar nicht. Nicht richtig zumindest.

Adam sieht zu mir, und mir stockt der Atem. Dieser unsagbare Schmerz in seinem Gesicht frisst ihn förmlich auf. Ich habe noch nie einen Menschen gesehen, dem die Qual so deutlich in den Augen zu lesen ist. Als würde alles an ihm nur aus Schmerz bestehen.

Was auch immer ihn bedrückt, geht tiefer. Ich weiß, wie sich das anfühlt. Am liebsten würde ich seine Hand drücken und ihm signalisieren, dass er nicht allein ist. Und da ist dieser Augenblick, in dem ich kurz davor bin, seine Hand zu nehmen und sie zu drücken. Aber dann lege ich meine Hand doch in den Schoß und blicke aus dem Fenster.

Und dann ist der Augenblick auch schon wieder vorbei.

Adam

Nachdem wir in Edinburgh angekommen sind, zeigt Ella mir den Weg zum Blumengroßhandel. Es macht Spaß, mit ihr im Wagen zu fahren, und die Befangenheit, die anfangs von ihr ausging, scheint verschwunden zu sein. Sie pfeift zu einem alten Madonna-Song aus den Achtzigern und verzieht das Gesicht, als ich das Radio lauter drehe, weil Chester Bennington *In the End* anstimmt. Ich singe sogar mit und werde noch ein wenig lauter, bis sie sich lachend die Ohren zuhält. Dabei presst sie die Augen zusammen und strampelt mit den Füßen.

Sie sieht aus wie ein kleines Kind, dem man die Bonbons weggenommen hat, und bringt mich dazu, die Musik noch lauter zu drehen. Ich bin mir ziemlich sicher, dass Colins Taxi allein durch die Vibrationen des Basses von außen bebt.

Es tut gut, mit jemandem zu reden, den man nicht kennt. Zumindest nicht mit allen Facetten. Der deine Vergangenheit nicht kennt und dich deshalb nicht verurteilen kann.

Und es ist so erfrischend, mit jemandem zu lachen. Es ist so selten, dass ich jemanden kennenlerne, mit dem ich Tränen lachen kann. Auf so etwas sollte viel mehr Wert gelegt werden.

Gemeinsames Lachen ist der Schlüssel zu jeder guten Beziehung. Einen Moment halte ich inne, als mir dieser Gedanke durch den Kopf schießt. Wie zum Teufel bin ich denn darauf gekommen?

Ich liebe Rae wirklich aus tiefstem Herzen, aber ich könnte bei ihr nicht ehrlich sein. Weil sie mich in eine Schublade stecken würde und weil sie manchmal voreingenommen ist.

Schließlich kennt sie all meine Fehler. Meine Fettnäpfchen. Meine Vergangenheit, die ich ihr nicht verheimlicht habe. Und auch wenn es ein schönes Gefühl ist, vor jemandem zu stehen, der einen in- und auswendig kennt, so sehr genieße ich es auch, kein offenes Buch zu sein.

Es macht mir Spaß, Ella etwas zu erzählen und auf ihre Reaktion zu warten. Glaubt sie mir oder nicht? Traut sie es mir zu?

Ich parke vor der Halle und beschließe, im Wagen zu bleiben, während Ella die bestellten Blumen abholt. Ich frage mich immer noch, wie es sein kann, dass wir zusammen für diese Aufgabe eingeteilt wurden, wo Camille und ich uns dafür eingetragen haben.

Ich öffne die Liste auf meinem Handy und scrolle bis nach unten, aber hier habe ich es noch mal schwarz auf weiß. Dort, wo gestern noch Camille Clark stand, befindet sich nun Ellas Name.

Der Name Camille ist nirgends mehr zu sehen.

Aber vielleicht hat Camille sich gelöscht, weil ihr etwas dazwischengekommen ist, und Rae hat stattdessen Ella eingesetzt.

Ich beschließe, Camille rasch eine Nachricht zu schreiben, nachdem ich gestern beinahe stündlich eine von ihr erhalten habe. Ich frage mich, wer ihr meine Nummer gegeben hat.

Alles klar bei dir?

Ich möchte nicht zu sehr ins Detail gehen. Vielleicht ist es ihr unangenehm, dann möchte ich sie nicht in Verlegenheit bringen. Zu meiner Verwunderung antwortet sie gleich.

Alles gut. Bei dir? Bist du zu Hause?

Nein, ich bin gerade beim Blumenhändler.

Ich habe die Nachricht gerade abgeschickt, da klingelt auch schon mein Handy.

»Hallo?«

»Was soll das heißen, du bist beim Blumenhändler? Ich dachte, darum kümmern wir *beide* uns.«

Okay, so viel dazu, Camille hätte ihren Namen gelöscht. Ihrer Stimme nach ist sie ein kleines bisschen angepisst.

»Dein Name stand nicht mehr auf Raes To-do-Liste. Ich dachte, dir wäre etwas dazwischengekommen.«

Camille schnaubt abfällig. »Ich dachte, der Termin wäre abgesagt worden, daher habe ich nicht weiter nachgefragt. Keine Ahnung, wer mich gelöscht hat. Bist du allein?«

»Dann war das sicher ein Missverständnis.« Einen Moment zögere ich. »Ich bin mit Ella hier.« Ich sehe aus dem Beifahrerfenster und bemerke Ella, die gerade dabei ist, einige Blumengestecke zum Wagen zu tragen. Camille schnaubt, aber ich gehe nicht weiter darauf ein.

»Bis später, ich muss Ella helfen. Wir sehen uns.« Noch bevor Camille antworten kann, beende ich das Gespräch und springe aus dem Wagen.

»Warte, ich helfe dir«, sage ich und öffne den Kofferraumdeckel, ehe ich Ella die Gestecke aus der Hand nehme. Wie Ella gesagt hat, handelt es sich um kleine Bündel mit gelben Lilien, die als Dekoration für die Kirche bestimmt sind.

Die Hochzeit findet bereits morgen Nachmittag statt, und soweit ich weiß, soll es heute noch mal einen Probedurchlauf geben.

Einen Moment lang überlege ich, Ella auf die Sache mit Camille anzusprechen, beschließe dann aber doch, es sein zu lassen. Ehrlich gesagt bin ich froh, dass es so gekommen ist, aus welchem Grund auch immer.

Ich bin gerne mit Ella zusammen. Sie gibt mir nicht das Gefühl, mich anstrengen zu müssen. Bei ihr bin ich einfach Adam.

Aus New York.

Einfach nur Adam. Wenn ich es mir recht überlege, weiß ich nicht, wann ich so etwas das letzte Mal erlebt habe.

Muss schon verdammt lange her sein.

Ella

Als wir in der Kirche ankommen, sind nur Ruth, ihr Vater Acair, Jamie und Charlie zusammen mit dem Pater dort. Sie diskutieren gerade über den Ablauf der Zeremonie, während Charlie uns ausdrücklich darauf hinweist, dass wir die Blumen richtig platzieren müssen. Adam hört gar nicht richtig zu. Er nimmt sich einen Teil der Gestecke und hängt sie an jede Kirchenbank, während ich die großen Sträuße nehme und sie zusammen mit den Vasen, die mir die Blumenhändlerin mitgegeben hat, in der Kirche verteile. Immer wieder werfe ich kurze Blicke zu Adam, der durch die Reihen geht, und beobachte ihn. Mein schlechtes Gewissen wird immer stärker, und ich kann nur hoffen, dass mir niemand auf die Schliche kommt. Es wäre einfach zu peinlich, wenn mich jemand damit konfrontieren würde.

»Hey, Ella.«

Charly zeigt mit dem Finger auf mich und krümmt ihn dann ein wenig, um mir klarzumachen, dass ich zu ihr kommen soll. Himmel, wie wäre es mit einem einfachen »Bitte«? Sie würde sich wundern, wie weit sie damit kommen würde.

»Was gibt's?«, frage ich, als ich bei ihr angekommen bin. Dabei drehe ich mich noch kurz zu Adam um, der vorn am Altar steht und dort ebenfalls ein Blumengesteck ablegt.

Charly zeigt mir einen Korb, gefüllt mit einer Flasche Whisky und einem Schokoladenkuchen, der sich in der ersten Reihe auf einer Holzbank befindet.

»Kannst du ihn bei Quentin im *Ginnie's* abgeben? Mein Onkel möchte sich für die Party bei ihm bedanken. Es ist nur eine kleine Geste, das Geld müsste er schon überwiesen haben.«

»Klar, mache ich.«

»Gut.« Sie klatscht in die Hände und grinst bis über beide Ohren. »Dann verschwinden wir von hier.«

Ich nicke und sehe ihr nach, wie sie die Kirche verlässt, ehe ich mich weiter an die Blumengestecke mache.

Wir sind schon über eine Stunde hier, ehe nun auch Pater Michael und Ruth die Kirche verlassen haben. Es gibt nur noch wenige Blumen, die verteilt werden müssen. Seit wir hier angekommen sind, hat Adam kein einziges Wort mit mir geredet. Okay, er war grundsätzlich ein wenig still, aber so hatte ich mir die Zusammenarbeit nicht vorgestellt. Jedes Mal, wenn ich versucht habe, seine Aufmerksamkeit zu erreichen, ist er so sehr mit dem Blumen beschäftigt, dass ich mich nackt auf den Kopf hätte stellen können, es wäre ihm überhaupt nicht aufgefallen.

Vermutlich wird die Fahrt zurück nach Hause ähnlich verlaufen, und dann habe ich mir wegen dieser dämlichen Liste vollkommen umsonst den Kopf zerbrochen.

Seufzend greife ich nach dem Korb, den Charly zurückgelassen hat, und mache mich schon mal daran, ihn ins Auto zu bringen. Adam steht gerade nur wenige Meter von mir entfernt und überprüft noch mal die Blumenarrangements. Keine Ahnung, was ihn daran so sehr fasziniert.

Ich marschiere den Kirchengang entlang, stoße gegen die schwere Holztür und ...

»Man hat uns eingeschlossen«, stammle ich fassungslos und rüttle immer wieder an der Türklinke, aber sie öffnet sich nicht. Egal, wie oft ich drücke, sie bewegt sich keinen Millimeter. Das gibt es doch nicht. Wie kann man uns denn hier einsperren? In einer Kirche. Was soll das denn?

Panisch drehe ich mich zu Adam um, der mich ebenfalls anstarrt, als könnte er es nicht glauben. Egal, wie sehr ich gegen die schwere Holztür hämmere, niemand reagiert.

»Hallo? Halllooo? Ist da jemand?« Das kann doch nicht wahr sein! »Verdammter Mist!«, fluche ich, und noch ehe die Worte aus mir heraus sind, bereue ich sie auch schon wieder. Ich bin nicht besonders gläubig, aber selbst einer Atheistin wie mir ist bewusst, dass es sich nicht gehört, in einer Kirche zu fluchen.

Ich presse die Lippen krampfhaft aufeinander, damit mir nicht noch ein Fluch entwischen kann.

Mein Blick fällt auf Adam, der sein Handy aus der Hosentasche zieht und dann etwas murmelt, das ich nicht ganz verstehe. Aber ich bin mir sicher, dass es auch ein Fluch gewesen ist. Ein leiser zwar, aber das spielt keine Rolle.

Er zuckt mit den Schultern und sieht aus wie ein begossener Pudel. »Mein Akku ist leer.«

»War ja klar.«

Mist. Doppelter Mist. Ich glaube, ich habe noch nie so viel geflucht wie in den letzten drei Minuten. Adam wirft mir einen fragenden Blick zu.

»Was ist mit deinem?«

Ich zucke entschuldigend mit den Schultern und sage ihm, dass ich meines im Laden vergessen habe. Er sieht mich mit einem Blick an, als könne er so viel Pech nicht fassen.

»Vermutlich hätten wir hier drinnen auch gar kein Netz.«

Dann dreht er sich um und schreitet den Gang entlang, den noch vor einer knappen Stunde Jamie entlanggelaufen ist, und greift nach der Flasche Whisky, die sich in dem Korb für Quentin befindet. Er begutachtet die Flasche und setzt sich dann auf die Marmorstufen vor dem Altar. Fassungslos starre ich ihn an, während er den Deckel abschraubt und einen Schluck davon trinkt.

»Das war ein Geschenk.«

Er sieht mich an, als wäre ihm jetzt erst wieder eingefallen, dass ich auch noch hier bin.

»Jetzt nicht mehr.« Er hält mir die Flasche hin, und ich schüttle den Kopf. Das Letzte, was ich will, ist, mit Adam hier betrunken die nächsten Stunden zu verbringen. Ich reibe mir über die nackten Arme und ärgere mich, dass ich mir nicht doch noch eine Jacke übergezogen habe. Aber wer hätte auch ahnen können, dass uns jemand in der Kirche einsperren würde?

»Gibt es hier keinen Hintereingang?«, fragt Adam hoffnungsvoll.

»Es gab wohl mal einen, aber die Tür wurde entfernt und der Eingang zugemauert.«

»Na dann«, murmelt Adam, hebt die Flasche und nimmt noch mal einen Schluck. Ich frage mich, ob die Vorstellung, mit mir hier festzusitzen, so furchtbar für ihn ist, dass er sich betrinken muss. Eigentlich dachte ich, es hätte ihn nicht gestört, dass ich statt Camille mitgefahren bin. Aber vielleicht habe ich mich ja getäuscht. Vielleicht war er darüber enttäuscht. Sofort verstärkt sich mein schlechtes Gewissen noch. Und der Gedanke verursacht mir Übelkeit.

»Wie stehst du eigentlich zu dieser bescheuerten Hochzeit?«

Adams Worte reißen mich aus meinen Gedanken. Aber es ist nicht die Tatsache, dass er mir eine Frage gestellt hat, sondern vielmehr, dass er sich negativ über die Hochzeit geäußert hat.

»Du findest Hochzeiten bescheuert?«, erwiderte ich, anstatt ihm seine Frage zu beantworten. Gespannt warte ich auf seine Antwort. So verrückt es klingt, aber mit nur einem Wort könnte er alles zerstören.

»Nicht Hochzeiten per se, sondern diese. Sei mir nicht böse, aber die Braut spinnt! Nein. Falsch. Die ganze Familie ist total durchgeknallt.«

Erleichtert atme ich aus. Ich habe gar nicht bemerkt, wie ich die Luft angehalten habe. Ich kann gar nicht sagen, wie glücklich mich seine Antwort macht. Für mich wäre eine Welt zusammengebrochen, wenn er etwas gegen Hochzeiten gehabt hätte. Ich, die ihr Geld mit Brautkleidern verdient und die Liebesromane praktisch als ihr Lebenselixier bezeichnet, könnte mit dem Gedanken nicht leben, dass Adam eine Abneigung gegen Hochzeiten hat. Aber das sage ich ihm natürlich nicht.

Ich war ihm noch nie so nah. Auch wenn das jetzt gar keine Rolle spielt, aber er riecht himmlisch. Einfach wie Adam.

»Ruth kann ganz schön anstrengend sein. Du musst mal Iain fragen, wie oft sie sich schon bei der Hochzeitstorte umentschieden hat. Ich glaube, der letzte Stand ist eine achtstöckige Brombeercremetorte. Rae verzweifelt auch schon an ihr.«

»Rae?«

»Ursprünglich hatte Ruth die Trauung in ihrem Rosengarten geplant. Aber dort ist nicht genug Platz, und ihr Vater wollte die Bewohner von Duncan miteinbeziehen. Also findet der Sektempfang im *Iris* statt, und auch Kaffee und Kuchen wird es dort geben. Ruths Mutter und Raes Mom waren früher befreundet. Die Trauung und das Abendessen werden hinter dem Cottage der Mackenzies stattfinden. Ruth ist sehr speziell. Sie hat sich bei ihrem Brautkleid ein paarmal umentschieden. Es würde mich nicht wundern, wenn sie morgen vor der Hochzeit zu mir in den Laden käme und ein neues Kleid von mir verlangen würde.«

Adam zieht eine Augenbraue nach oben. »Im Ernst?«

Seufzend setze ich mich neben ihn. Erst jetzt wird mir klar, warum er diesen Platz gewählt hat. Sobald jemand die Eingangstür öffnet, wird er uns beide entdecken, gleichzeitig ist es der Teil der Kirche, der am meisten Licht abbekommt, und hier vor dem Altar zieht es auch nicht so wie vor der Holztür.

»Warum macht ihr das mit?«

Ich zucke mit den Schultern. »Wegen der Tradition. Und weil wir das Geld brauchen. Die Mackenzies gehören zu den reichsten Familien hier in der Gegend.«

Ich zupfe an einem Faden an meiner Jeans. Ich würde es niemals übers Herz bringen, den Laden zu schließen, auch wenn er keinen großen Gewinn abwirft.

»Was ist mit dir? Du bist Immobilienmakler, nicht wahr?« Es scheint ihn nicht zu wundern, dass ich das über ihn weiß. Aber ich habe meine Hausaufgaben gemacht und nach ihm gegoogelt.

Vermutlich glaubt er, dass Rae es mir erzählt hat, denn er scheint sich darüber keine weiteren Gedanken zu machen.

»Ich *war* Immobilienmakler. Aber vor einem Monat habe ich den Job hingeschmissen.«

Überrascht sehe ich ihn an. »Warum?«

Er meidet meinen Blick, sieht einfach ins Leere. »Mein Vater ist gestorben.«

»Das tut mir leid.«

Er zuckt mit den Schultern, als wäre es nicht weiter wichtig, aber das stimmt nicht. Seine Schultern sind angespannt, sein Blick ist leer, und doch kann man die Traurigkeit darin erkennen. Man muss kein Psychologe sein, um seine Körpersprache richtig zu interpretieren.

Adam nippt an der Whiskyflasche, dann lässt er sie sinken. »Mein Dad hat meinen Job gehasst.« Spöttisch lacht er auf. »Er wollte immer, dass ich in seine Firma einsteige. PP – Parker Properties.«

»Aber du wolltest nicht?«

»Nein, weil ich mit seinen Methoden nicht klargekommen bin. Er war in gewisser Weise skrupellos. Er hat die finanzielle Notlage von Menschen ausgenutzt, ihre Häuser billig gekauft und dann später für das Doppelte verkauft. Dass ich mich geweigert habe, bei ihm zu arbeiten, und stattdessen bei New York Estate angefangen habe, ging ihm gegen den Strich.«

»Ihr hattet kein gutes Verhältnis?« Wieder nimmt er einen Schluck. Dann lacht er spöttisch auf. »So könnte man es auch sagen.«

»Das tut mir leid.«

»Schon okay. Ich habe mein Geld ehrlich verdient und nicht auf Kosten anderer.« Noch ein Schluck.

Ich weiß nicht, ob ich weiter nachfragen soll, aber ich glaube, dass es helfen wird, darüber zu sprechen. »Wann hast du das letzte Mal mit ihm gesprochen?«

»Vor zwei Jahren.«

Ich beiße mir auf die Unterlippe und weiß nicht, was ich sagen soll. Am liebsten würde ich ihn umarmen.

»Jedes Mal, wenn wir uns seitdem begegnet sind, hat er sich verhalten, als würde ich gar nicht existieren.«

Ich möchte das Thema wechseln. Nicht, weil es mir unangenehm ist, sondern weil ich ihn auf andere Gedanken bringen will.

»Was ist mit deiner Mutter?«

Er zuckt mit den Schultern. »Sie hat sich immer aus allem rausgehalten. Das Geld meines Vaters war ihr wichtig, wie er es verdient hat, spielte keine Rolle für sie.«

»Hört sich nicht unbedingt nach einer Bilderbuchfamilie an.«

»Das war es auch nicht.« Wieder ein Schluck.

Er presst die Kiefer aufeinander und ballt die Hände zu Fäusten. So viel Wut steckt in ihm. Auf seinen Vater, auf die ganze Welt.

»Weißt du, was das Schlimmste ist?«

Langsam schüttle ich den Kopf. »Was denn?«

Er sieht ein wenig ins Leere, dann bückt er sich nach vorn und zieht ein Stück Papier aus seiner hinteren Hosentasche.

Ohne ein Wort hält er es mir hin.

»Was ist das?«

»Lies.«

Vorsichtig greife ich danach und falte das zerknitterte Papier auseinander. Dann ziehe ich scharf die Luft ein, als ich begreife, um was es sich handelt.

»Dreihunderttausend Dollar?«

»Jep.«

»Hat er dir das hinterlassen?«

Er nickt langsam, dann sieht er mich an.

»Das ist Schweigegeld.«

Mir stockt der Atem. »Was?«

Adam seufzt tief auf. »Mein Dad war korrupt, und meine Mutter wusste, dass seine Geschäfte nicht immer ehrlich vonstattengingen. Aber sie hat geschwiegen, weil sie ihr tolles Leben nicht aufgeben wollte. Ihr war alles egal, aber nichts davon durfte an die Öffentlichkeit gelangen. Sie liebte ihn und dachte immer, sie wäre die Einzige für ihn.«

»Und das war sie nicht?«

Adam lacht auf. Aber er klingt nicht belustigt, eher spöttisch. »Nein, ganz sicher nicht. Er hatte unzählige Affären und ein uneheliches Kind.«

»Von dem deine Mutter nichts weiß«, schlussfolgere ich.

»Richtig. Aber ich habe es herausgefunden.«

»Du hast ihn damit erpresst?«

Erschrocken sieht er mich an. »Was? Nein. Das war nur ein weiterer Grund, warum ich nichts mehr mit ihm zu tun haben wollte. Aber ich habe von ihm verlangt, dass er meiner Mutter die Wahrheit erzählt.«

»Hat er es denn getan?«

Adam schüttelt den Kopf. »Nein. Meine Mutter hätte das nie akzeptiert.«

»Und wofür ist dann das Geld?«

»Dafür, dass sie es nicht von mir erfahren soll.«

»Das heißt, er verlangt von dir, dass du weiterhin deine Mutter belügen sollst.«

»Genau.«

»Aber er ist doch tot. Keiner kann herausfinden, ob du es ihr erzählst oder nicht.«

»Es gibt außer mir nur zwei lebende Menschen, die davon wissen. Die Mutter des Kindes hat eine Erklärung unterschrieben, dass sie über die Identität des Vaters Stillschweigen bewahrt, und dafür eine enorme Geldsumme erhalten. Und der Anwalt meines Dads wird einen Teufel tun und meinem Vater in den Rücken fallen.«

»Ich verstehe es immer noch nicht. Was hat er denn davon? Er lebt nicht mehr, also ist es doch egal, ob deine Mutter davon erfährt.«

»Das ist alles ein wenig kompliziert. Die Firma meines Vaters war sein Lebenswerk und hat ihm alles bedeutet. Nach seinem Tod ist meine Mutter Eigentümerin geworden, und eines Tages bin ich der Eigentümer, wenn ich das Erbe annehmen sollte. Wüsste meine Mutter von dem Betrug, würde sie die Firma an die Konkurrenz verkaufen und alles, was meinem Vater wichtig war, vernichten.«

»Im Ernst? Das würde sie tun?«

Er presst die Lippen zusammen und nickt. »Ich habe also die Möglichkeit, das Geld zu nehmen und das Geheimnis meines Vaters zu wahren, oder dafür zu sorgen, dass meine Mutter alles vernichtet, was ihm etwas bedeutet hat. Irgendwie gefallen mir beide Optionen nicht besonders.«

Dass sein Vater ihn in diese Zwickmühle gebracht hat, setzt ihm unheimlich zu.

»Hast du das Kind mal kennengelernt?«

Ruckartig sieht er mich an. Alles an ihm zeigt mir, wie überrascht er darüber ist.

»Nein, natürlich nicht.«

»Aber warum denn nicht? Ich würde es wissen wollen, wenn dort draußen ein Halbbruder von mir herumlaufen würde.«

»Ich denke, dass das keine gute Idee wäre.«

»Wie kommst du darauf? Wenn dein Vater einen guten Kontakt mit dem Kind hatte, dann wird es ihn jetzt schrecklich vermissen. Was glaubst du, wie es reagieren wird, wenn es erfährt, dass es jemanden gibt, der ihm so nahesteht.«

»Und wenn er sich dort auch wie ein Arsch aufgeführt hat?«

»Dann seid ihr ein eigenes Team. Zusammen kämpft man besser als allein.«

Adam scheint über meine Worte nachzudenken, dann nickt er.

»Oscar.«

Mit weit aufgerissenen Augen starre ich ihn an. »Sein Name ist Oscar, und er ist elf Jahre alt.«

Ein Lächeln umspielt meine Lippen. So schlimm die Sache mit seinem Vater auch ist, der Junge ist vielleicht so was wie ein Geschenk für Adam.

»Dann bist du ja ein großer Bruder. Gratuliere.« Er scheint über meine Worte nachzudenken, denn ganz langsam nickt er, als stimme er mir zu. Trotzdem kann es nicht schaden, ihn ein wenig abzulenken.

Nur für einen Moment, aber er muss diese dunklen Wolken in seinem Kopf vertreiben.

Da fällt mir ein Spiel ein, das Quentin und ich als Kinder immer gespielt haben. Vielleicht bringe ich ihn damit auf andere Gedanken. Auf jeden Fall will ich so viel wie möglich von ihm erfahren, und so wie ich die Lage einschätze, kommt heute niemand mehr vorbei und holt uns hier heraus. Außerdem brauche ich dringend mehr Informationen über ihn, wenn ich an meiner Geschichte weiterschreiben will.

»Adele oder AC/DC?«

Adam runzelt die Stirn und sieht mich fragend an.

Er öffnet den Mund, aber bevor er etwas dazu sagen kann, spreche ich schon weiter.

»Ich wähle Adele, weil sie so viel Gefühl in ihrer Stimme hat und die Texte nicht nur belanglose Worte sind, sondern sich dahinter auch richtige Gedanken befinden.«

»AC/DC.«

»Du musst es auch begründen.«

»Weil Angus Young einfach Angus Young ist. Das ist Begründung genug.«

Okay, das ist nicht die Begründung, die ich erhofft habe, aber ich lasse sie gelten.

»Auto oder Fahrrad?«

»Keines von beidem.«

»Warum nicht?«

»Weil ich in New York kein Auto brauche, es wäre hinausgeworfenes Geld, mir eines anzuschaffen. Und ich kann nicht Fahrrad fahren.«

»Im Ernst? Du kannst nicht Rad fahren? Das müssen wir ändern.«

»Müssen wir nicht. Ich komme gut ohne zurecht.«

»Okay, lass mich überlegen. Sneaker oder Boots?«

»Boots.«

»Du musst es auch erklären.«

Er verdreht die Augen, und ich beginne zu lachen. Er sieht so komisch damit aus. Wie ein schielender Otter.

»Weil sie Allroundschuhe sind. Egal, was ich trage, sie passen immer dazu.«

»Okay, gutes Argument.«

»Burger oder Pizza.«

Da muss ich nicht lange überlegen. »Pizza.«

»Ha! Du müsstest mal nach New York kommen. Stanley macht die besten Burger der Stadt. Dort würdest du nicht einmal eine Pizza essen, wenn man dir Geld dafür bietet.«

»Glaub ich nicht. Ich habe eine Burger-Allergie.«

Er reißt entsetzt die Augen auf. »Du verarschst mich. So was gibt es nicht.«

»Würde mir nicht im Traum einfallen.«

Sein Blick verengt sich. »Warum weiß ich bei dir nie, ob du dich über mich lustig machst oder ob du es ernst meinst?«

»Tja, das ist dann wieder mal die Eine-Million-Pfund-Frage. Aber wenn es dich beruhigt: Wenn ich es ernst meine, merkst du es ganz bestimmt. Ich bekomme dann immer diesen seltsamen Blick.«

»Okay, und wie sieht der aus?«

»Keine Ahnung. Aber Marcy meint immer: Bei dir erkennt jeder sofort, ob du die Wahrheit sagst oder nicht. Man sieht es in deinem Blick.«

Adam lacht, und ein Ziehen macht sich in meinem Bauch bemerkbar. Es fühlt sich gut an, mit ihm hier zu sitzen und zu reden. Als würden wir uns schon ewig kennen.

»Okay, ich bin dran. New York oder Duncan.«

»Ist das eine ernst gemeinte Frage?«

»Ernster geht es überhaupt nicht.«

»New York. Und bevor du fragst: Weil es mein Zuhause ist.«

Ich beiße mir auf die Lippen. »Zu Hause ist dort, wo die Menschen leben, die man liebt.«

Er sieht mich einen Moment stumm an. Dann schluckt er. »Wieso glaubst du, dass es in New York niemanden gibt, den ich liebe?«

»Gibt es dort denn jemanden?« Gespannt halte ich die Luft an.

Langsam schüttelt er den Kopf, und erleichtert atme ich aus.

»Siehst du. Aber Rae lebt hier, und die liebst du.«

Etwas blitzt in seinen Augen auf, das ich nicht deuten kann, aber dann ist es auch schon wieder verschwunden.

»Jetzt bin ich wieder dran. Tee oder Kaffee?«

»Kaffee. Jetzt gerade würde ich für eine Tasse von Raes Americano sterben.«

»Das hat sie echt drauf, oder?«

»Ja, das *Iris* passt zu ihr. Anfangs waren wir alle ein wenig skeptisch.« Ich werfe ihm einen kurzen Blick zu. »Ich meine, sie kam aus New York, niemand kannte sie, und Iain war auch nicht begeistert von ihr. Aber dann haben wir sie kennengelernt und gemerkt, wie großartig sie ist.«

Er nickt langsam. »Das ist sie.«

Mein Hals wird trocken, als ich seine Worte höre. Da ist so viel Wärme in seiner Stimme. So viel Zuneigung. Ich denke, es ist schwer für ihn, dass Rae in Duncan lebt. Marcy ist erst seit ein paar Tagen weg, und trotzdem fehlt sie mir. Dabei ist sie nicht mal meine beste Freundin.

Aber da ist noch etwas anderes. Da ist nicht nur Freundschaft, die er für sie empfindet. Da bin ich mir sicher, und plötzlich spüre ich diesen tiefen Stich in mir, den ich mir nicht erklären kann. Ich bin kein eifersüchtiger Mensch. Trotzdem kommen die Worte über meine Lippen, bevor ich es verhindern kann.

»Beste Freundin oder große Liebe?«

Seine Augen weiten sich, und er schluckt sichtbar. »Was?«

Ich rudere zurück. Sein Gesichtsausdruck sagt mehr als tausend Worte.

»Was ist dir wichtiger? Beste Freunde oder große Liebe?«

»Du hast Freundin gesagt.«

»Ich habe mich versprochen. Also was sagst du?«

Er richtet sich auf und reibt sich den Nacken. »Ist schwierig, aber ich denke, beste Freunde.«

»Wirklich?«

Er nickt. »Freundschaften bleiben, Liebe vergeht.«

»Das klingt traurig, wenn du es so sagst.«

»Entspricht aber der Wahrheit. Und manchmal wird sie nicht erwidert. Dann hat man beides verloren.«

Ah. Das ist der Punkt. Jetzt ist mir alles klar. Und noch bevor ich etwas sagen kann, spricht Adam weiter.

»Lassen wir das Spiel. Erzähl mir von dir.« Sein Blick fixiert mich und verursacht ein Kribbeln auf meiner Haut. Vielleicht liegt es aber auch an der Kälte.

»Da gibt es nicht viel zu erzählen.«

»Warum gibt es keinen Mann in deinem Leben?«

Dass er davon ausgeht, kränkt mich ein wenig.

»Wie kommst du darauf, dass es keinen gibt?«

Er zieht eine Augenbraue nach oben. »Also schon?«

»Nein. Aber wie kommst du darauf?«

Er nippt an seinem Whisky. »Ich schätze, weil du bisher keinen erwähnt hast.«

Da hat er wohl recht. »Was ist mit dir? Gibt es bei dir eine Frau?«

Er zieht eine Augenbraue nach oben. »Wäre ich auf unbestimmte Zeit nach Schottland gereist, wenn es eine Frau gäbe, die in New York auf mich wartet?«

Das stimmt. »Touché.«

»Also. Verrate es mir: Warum nicht?«

Ich seufze tief. Was bin ich diese Fragen leid. »Ich schätze, weil ich ich bin.«

»Und das ist etwas Schlechtes?«

»Für manche Menschen schon.«

Er sieht mich eine Weile an, dann schüttelt er den Kopf.

»Weißt du, Duncan scheint mir nicht der richtige Ort für dich zu sein.«

»Wie kommst du darauf?«

»Darf ich ehrlich sein?«

»Wir sind in einer Kirche. Ich bitte darum.«

Er legt den Kopf in den Nacken und schließt die Augen. »Ich glaube, das Problem ist nicht, dass du du bist, sondern dass dich keiner du sein lässt.«

»Das klingt ganz schön kompliziert.«

»Ist es auch. Wie alles im Leben.«

»Oh, da wird aber jemand philosophisch. Erklär es mir bitte trotzdem.«

»Du bist nicht du, du bist so, wie sie dich sehen wollen. Denn wärst du du, würden sie dich lieben. Scheiße, Mann, sie könnten gar nicht anders.«

Er redet so viel wirres Zeug, und ich bin mir so sicher, dass der Whisky aus ihm spricht, dass ich gar nicht weiß, was ich darauf sagen soll.

Aber es ist das Schönste, das jemals jemand zu mir gesagt hat.

»Du kennst mich doch gar nicht«, flüstere ich.

»Das ist nicht richtig. Ich kenne dich, nur nicht sehr lange. Aber was ich bisher gesehen habe, reicht, um mir eine Meinung zu bilden.«

Er schließt die Augen und wirkt, als wäre er mit seinen Gedanken woanders. »Hast du Geheimnisse, Ella?«

Mir wird schlagartig ganz anders. Mein Gott, was soll ich denn da sagen? Aber wir sind in einer Kirche. Ich kann ihn ja hier nicht anlügen, oder?

»Ja«, flüstere ich und schlucke. Meine Kehle ist ganz trocken. »Mein Großtante hat immer gesagt: Ella, deine Geheimnisse sind tief wie der Ozean. Eines Tages wirst du darin ertrinken.«

Er wirft mir einen langen Blick zu. »Meine Großmutter, die Mutter meines Vaters, meinte einmal zu mir, als ich sie nach meiner Mutter gefragt habe: ›In einer Beziehung liebt einer den anderen immer ein kleines bisschen mehr. Sorge dafür, dass nicht du diese Person bist, sonst wirst du dein Leben lang unglücklich sein.‹«

»Das ist sehr traurig.«

»Das ist es.«

Dann liegt wieder diese Stille über uns.

»Ich habe auch Geheimnisse.«

Er dreht den Kopf und öffnet die Augen. Sieht mich einfach nur an mit seinen wunderschönen Augen, die mir das Gefühl geben, sie könnten tief in mich hineinschauen.

»Wir sind hier in einer Kirche, nicht wahr?«

Stumm nicke ich.

»Eine Kirche ist wie Las Vegas, oder? Was man in einer Kirche sagt, bleibt in einer Kirche.«

Wieder nicke ich. Was soll ich denn auch sonst machen?

Dann presst er die Augen zusammen, greift nach der Whiskyflasche und nimmt einen tiefen Schluck. Als müsste er sich Mut antrinken. Vielleicht sollte ich ihn davon abhalten, aber ich befürchte, er braucht das jetzt. Aber morgen wird er sich dafür hassen.

»Ich bin schuld am Tod meines Vaters.«

Adam

»Ich bin für den Tod meines Vaters verantwortlich.« Ich weiß nicht, warum ich es Ella überhaupt erzähle, aber nachdem wir seit zwei Stunden hier eingesperrt sind, ist es fast so wie beim Strip-Poker. Nach und nach lässt man die Hüllen fallen, bis man sich nackt gegenübersteht. Im übertragenen Sinn natürlich. Wobei ich nichts dagegen hätte, wenn Ella sich ausziehen würde. Sie legt es nicht darauf an, und genau das macht sie auf eine besondere Weise so attraktiv. Ich habe schon viele heiße Frauen kennengelernt, und einige davon sind in meinem Bett gelandet, und ich kann sagen, es gibt nichts Heißeres als eine Frau, die nicht weiß, wie scharf sie ist.

Aber vielleicht spricht auch nur der Alkohol aus mir. Vielleicht hatte ich auch einfach viel zu lange keinen Sex mehr.

An die letzte Nummer kann ich mich nicht einmal mehr erinnern. Was weder für die Frau noch für den Sex spricht.

Ella sitzt neben mir, den Rücken gegen die Wand gelehnt, und hat ihre Beine angezogen. Es fühlt sich gut an, mit ihr zu sprechen. So vertraut.

Genau das, was ich jetzt brauche.

Keine Verurteilungen. Keine klugen Ratschläge. Einfach nur jemand, der zuhört. Ihr ehrliches Lächeln. Damit hat sie mich. Mir war nicht bewusst, wie sehr ich es brauche. Wie sehr ich es genieße, von ihr so angesehen zu werden.

»Was hast du getan?«, fragt sie, aber ihre Stimme klingt dabei weder verurteilend noch schockiert. Sie ist nur neugierig.

»Nichts. Genau das ist ja das Problem.« Ich streiche mir über das Gesicht, als könnte ich damit alles ungeschehen machen.

»Willst du mir davon erzählen?«

»Möchtest du die ausführliche Variante hören oder die Kurzversion?«

»Entscheide du.«

Vielleicht sollte ich meine Klappe halten. Aber ich muss es mir von der Seele reden, und Ella ist zu einer Freundin für mich geworden. Nicht so wie Rae. Niemand ist wie Rae. Aber Ella ist anders. Gut anders. Anders anders. Vielleicht habe ich wirklich schon zu viel getrunken.

»Wie ich bereits gesagt habe, war unsere Beziehung nicht die beste. Irgendwann haben sich meine Eltern scheiden lassen. Meine Mutter blieb in Florida, und Dad ist zurück nach New York gezogen. Er hat gearbeitet und sich um seine Firma gekümmert. Ich habe nicht weiter für ihn existiert.« Er reibt sich müde über das Gesicht. »Irgendwann bin ich ausgezogen, und der Kontakt wurde weniger. Seiner Firma ging es wirtschaftlich immer schlechter, und er hat zu trinken angefangen. Er hat ein paarmal versucht, Kontakt mit mir aufzunehmen, aber ich habe seine Nachrichten ignoriert. Eines Tages meldete sich meine Mom und meinte, er hätte sie angerufen und wollte sich wohl mit ihr aussprechen. Und mit mir.«

»Aber du wolltest nicht.«

Langsam schüttele ich den Kopf. »Nein. Er hatte mich so oft enttäuscht, dass ich nichts mehr mit ihm zu tun haben wollte. Eines Tages hatte ich einen schlechten Tag. Ich habe alle Nachrichten abgehört und ihn angerufen. Er ging nicht an sein Telefon. Und dann bekam ich die Nachricht von seinem Tod.«

»Das tut mir leid.«

Sie greift nach meiner Hand und drückt sie. Einfach so. Und es fühlt sich so verdammt gut an.

»Dich trifft keine Schuld, Adam. Du bist für seinen Tod nicht verantwortlich.«

»Mein Kopf weiß das, aber ... wenn ich mich früher bei ihm gemeldet hätte ...«

»Hey«, murmelt sie, und ich sehe sie an.

»Du hast es nicht wissen können. Und du wolltest mit ihm sprechen, aber manchmal macht uns das Schicksal einen Strich durch die Rechnung.«

Ich starre auf ihre Hand, die meine immer noch drückt. Es fühlt sich so vertraut an.

»Ich habe das noch nie jemandem erzählt.«

»Dann ist es mir eine ganz besondere Ehre.«

»Darf ich dich etwas fragen?«

»Klar«, murmelt sie.

»Wie kann es sein, dass wir beide hier sitzen?«

»Was meinst du damit?«

»Na ja, ich war mit Camille für die Aufgaben heute eingetragen.«

Sie versteift sich, und ich sehe sie an. Ihre Augen sind weit aufgerissen, und sie rückt ein Stück von mir ab. Ich habe es gewusst. Sie hat etwas damit zu tun.

»Darauf habe ich gar nicht geachtet. Als ich mich eingetragen habe, habe ich keinen weiteren Namen neben deinem gesehen.«

»Du weißt schon, dass man in einer Kirche nicht lügen darf.« Ich lege den Kopf zur Seite und ziehe eine Augenbraue nach oben.

Ihre Schultern sinken nach unten. Leise seufzt sie.

»Okay, ich habe ihren Namen gelöscht und mich eingetragen.«

Einen Moment starre ich sie einfach nur an, doch dann beginne ich zu lachen. Ich kann gar nicht mehr aufhören.

Ella boxt mich in die Schulter. »Du lachst mich aus. Hör auf damit.«

»Nein. Das ist echt komisch! Camille war so wütend am Telefon, als sie erfahren hat, dass wir beide das nun machen.«

Erschrocken formen ihre Lippen ein »Oh«, und ich kann nicht anders, als sie anzusehen. Der Drang, sie zu küssen, ist plötzlich überwältigend.

»Wann habt ihr denn darüber gesprochen?«, flüstert sie leise.

»Als du die Blumen geholt hast.«

»So lange weißt du es schon?«, fragt sie entsetzt.

Langsam nicke ich, und mein Blick wandert immer wieder zu ihren Lippen. Wie sie wohl schmecken?

»War das dein Geheimnis?«, flüstere ich und rutsche ein wenig näher an sie heran.

Sie erstarrt. Was zum Teufel hat das zu bedeuten?

»Was?«

»Was in Duncan geschieht, bleibt in Duncan. Schon vergessen?«

Erleichtert atmet sie aus. Ihr Geheimnis scheint ja enorm wichtig zu sein. Das macht mich noch neugieriger.

»Ja.«

Eine Weile sehe ich sie nur stumm an, und ich frage mich, was in ihrem Kopf vorgeht. Warum sie mich belügt. Man muss kein Psychologe sein, um ihre Körpersprache richtig zu deuten. Angespannter Körper, kein Blickkontakt, nervöses Berühren der Hände.

Aber ich sage nichts weiter dazu. Dann fällt mein Blick auf ihre Lippen. Sie fährt mit der Zungenspitze darüber, und ich spüre, wie ich hart werde. Mein Gott, ich bin kein Teenager mehr, aber diese Geste ist unglaublich erotisch. Ich schätze, der Alkohol verstärkt das alles noch. Sie öffnet den Mund, und ihre Zunge blitzt hervor. Fuck!

Dann stoße ich mich von der Wand ab, rutsche näher, lege beide Hände um ihr Gesicht und mache das einzig Richtige. Ich küsse sie.

Ella

Es ist seltsam, so lange von etwas zu träumen und es dann tatsächlich zu erleben. Adams Kuss ist nicht zart und sanft, sondern fordernd, überwältigend, hungrig. Als wollte er mich in diesem Moment mehr als alles andere auf der Welt, und das Gefühl ist unbeschreiblich. Ich glaube, ich habe noch nie zuvor so empfunden. Nicht einmal mit Chris.

Seine Zunge berührt meine, und ein raues Keuchen entschlüpft mir. Der Kuss wird intensiver, stärker, und ein Schauer läuft mir über den Rücken. Genau davon habe ich immer geträumt. Die Welt um uns herum verschwimmt, und ich komme mir vor wie in unserer eigenen kleinen Seifenblase. Nur er und ich. Adam und Ella.

Alles, was ich mir jemals gewünscht habe, wird in diesem Moment Wirklichkeit. Es ist so unglaublich, dass ich es gar nicht glauben kann.

Ich werde immer mutiger, meine Hände berühren sein Haar und ziehen sanft daran, während er mich gegen die Wand drückt. Ein tiefes Stöhnen dringt aus seinem Mund und klingt unglaublich erotisch. Seine Hände streichen über meine Arme, berühren meine Haut.

Mein Herz schlägt immer schneller. Jede Berührung fühlt sich an wie ein Feuerwerk, und ich genieße jede Sekunde davon, als plötzlich ein lautes Geräusch ertönt.

Schwer atmend löst sich Adam von mir. Er blinzelt, dann scheint er sich über die Situation bewusst zu werden, und rückt ein wenig von mir ab. Sofort fühlt es sich an, als hätte mir jemand etwas gestohlen. Was ist denn los?

In diesem Moment öffnet sich die Kirchentür.

Ausgerechnet Camille haben wir es zu verdanken, dass man nach uns gesucht hat, und dafür sollte ich ihr wohl dankbar sein. Aber das bin ich nicht. Eigentlich möchte ich sie dafür erwürgen, und das schockiert mich. So ein Mensch bin ich nicht. Aber ich würde alles dafür tun, um die Zeit zurückdrehen zu können und den Kuss wieder und wieder zu erleben.

Doch wenn man bedenkt, dass ich es gewesen bin, die Camille um ihren gemeinsamen Tag mit Adam gebracht hat, geschieht es mir wohl recht.

Ich glaube, ich habe mich noch nie jemandem so verbunden gefühlt wie Adam in den vergangenen Stunden, und das macht mir Angst.

»Oh, Adam«, ruft sie und umarmt ihn, sodass dieser sich kaum halten kann und ins Schwanken gerät. Vielleicht sollte ich ihr sagen, dass er ein wenig betrunken ist, aber das findet sie bestimmt selbst heraus. Ihrem Gesichtsausdruck nach zu urteilen hat sie momentan sowieso keine Lust, mit mir zu sprechen.

Zusammen mit Adam verlässt sie die Kirche, zieht ihn wie einen Hund an der Leine hinaus, und ich bleibe zurück. Verwirrt, überwältigt und mit einem schlechten Gewissen.

Adam

Quentin stellt mir ein Pint Real Ale hin und fixiert mich mit seinem Blick, während ich in meinen Hotdog beiße. Es ist offensichtlich, dass er auf mein Urteil wartet, aber ich werde ihn zappeln lassen.

Ich habe in meinem Leben schon viele Hotdogs gegessen. New York ist schließlich ein kulinarisches Mekka auf diesem Gebiet. Es gibt die Straßenverkäufer mit den Drei-Dollar-Hotdogs in Manhattan, die Acht-Dollar-Variante in SoHo und die Achtzehn-Dollar-Hotdogs in Hell's Kitchen. Einmal habe ich sogar einen mit Trüffel und Blattgold gekostet, aber ich muss zugeben, mein persönlicher Favorit ist immer noch die Manhattan-Variante. Gut, billig und ohne jeden Schnickschnack.

Doch ich muss sagen, Quentins Hotdog hat eine besondere Note. Er hat eine eigene Senfsoße kreiert, das Brötchen ist kross und nicht zu schwammig, die Wurst knackig und nicht zu fettig, und die Röstzwiebeln sind perfekt.

Dazu noch ein kühles Pale Ale, und der Abend ist gerettet.

»Sehr gut, Mann. In New York wäre dein Laden eine Goldgrube.« Das meine ich ernst. Wenn Quentins Bar eine Kneipe in Brooklyn wäre, dann würden sie ihm die Bude einrennen. Vielleicht noch mit einer Liveband am Wochenende, und er hätte für immer ausgesorgt.

Ein breites Grinsen umspielt seine Lippen, während er zufrieden die Arme verschränkt.

»Danke, Mann. Deine Meinung bedeutet mir viel.«

Es ist bereits kurz vor Mitternacht, aber das *Ginnie's* ist immer noch gut besucht. Aus den Lautsprechern dringt ein Song der Foo Fighters. Es ist einer dieser Songs, die einem durch und durch gehen. Die einen für einen Moment alles vergessen lassen.

Ich nippe an meinem Bier und werfe einen Blick durch die Menge. Die meisten kenne ich nicht. Rae hat mir ein paar von ihnen vorgestellt, aber ich habe ihre Namen schon wieder vergessen. Ich bin zu selten hier, um sie mir merken zu können.

In New York geht es mir ähnlich. In meinem Apartmenthaus kenne ich nur Mila. Bis auf unser Muffin-Arrangement verbindet uns nichts.

Mir wird wieder mal bewusst, dass Rae meine einzige wirkliche Freundin gewesen ist und dass ich sie in dem Moment verloren habe, als ich ihr geraten habe, nach Duncan zu reisen, um ihr Erbe anzutreten.

Es ist dieser eine Moment, der alles verändert. Das Gefährliche daran ist, dass man es vorher nicht weiß. Man spürt nicht: Wow, aufpassen! Genau dieser Augenblick sorgt dafür, dass dein Leben ab jetzt ganz anders verlaufen wird. Nein, es ist ein schleichender Prozess, und irgendwann blickt man zurück und erkennt, dass alles anders ist.

Es ist nicht so, dass ich es bereuen würde. Nicht, wenn ich den Glanz in ihren Augen sehe, wenn sie Colin und Gwen erblickt. Denn mir ist bewusst, dass sie mich nie so angesehen hat. Vielleicht ist das so eine Art Liebesblick, den man nur hat, wenn man in diesem Moment der glücklichste Mensch auf der Welt ist. Wenn man erkennt, dass die Person, die einem gegenübersteht, der Mensch ist, für den man sterben würde. Okay, vielleicht bin ich ein wenig melodramatisch, was vermutlich am Pale Ale liegt.

»Ich habe gehört, du warst mit Ella in der Kirche eingesperrt.«

Stumm nicke ich. Was soll ich denn dazu auch sagen? Die Tatsache, dass wir ein paar Stunden zusammen dort verbracht haben, hat sich wie ein Lauffeuer herumgesprochen. Irgendwie kam es mir ein wenig seltsam vor. Was glauben sie denn, haben wir in der Kirche zusammen gemacht? Uns die Seele aus dem Leib gevögelt? Wirklich? Mein Moralpegel mag ziemlich niedrig sein, aber das ist selbst für mich zu viel.

»Ich schätze mal, euer Zusammensein war nicht sehr kommunikativ.«

»Wie meinst du das?«

»Na ja«, sagt er und lacht. »Es war schließlich Ella. Sie ist meine Cousine, ich muss es wissen. Manchmal echt verschlossen wie eine Auster.« Er klopft mir auf die Schulter, und sein Lachen dringt durch die Bar.

»Wir hatten eine Menge Spaß.«

Er hält inne und sieht mich verwirrt an.

»Tatsächlich?«

Mir gefällt nicht, wie überrascht er klingt. Ich habe mich selten so gut mit jemandem unterhalten wie mit ihr. Sie hat zugehört und mir ehrlich ihre Meinung gesagt. Ich hatte den ganzen Abend das Gefühl, dass sie es ehrlich gemeint und mir nicht bloß gesagt hat, was ich hören wollte. Und das ist mir bisher sehr selten passiert.

Ich möchte Quentin nichts davon erzählen, weil ich das Gefühl habe, ihm dann etwas von uns preiszugeben. Was natürlich vollkommener Bullshit ist, doch ich kann nichts dagegen tun. Aber auf keinen Fall will ich, dass Ella in einem schlechten Licht dargestellt wird.

»Aber du hast recht, wir haben nicht viel miteinander geredet.«

Ich nippe an meinem Bier, während Quentin mich breit angrinst.

»War auch schlecht möglich, schließlich hatte ich die ganze Zeit meine Zunge in ihrem Mund.«

Jetzt ist es Quentin, dessen Augen sich ein wenig weiten. Ich weiß, ich bin ein Arsch, denn jetzt genau mache ich Ella zu einer meiner Bettgeschichten. Aber ich will nicht, dass jemand glaubt, sie wäre langweilig. Das ist sie nicht.

Ich denke daran, wie wir zusammen gelacht haben. Wie sie auf die Geschichte mit meinem Dad reagiert hat.

Quentin beugt sich über die Theke und stemmt beide Hände auf die Holzplatte. Er mustert mich, und ich habe keine Ahnung, was er denkt. Ist mir aber auch egal. Ich schätze, ich muss Ella vorwarnen, denn seinem Gesichtsausdruck nach zu urteilen, wird er das nicht einfach so im Raum stehen lassen.

»Echt jetzt? Du hast sie geküsst?«

Ich zucke mit den Schultern und habe nicht vor, mehr darüber zu sagen.

Es reicht schon, was ich getan habe.

Aber Quentin sagt nichts weiter dazu, er schüttelt nur den Kopf, doch sein Grinsen sagt genug aus.

Ich habe keine Ahnung, ob das eine gute Idee gewesen ist, aber ich konnte einfach nicht meinen Mund halten.

Quentins Blick spricht Bände. Doch ich versuche es auszublenden. Ich mag mir nicht vorstellen, was Rae dazu sagen wird, wenn sie davon erfährt. Duncan ist ein kleines Dorf, hier bleiben Geheimnisse nicht lange Geheimnisse.

Aber habe ich es wirklich nur erzählt, weil Quentin schlecht über Ella gesprochen hat oder weil ich wollte, das Rae es erfährt?

Rae hat schon viele meiner Dates kennengelernt, und bisher habe ich ihr auch immer davon erzählt, aber es ist ein Unterschied, ob ich eine wildfremde Frau treffe oder eine ihrer Freundinnen küsse.

»Du weißt schon, dass du damit ein Fass aufgemacht hast, Bro.«

Ich stelle mein Pint ab, krame ein paar Pfund aus meiner Tasche und werfe sie auf die Theke. Ich habe keine Lust mehr auf dieses Gespräch. Vielleicht sollte ich mich auf die Suche nach Ella machen und ihr davon erzählen, bevor sie es von jemand anderem erfährt. Keine Ahnung, wie sie reagieren wird.

»Ich muss los.« Ich hebe die Hand, um mich zu verabschieden, aber plötzlich steht Colin vor mir.

Er lässt sich neben mir auf den Hocker nieder. Mein Blick wandert zu Quentin, der uns einen Moment beobachtet und dann verschwindet.

»Hey«, murmele ich. »Ich wollte gerade gehen.«

»Gib mir ein paar Minuten. Dann bist du mich wieder los.«

Ich weiß nicht, ob mir dieses Gespräch gefallen wird. Mit Colin zu reden fühlt sich seltsam an. Dabei könnten wir mit Sicherheit Freunde werden.

Wenn ...

Quentin stellt ihm ein Pint vor die Nase, und Colin nickt ihm kurz zu. Gemeinsam starren wir beide auf den Tresen. Niemand sagt etwas.

»Sie macht sich Sorgen um dich.« Dieser Satz ist so bedeutend, dass sich ein Kloß in meinem Hals bildet. So groß, dass ich fast keine Luft mehr bekomme.

Ich schließe die Augen und verdränge das Gefühl, das mich schier auffrisst.

»Ich komm schon klar.«

»Wenn du jemanden zum Reden brauchst ...«

»Mir geht es gut.«

»Du klingst nicht sehr überzeugend.«

»Hör zu, ich weiß es wirklich zu schätzen, dass ihr euch Sorgen macht, aber ich habe schon mit jemandem darüber geredet.«

Colin nippt an seinem Bier, dann wirft er mir einen kurzen Blick zu. »Mit wem? Spiegelbilder zählen nicht.«

Spöttisch lache ich auf. Ich habe es Quentin bereits erzählt. Was schadet es dann, wenn Colin es auch erfährt? Früher oder später weiß es sowieso der ganze Ort.

»Mit Ella.«

Wieder Schweigen. Dann nippt er an seinem Pint und stellt es zurück auf den Tresen. »Das erklärt einiges.«

»Was meinst du damit?«

»Ich habe gehört, was du zu ihr gesagt hast. Auf unserer Hochzeit.« Einen Moment sagt er nichts, dann nickt er, als wüsste er über irgendwas Bescheid. »Ella mag auf den ersten Blick unscheinbar wirken, aber sie ist etwas Besonderes.«

Abwehrend halte ich die Hände nach oben. »Wenn du mir erzählen willst, dass ich mich von ihr fernhalten soll ...«

»Sag ich gar nicht.« Okay, damit habe ich nicht gerechnet.

»Wo liegt dann das Problem?«

Colin nippt wieder an seinem Bier. Der Kerl macht mich wahnsinnig!

»Du hast mit einer Frau, die du kaum kennst, über deine Probleme gesprochen, aber weigerst dich, mit der Frau zu sprechen, die du liebst.«

Alles in mir erstarrt. Wie hat er das gemeint? Weiß er ...? Woher?

»Keine Panik. Es ist so offensichtlich, ich müsste blind sein, um das nicht zu bemerken.«

»Weiß Rae ...?«

»Nein. So klug meine Frau auch ist, sie hat keine Ahnung.«

»Sie soll es auch nicht erfahren.«

»Ich schweige wie ein Grab.«

Ich greife nach meiner Flasche und trinke sie in einem Zug aus. Dann winke ich Quentin her und bestelle einen doppelten Whisky.

»Hör zu, ich ...«

»Du brauchst mir nichts zu erklären.«

Fassungslos starre ich ihn an. Irgendwie kann ich es nicht glauben, dass es ihn nicht stört. Rae und ich ...

»Du bist nicht wütend?« Ich wäre es. Verdammt. Sehr wütend sogar.

Er seufzt, dann signalisiert er Quentin, dass er noch ein Bier möchte.

»Rae und du, ihr habt eine gemeinsame Vergangenheit, in der ich keine Rolle gespielt habe. Ich hatte damals mein eigenes Leben, und wenn das Schicksal nicht so ein verdammtes Arschloch wäre, dann würde ich heute nicht mit dir hier sitzen. Aber das Schicksal ist arschig – für jeden von uns, früher oder später –, doch aus etwas Schlechtem kann auch etwas Gutes werden. Denn sonst hätte ich Rae niemals kennengelernt. Und glaub mir, ich kann mich verdammt glücklich schätzen, bereits zweimal jemand getroffen zu haben, den ich über alles liebe. Aber die Rae, die du liebst, ist nicht die Rae, die ich liebe.«

Er seufzt und reibt sich den Nacken. »Was ich damit sagen will: Menschen verändern sich. Und Raelyn ist nicht mehr derselbe Mensch wie früher. Und so wie ich das sehe, glaube ich, bist du es auch nicht mehr.«

Seine Worte setzen mir zu. Vielleicht hat er recht. Rae hat sich verändert. Sie hat New York den Rücken gekehrt, um hier in Duncan zu leben. Sie hat ein Kind und einen Mann, der sie vergöttert.

Von der Rae, die ich kennengelernt habe, ist nicht mehr viel übrig.

»Ist dir vielleicht schon mal der Gedanke gekommen, dass du Rae als Schutzschild benutzt? Damit du eine Ausrede hast, wenn dir eine Frau über den Weg läuft, die dir gefährlich werden könnte?«

»Wer soll das sein?« In einem Zug trinke ich mein Whiskyglas leer.

»Keine Ahnung. Sag du es mir.«

»Es gibt niemanden.«

»Tatsächlich?«

»Hör auf, um den heißen Brei herumzureden.«

»Okay. Vielleicht ist es ja Ella.«

Fast verschlucke ich mich an meinem Whisky.

Er zuckt mit den Schultern. »Ich meine ja nur. Ihr hast du dich schließlich anvertraut.«

»Wir waren zusammen in einer Kirche eingesperrt. In einer Kirche. Allein. Das war wie im Gefängnis. Da hat man genug Zeit zum Reden.«

»Natürlich. Aber es hätte bestimmt auch belanglosere Themen gegeben.«

Ich werfe ihm einen angepissten Blick zu.

»Ganz zu schweigen davon, dass niemand dich gezwungen hat, sie zu küssen.«

»Hat dir schon mal jemand gesagt, dass du echt nervst?«

»Ständig.«

Dann schiebt er seinen Stuhl nach hinten und wirft einen Zwanzig-Pfund-Schein auf den Tresen.

»Ich verschwinde jetzt.«

»Hey«, murmele ich und halte ihn auf. Ich muss noch etwas loswerden. Ich weiß nicht, ob Rae es ihm sagen wird, aber er war so ehrlich zu mir. Ich habe das Gefühl, dass ich es ihm schuldig bin.

»Zwischen mir und Rae ... es gab da diese Nacht ...«

Colin schüttelt den Kopf. »Ich will es nicht wissen, Adam. Wie gesagt, sie hatte ein Leben vor mir.«

Ich nicke. »Dann nimmst du es mir nicht übel?«

Er lächelt. Und es ist verdammt ehrlich. Wie gesagt, ich weiß ein ehrliches Lächeln echt zu schätzen. »Wie kann ich dir übel nehmen, dass du mein Mädchen liebst, wo ich doch selbst verrückt nach ihr bin? Aber Adam, Rae ist mein Mädchen. Vielleicht wird es Zeit, dass du dir dein eigenes suchst.«

Okay, die Message habe ich verstanden. Colin verschwindet, und ich bleibe allein mit meinen Gedanken zurück.

Der Schmerz ist heftiger denn je. Aber er wird vorbeigehen. Irgendwann. Hoffe ich zumindest. Eines Tages wird er nichts weiter sein als eine flüchtige Erinnerung, die der Wind mit sich genommen hat. Wie poetisch.

Ich greife nach meinem Whiskeyglas und bemerke, dass es leer ist.

Zeit, von hier zu verschwinden.

Ella

Ich kann es nicht glauben. Die Hochzeit übertrifft alle meine Erwartungen, dabei bin ich nicht einmal selbst die Braut.

Nachdem wir gestern ein paar Stunden in der Kirche verbracht haben, brauchte ich zwei Tassen Kräutertee, eine Tafel Schokolade und drei Folgen *Friends*, bis ich endlich einschlafen konnte. Vermutlich war mein Körper noch vollgepumpt mit Adrenalin. Ich weiß immer noch nicht, was ich davon halten soll. Wie soll ich mich denn jetzt Adam gegenüber verhalten? Der Kuss steht wie eine Mauer zwischen uns. Reißen wir sie ein, oder wird sie uns auf Abstand halten? Um Viertel nach fünf heute Morgen klingelte es, und ich quälte mich schlaftrunken aus dem Bett, auf der Suche nach meinem Handy, aus dessen Lautsprechern *Baba O'Riley* von The Who dröhnte. Als ich es endlich gefunden hatte und den Anruf annahm, hörte ich am anderen Ende Ruth verzweifelt schluchzen. Im ersten Moment verstand ich gar nicht, was sie von mir wollte, was vermutlich daran lag, dass ich immer noch in einer Art Delirium war, aber nachdem sie es dreimal wiederholt hatte, drangen die Worte endlich zu mir durch.

»Verdammt, Ella, ich bin zu fett. Das Kleid passt nicht.«

Einen Moment hielt ich die Luft an, dann atmete ich tief durch. »Okay, Ruth. Jetzt beruhige dich. Das Kleid sitzt perfekt. Wir haben es vor zwei Tagen anprobiert.«

Diese Anprobe hat mir den letzten Nerv gekostet. Ich schwöre, ich hatte noch nie so eine schwierige Kundin wie

Ruth. Das meinte Charly neulich mit »Wir haben ein Problem«. Aber Ruth und ich haben es letztendlich doch gelöst.

»Es passt aber nicht.«

Ich seufzte auf und schüttelte den Kopf, obwohl ich wusste, dass Ruth mich nicht sehen konnte. Die Trauung war in knapp sechs Stunden. Vermutlich saß bereits eine ganze Armada von Helfern um sie herum, die sich um sie kümmerten.

»Bitte, Ella, du musst sofort herkommen.«

»Na schön. Ich bin schon unterwegs.«

Zwei Stunden später war das Brautkleidproblem gelöst. Ruth hatte mir unter Tränen gestanden, dass sie sich letzte Nacht in die Küche der Mackenzies geschlichen und einen Teil der Nachspeisen verschlungen hatte. Sie hat es auf die Nervosität geschoben, aber jeder im Ort weiß, dass Ruth eine Vorliebe für Schokoladencreme hat. Ich bin mir ziemlich sicher, sie ist Iains beste Kundin.

Als ich mich jetzt umsehe, bin ich überwältigt. Ich wusste zwar bereits als Kind, wie mein Brautkleid auszusehen hat, aber über meine Hochzeit hatte ich mir nie Gedanken gemacht.

Ruth sieht atemberaubend aus. Das Kleid steht ihr perfekt, und auch Jamie sieht in seinem Anzug sehr gut aus.

Ganz Duncan ist auf den Beinen. Die Straßen sind abgeriegelt, und Platzanweiser stehen in orangefarbenen Westen an den Seiten und versuchen den Verkehr zu regeln. So wie es aussieht, haben Jamie und Ruth eine Menge Gäste eingeladen. Vor dem Haus der Mackenzies steht eine schwarze Limousine bereit, auf deren Motorhaube ein Blumenarrangement in Herzform, bestehend aus gelben Lilien, liegt.

Ich liebe Hochzeiten. Es ist der magische Moment, wenn zwei sich liebende Menschen einander eine gemeinsame Zukunft versprechen. Natürlich ist mir die aktuelle Scheidungsquote durchaus bewusst, aber in diesem Moment, wenn sie sich einander versprechen, denkt niemand darüber nach, was in der Zukunft passieren könnte.

Schließlich würden die wenigsten Menschen dann überhaupt noch heiraten. Ich kann also nicht der einzige Mensch sein, der diese Magie empfindet.

Wie gerade eben. Ich spüre ein Kribbeln im Bauch, zusammen mit dem Gefühl, endlich loslassen zu können und die ganze Welt umarmen zu wollen. Okay, vielleicht liegt das auch an den Wodka-Shots, die ich bereits intus habe. Nach dem Fiasko bei Ruths Junggesellinnenabschied habe ich mir eigentlich geschworen, dieses bescheuerte Spiel nie wieder zu spielen, aber jetzt sitze ich doch wieder hier und bin mittendrin statt nur dabei.

Erst jetzt wird mir bewusst, dass ich eine Menge Dinge noch nie gemacht habe.

Aber dann kamen vier Fragen, die ich alle mit Ja beantworten konnte, und ich musste vier Shots hintereinander trinken. Definitiv zu viel für mich.

Ich streiche mir den Chiffonrock meines himbeerfarbenen Babydollkleides glatt und schlüpfe aus meinen Pumps. Das Kleid habe ich selbst genäht, aber leider habe ich vollkommen vergessen, wie schmerzhaft diese Schuhe sind. Und da ich so kurzfristig keine neuen kaufen konnte, musste ich wohl oder übel zu den schwarzen Riemchenpumps greifen, die seit Jahren in meinem Schrank stehen. Im Laufe der Zeit hatte ich tatsächlich vergessen, warum ich sie nie getragen habe.

Barfuß laufe ich durch Raes Café in den Wintergarten, in dem in wenigen Minuten das Hochzeitsbingo stattfinden wird. Habe ich schon erwähnt, dass ich Hochzeiten liebe? Richtig. Hochzeiten, Hochzeitsspiele und die Hochzeitstorte.

In dieser Reihenfolge.

Rae drückt mir eine Fragekarte und einen Stift in die Hand, und ich mache es mir auf einem der Stühle bequem, die gestern von Rae und Colin hier aufgestellt wurden. Während Adam und ich in der Kirche festsaßen, haben die anderen den Rest der Hochzeit auf die Beine gestellt. Es war mir furchtbar unangenehm, aber Rae hat Tränen gelacht, als sie von unserer Misere erfahren hat.

Adam hingegen hat mich heute nicht mal richtig angesehen. Nur einmal, ganz kurz, als Rae mich gefragt hat, was wir denn in der Kirche angestellt haben. Dieser Ausdruck, mit dem er mich darum bat, nichts zu erzählen. Weil es ihm unangenehm war? Oder weil er einfach nicht wollte, dass Rae es erfuhr?

Beide Vorstellungen gefallen mir nicht.

Vielleicht habe ich deshalb schon einige Whisky-Shots intus.

Mein Blick wandert durch die Menge. Fast alle Hochzeitsgäste haben sich hier versammelt, um eine Runde Hochzeitsbingo zu spielen.

»Okay«, ruft Samuel, der in seinem schwarzen Smoking nur wenige Meter von mir entfernt steht. Er ist Ruths Cousin dritten Grades und hat sich bereit erklärt, die Moderation für das Spiel zu übernehmen. Sam hat ein Mikrofon in den Händen, aber der Lautstärke seiner Stimme nach ist er sich dessen nicht bewusst. Das Rückkopplungsgeräusch ertönt, und alle stöhnen auf, bis Colin herbeieilt und sich um die Technik kümmert. Rae, die Gwen auf der Hüfte hält, steht neben der Tür zur Küche und betrachtet stirnrunzelnd die Menge.

Sie trägt für alles heute die Verantwortung, und ich möchte nicht in ihrer Haut stecken. Plötzlich wird der Stuhl neben mir zur Seite geschoben, und Adam setzt sich zu mir.

»Hey«, murmelt er und lächelt mich an.

Ich zerfließe förmlich. Wirklich. Das liegt nicht nur an der Hitze, sondern vor allem an ihm. Er sieht fantastisch aus. Wie Colin und Jack trägt er einen grauen Anzug, der im Licht ein wenig violett schimmert. Dazu ein weißes Hemd, einen dazu passenden Kummerbund und eine gelbe Lilie im Revers.

»Hey«, antworte ich und umklammere meinen Stift ein wenig fester. Wie soll ich denn jetzt reagieren? Soll ich den Kuss ansprechen? Oder besser nicht? Mein Gott, ist das kompliziert. In diesem Moment ärgere ich mich über die vier Wodka-Shots. Bei meinem Glück werde ich wieder irgendetwas Dummes sagen und mich damit komplett blamieren. Einen Moment halte ich inne und sehe ihn an.

»Können wir kurz reden?«

Okay. Damit habe ich nicht gerechnet. »Klar.« Ich bin ein wenig überrumpelt. Er hat heute meinen Blick gemieden, in der Kirche ist er mir aus dem Weg gegangen. Als Colin vorhin das Brautpaar vor Raes Café fotografiert hat, hat sich Adam mit Camille zurückgezogen, und ich fühlte mich schrecklich.

»Komm mit«, murmelt Adam, steht auf und verlässt den Raum. Einen Moment überlege ich, ob ich nicht doch einfach sitzen bleiben kann. Einfach, um diese Situation zu umgehen, denn ich befürchte, dass mir nicht gefallen wird, was Adam mir zu sagen hat.

Ella

Ich habe recht gehabt.

Es gefällt mir nicht, was Adam mir zu sagen hat. Genauer gesagt, macht es mich wütend.

»Was meinst du damit, es tut dir leid?«

Er rauft sich das Haar und sieht mich entschuldigend an. Das macht mich noch wütender.

»Ich hätte die Situation nicht ausnutzen sollen.«

Was? Meint er das ernst? Befinde ich mich hier in einem falschen Film? Bin ich vielleicht in einer Matrix gefangen?

»Du hast die Situation nicht ausgenutzt. Du hast *mich* nicht ausgenutzt.« Und falls doch, ist es mir egal. Ich wollte ausgenutzt werden. Gott, er könnte alles mit mir machen, wenn er mich nur wieder küsst. Okay, nein. Natürlich nicht alles. Hier sprechen die vier Shots statt mein Gehirn. Trotzdem will ich es wiederholen. Den Kuss. Jetzt. Sofort.

Aber das sage ich nicht. Die Demütigung frisst mich sowieso schon auf. Außerdem macht es mich wütend, dass er so denkt. Ich habe es genossen. Jede einzelne Minute davon, und er bereut es?

Man sieht ihm an, wie unangenehm es ihm ist. Gut so. Soll er sich noch ein wenig unwohler fühlen. Adam reibt sich den Nacken und sieht mich zerknirscht an.

»Ist alles okay zwischen uns? Es war schließlich nur ein Kuss, oder? Nichts Weltbewegendes. Ich meine, wir haben doch alle schon mal irgendwen geküsst, oder nicht? Das hat nichts zu bedeuten.«

Irgendwen. Er macht es nur noch schlimmer. Und am liebsten würde ich schreien: Doch, Adam, genau das war es. Es hat etwas bedeutet. Zumindest mir. Aber er scheint anderer Meinung zu sein.

Für ihn war es nur ein Kuss.

Aber vermutlich empfindet man so, wenn man pausenlos mit anderen Frauen ins Bett geht. Dann wird ein Kuss bedeutungslos.

Und das ist ganz schön traurig. Gibt es denn etwas Bedeutenderes als einen ehrlich gemeinten Kuss?

»Ja, alles okay«, murmele ich und lächle. Ich werde mir keine Blöße geben. So wie immer. Ich bin Ella, die Unscheinbare. Die, die niemals auffällt. Die sich alles gefallen lässt. Ella, die sich verschließt und ihre Gefühle für sich behält. Dafür schreibe ich mir nachts die Finger wund und lasse meine Protagonisten leiden. Auch hier muss man kein Psychologe sein, um darin einen Zusammenhang zu erkennen.

Aber noch ehe ich etwas dazu sagen kann, taucht Camille auf, und das ist der Tropfen auf den heißen Stein. Ihr breites Grinsen, während sie ihm die Hand entgegenstreckt. Er nimmt sie und wirft mir einen letzten Blick zu. Es ist so viel, das ich darin sehe. Er bittet mich um Verzeihung, und ich erkenne Bedauern darin. Aber auch Dankbarkeit. Warum? Weil ich es ihm zu einfach gemacht habe? Oder weil ich gestern sein seelischer Mülleimer gewesen bin?

Er verschwindet mit Camille und dreht sich nicht wieder zu mir um. Fast als wäre er froh, von mir wegzukommen.

Und für eine Millisekunde denke ich mir, dass es wohl besser so ist. Adam ist eine Traumfigur. Ein Hirngespinst. Vielleicht war das mein Fehler. Ich habe etwas in ihn hineininterpretiert, das er mir nicht geben kann. Mein Pech, mein Fehler.

Mein Tattoo ist ein Fuchs. Ich habe es mir vor ein paar Jahren mit meinem damaligen Freund Chris stechen lassen. Wir haben es uns in den Nacken tätowieren lassen, ein Symbol unserer Liebe. Rotfüchse gehören zu den Tierarten, die auf eine bestimmte Weise in Monogamie leben. Solange der Fuchs bei seiner Herzensdame noch nicht zum Zug gekommen ist, bleibt er bei ihr, Tag und Nacht, aber sobald sie von ihm trächtig ist, sieht er sich nach anderen Weibchen um. Der Evolution wegen.

Allerdings hat sich mein Fuchs schon sehr bald eine andere Füchsin gesucht. Was irgendwie zu erwarten war. Chris gehört zu der Kategorie Mann, die nichts anbrennen lässt. One-Night-Stands sind für ihn wie Toilettenbesuche. So häufig wie nötig, so kurz wie möglich.

Auf die Tattoo-Idee sind wir gekommen, als wir eines Tages durch Edinburgh liefen und ich einen Ring im Schaufenster sah. Ein weißgoldener Ring mit einem kleinen Diamanten. Ich erinnere mich, wie begeistert ich davon war und dass Chris sehr zurückhaltend reagierte. Chris mochte keinen Schmuck. Weder Ringe noch hübsche Ketten. Nur seine nachtschwarze Omega trug er am Handgelenk. Aber Tattoos waren genau sein Ding, und zufälligerweise befand sich auf der gegenüberliegenden Seite ein Tattooladen.

Also beschlossen wir spontan, uns eins stechen zu lassen. Das uns verband. Ein Liebestattoo sozusagen.

Einen Ring kannst du verlieren, Ella, aber ein Tattoo bleibt ein Leben lang.

Tja, leider. Hätte ich doch auf den Ring bestanden.

Ich erinnere mich noch gut an den Tag, an dem ich von seiner Affäre erfuhr. Ich habe ihn in flagranti erwischt. Es verlief ganz klassisch. Fast schon zu einfach. Manchmal denke ich, dass er es darauf angelegt hat. Denn schließlich musste er mir nichts mehr erklären, nachdem ich ihn auf frischer Tat ertappt hatte.

Viel konnte ich nicht erkennen, als ich seine Wohnung betrat. Wir waren verabredet gewesen, und Chris war nicht am Treffpunkt erschienen. Eine halbe Stunde hatte ich gewartet, ihn angerufen und Nachrichten geschrieben, aber er hatte sie nicht einmal gelesen. Also nahm ich den Ersatzschlüssel aus dem Blumentopf, der neben seiner Wohnungstür stand, und als ich die Wohnung betrat, hörte ich es schon. Noch ehe ich es sah, noch ehe ich ihr süßliches Parfüm roch, hörte ich sie. Ein heiseres Stöhnen und ein tiefes Keuchen drangen aus seinem Schlafzimmer, und ich sah zwei Körper, aber keine Gesichter, da sie mit dem Rücken zu mir standen.

Aber ich konnte den Fuchs auf seinem Nacken erkennen. Das Pendant zu meinem Fuchs. Als Chris mir damals das Tattoo vorgeschlagen hatte, war ich sofort Feuer und Flamme gewesen, denn ich liebe Füchse.

Ich habe keine Ahnung, wie oft ich in Gedanken diesen Tag durchgegangen bin. Hundert Mal? Tausend Mal? Vielleicht liegt es an meiner masochistischen Ader, dass ich mir diese Bild immer und immer wieder vorgestellt habe.

Vielleicht stand ich aber auch einfach nur unter Schock. Oder wie soll ich es mir sonst erklären, dass ich zwar schockiert und auch wütend, aber in keiner Weise verletzt, sondern eher ... erleichtert war?

Allerdings muss ich sagen, dass es mir jetzt lieber wäre, wenn ich auf einen Ring bestanden hätte. Denn den hätte ich mir einfach von Finger ziehen und ganz theatralisch in den Highlands verschwinden lassen können. Oder ich hätte ihn weiterhin zur Show tragen und mir somit lästige Bewunderer vom Hals schaffen können.

So wie diesen John. Das ist vermutlich nicht sein richtiger Name, aber ich nenne ihn so, weil er mich an John-Boy Walton erinnert. Er trägt eine schwarze Anzughose mit Hosenträgern, dazu ein weißes Hemd und eine Fliege. Auch seine furchtbare Nickelbrille und sein sorgsam gegeltes blondes Haar sehen ziemlich spießig aus. Mit einem schicken Ring am Finger könnte ich ihm problemlos vor die Nase halten, dass ich bereits vergeben bin und er mich in Ruhe lassen soll. Aber was soll ich mit einem Fuchs in meinem Nacken machen? Meine Haare hochstecken, mich umdrehen und vor ihm hin und her wackeln?

Der Kerl würde mich doch für komplett bescheuert halten.

Es ist nicht so, dass ich viele Bewunderer hätte, die ich abschrecken müsste, aber gerade in dieser Situation würde ein Ring sich als nützlich erweisen.

Vielleicht gibt es ja heute noch ein Erdbeben. Mitten in den Highlands. Dann wäre ich den Kerl endlich los.

Ich blicke über meine Schulter und entdecke Adam, der nur wenige Meter von mir entfernt lässig an der Bar lehnt und an seinem Drink nippt. Als er meinen Blick bemerkt, zieht er eine Augenbraue nach oben. Jedem anderen wäre es vermutlich nicht aufgefallen, aber ich bin sozusagen seine Stalkerin. Solche Dinge bemerke ich sofort bei ihm.

Vielleicht langweilt er sich ja hier genauso wie ich. Schließlich kennt er nicht allzu viele Leute hier, und Camille scheint verschwunden zu sein.

»Du hat den Brautmodenladen deiner Tante übernommen, richtig? Meine Mom hat es mir erzählt. Lohnt sich denn ein Brautmodengeschäft in der heutigen Zeit noch? Hochzeiten sind doch eher rückläufig, oder nicht?«, redet John auf mich ein.

Ich weiß nicht, was ich verbrochen habe, dass dieser Kerl mich nicht in Ruhe lässt.

Ich nippe an meinem Glas Weißwein und betrachte Mrs Shark, die gerade dabei ist, sich ein Stück von der Hochzeitstorte zu nehmen.

»Geheiratet wird immer.«

»Schon, aber bei der Scheidungsrate ist es doch eher ein schlechtes Investment, findest du nicht?« Er dreht sich um und deutet auf Ruth, die sich gerade mit ihrem Onkel Grayson unterhält.

»Ich bin mir ziemlich sicher, dass diese Ehe nicht lange halten wird, und dann schau dir an, wie viel Geld hier ausgegeben wurde. Mal ganz abgesehen von den Kosten für die Scheidung. Was meinst du, haben Ruth und Jamie einen Ehevertrag abgeschlossen? Ich hoffe es für die beiden, in der heutigen Zeit kann niemand so dumm sein und darauf verzichten.«

John gehört zu der Sorte Mensch, die sich selbst gerne reden hört.

»Und was, wenn doch?«

Er runzelt die Stirn. »Was meinst du?«

»Wenn die Ehe doch hält.«

»Wird sie nicht.«

»Woher willst du das wissen?«

»Das sagen die Statistiken.«

Himmel, geht mir der Kerl auf die Nerven.

»Du verbreitest hier schlechtes Karma. Warum bist du eigentlich gekommen, wenn du Hochzeiten so schrecklich findest?«

»Ich gehöre zur Familie. Mein Dad ist der Cousin dritten Grades von Ruths Dad. Alles ein wenig kompliziert, aber es würde ein schlechtes Bild auf uns werfen, wenn einer von uns ferngeblieben wäre. Wegen der Tradition. Dennoch stehe ich zu meiner Meinung.«

Ich schätze, ich muss gehen, um ihn loswerden. Aber ich habe Ruth versprochen, ihr später beim Umziehen zu helfen. Sie möchte am Abend ihr Brautkleid gegen ein schickes Cocktailkleid tauschen.

Auch etwas, das ich nicht verstehen kann. Man gibt ein Vermögen für ein Kleid aus, das man nur an einem Tag trägt, und dann genießt man nicht jede Sekunde, sondern zieht ein anderes an?

Wie bescheuert ist das denn?

John erzählt mir noch ein wenig von seiner Cousine, die in Australien geheiratet hat und während der Trauung von einer Schlange gebissen wurde, aber ich höre nur noch mit halbem Ohr zu.

Adam lehnt an der Bar und unterhält sich mit Colin, während Camille bei ihnen steht. Adam hat einen Arm um ihre Taille geschlungen, und Wut steigt in mir auf.

Wie kann ich mich nur so in einem Menschen getäuscht haben?

Adam

Auch wenn ich die Braut nicht ausstehen kann, der Single Malt der Mackenzies kann sich sehen lassen. Das war mir nach der Flasche in der Kirche schon bewusst, aber diese hier ist noch besser. Ich nippe an meinem Glas und beuge mich über das Terrassengeländer. Keine Ahnung, wie viele Gläser ich schon intus habe. Es spielt auch keine Rolle. Hochzeiten sind dafür gemacht, sich sinnlos zu betrinken. Wobei, wenn ich länger in Schottland bleibe, muss ich mich in New York bei den Anonymen Alkoholikern melden. Ich habe noch nie so viel Whisky getrunken wie in meiner Zeit hier in Duncan.

Ich stehe etwas abseits, versteckt hinter ein paar Büschen. Von hier aus bin ich für die Gäste, die rasch nach draußen gehen, um ein wenig frische Luft zu schnappen, nicht zu sehen. Mein Handy vibriert, und eine Nachricht von Rae erscheint, die mich fragt, wo ich stecke.

Ohne darauf zu antworten, stecke ich das Handy zurück in meine Anzugtasche. Ich möchte allein sein, und nicht einmal Rae soll mich dabei stören. Ich bin selbst überrascht darüber, denn früher gab es keinen Moment, in dem ich sie nicht in meiner Nähe haben wollte.

Ich weiß nicht, wann sich das geändert hat. Vielleicht schon vor einiger Zeit. Meine Gefühle für Rae haben sich wohl geändert.

Ich habe mich verändert.

Der Tod meines Dads. Mein Aufenthalt in Duncan. Rae mit Colin und Gwen zu sehen. Ihr Leben hier.

Ich weiß nicht, ob mein Leben in New York noch so ist, wie ich es mir wünsche. All die Jahre habe ich daran festgehalten, aber mittlerweile glaube ich, dass es noch etwas anderes für mich gibt.

Denn unglücklicherweise sind meine Gedanken schon den ganzen Abend bei Ella Finnigan und ihren weichen, vollen Lippen.

Fuck! Ich bin dreiunddreißig Jahre alt und hatte schon unzählige Frauen in meinem Bett, aber ich benehme mich wie ein pubertärer Teenager, weil ich sie geküsst habe.

Komplett unerwartet, muss ich zu meiner Verteidigung sagen. Es war ein spontaner Kuss.

Trotzdem kann ich mich nicht erinnern, wann mich ein Kuss jemals so aus der Bahn geworfen hat. Aber ich habe mich wie ein Arsch aufgeführt. Für einen kurzen Moment dachte ich mir, sie gibt mir für die Aktion gestern in der Kirche eine Ohrfeige, aber dann schien sie ganz gelassen zu reagieren.

Vielleicht habe auch nur ich so empfunden. Vielleicht wirft der Kuss nur mich so aus der Bahn.

Ich nippe an meinem Glas, als ich plötzlich Schritte hinter mir höre.

»Läufst du vor mir davon?«, höre ich Camille fragen.

Einen Moment lang schließe ich die Augen, dann drehe ich mich zu ihr um. Mir gehen unzählige Gedanken durch den Kopf, aber anstatt zu nicken, schüttle ich den Kopf. Ich habe Ella vorhin gesagt, dass sie den Kuss vergessen soll. Aber warum gelingt mir das denn nicht? Vielleicht muss ich mich ablenken? Bisher hat das immer gut funktioniert.

Wie habe ich es so schön formuliert? Wenn es mir schlecht geht, habe ich Sex.

Es geht mir beschissen. Weltuntergangsmäßig beschissen sogar.

»Nein«, murmele ich und greife nach Camilles Hand. Sie ist feucht und klebrig, und ich widerstehe dem Drang, sie zurückzuziehen. Stattdessen ziehe ich sie an mich heran und küsse sie.

Und stelle mir dabei vor, es wäre Ella.

Ella

Eine Woche ist seit der Hochzeit vergangen, und noch immer ist sie Gesprächsthema Nummer eins in Duncan. Was ein weiteres Zeichen dafür ist, dass hier einfach viel zu wenig geheiratet wird.

Adam habe ich die ganze Woche nicht gesehen. Vielleicht bin ich ihm aber auch bewusst aus dem Weg gegangen. Als ich gesehen habe, wie er Camille auf der Hochzeit geküsst hat, habe ich es nicht mehr ausgehalten und habe das Fest verlassen. Danach habe ich mich an meinen Laptop gesetzt und drei neue Kapitel geschrieben. Danach habe ich zum ersten Mal darüber nachgedacht, die Geschichte von Adam und Eliza zu beenden. Aber zu einem endgültigen Ergebnis bin ich nicht gekommen.

Ich bin auf dem Weg ins St.-Clara-Pflegeheim, um meine Tante Mary zu besuchen, gehe aber vorher noch ins *Iris*, um noch warme Apfelzimtrollen für Andrea, eine der Krankenschwestern, einzupacken.

»Hey, so früh am Morgen schon unterwegs?« Raelyn steht hinter der Theke und ist gerade dabei, Kuchen auf Tortenplatten zu platzieren. Iain hat sich mal wieder richtig ins Zeug gelegen. Es gibt eine Brombeertorte, Himbeerpfirsichkuchen, eine Blaubeertarte und noch einiges mehr.

Genug, um den Tag hier verbringen zu können. Ach was, die ganze Woche.

»Guten Morgen. Ich bin auf dem Weg zu Tante Mary.«

Rae nickt und lächelt. »Du nimmst Apfelzimtrollen für Andrea mit, richtig?«

»Ja. Sie ist verrückt nach dem Zeug.«

»Ich weiß. Normalerweise bringe ich ihr auch welche mit, aber in letzter Zeit schaffe ich es kaum. Momentan übernimmt Iain meine Schichten mit.«

Raes und Iains Großvater Fergus lebt schon seit ein paar Jahren im St.-Clara-Pflegeheim, und die beiden wechseln sich mit ihren Besuchen dort ab.

Rae holt einen Karton unter der Theke hervor, klappt ihn auseinander und legt das süße Gebäck hinein.

»Richte ihr bitte einen schönen Gruß von mir aus. Vielleicht schaffe ich es nächste Woche.«

»Mach ich«, verspreche ich. Dann drehe ich mich um und verlasse das Café.

Das St.-Clara-Pflegeheim ist mittlerweile zu meinem zweiten Zuhause geworden. Es ist erst ein paar Wochen her, dass Dr. Vince mir geraten hat, meine Tante hier unterzubringen, aber es fühlt sich an, als wäre sie schon eine Ewigkeit dort. Und obwohl ich weiß, dass meine Entscheidung richtig war, fühlt es sich falsch an. Tante Mary ist meine letzte noch lebende Verwandte. Abgesehen von meinem Vater, von dem ich keine Ahnung habe, wo er sich aufhält.

Meine Chucks quietschen, als ich über den spiegelglatten Fußboden laufe. Es ist kurz nach 2 Uhr nachmittags, und auf den Gängen ist niemand zu sehen. Ich werfe einen kurzen Blick ins Schwesternzimmer und entdecke Andrea, die gerade dabei ist, ihren Kittel anzuziehen.

»Hey«, murmele ich und halte ihr den Karton mit den Apfelzimtrollen hin. Immer wenn ich hier bin, bringe ich dem Pflegepersonal eine Aufmerksamkeit mit. Das ist meine Art, mich bei ihnen zu bedanken.

»Ella, schön, dich zu sehen. Wie geht es dir?« Sie breitet die Arme aus und zieht mich in eine innige Umarmung.

»Danke, gut. Und dir? Wie geht es Lizzy?«

An dem Tag, an dem meine Tante stationär aufgenommen wurde, habe ich mich auf die Gästetoilette zurückgezogen und Rotz und Wasser geheult. Andrea ist zufällig vorbeigekommen und hat mich dort entdeckt. Gemeinsam haben wir uns in einer Kabine eingesperrt, und sie hat mir zugehört, während ich mir meinen Frust von der Seele geredet habe. Sie hat mir von ihrer Tochter Lizzy erzählt, die bei ihrem geschiedenen Mann lebt und um deren Sorgerecht sie kämpft. Seitdem sind wir so etwas wie Freundinnen geworden. Schicksale verbünden.

»Ihr geht es gut. Brian hat sich auf ein gemeinsames Sorgerecht eingelassen. Ich hoffe, er ändert seine Meinung nicht mehr.«

»Wow«, sage ich und lächle. »Das ist toll.«

Sie nickt glücklich. »Ja, ich kann es auch noch nicht fassen. Wenn alles klappt, ist sie ab nächster Woche drei Tage die Woche bei mir.«

Obwohl sie lächelt, sehe ich die Traurigkeit in ihren Augen. In diesem Moment klingelt das Telefon, und Andrea weicht einen Schritt zur Seite.

»Die Arbeit ruft. War schön, dich wiederzusehen«, murmelt sie, und ich winke, während sie zum Hörer greift und ich durch die Tür verschwinde.

Tante Marys Zimmer befindet sich im zweiten Stock, am Ende des Ganges, direkt neben dem Fernsehzimmer und dem Besucherraum. Als ich einen Blick hineinwerfe, sehe ich ein älteres Paar, das gemeinsam auf einem Sofa sitzt und in einem Fotoalbum blättert.

Als ich vor ihrem Zimmer ankomme, atme ich erst mal tief ein, ehe ich anklopfe und eintrete.

Sie sitzt in einem Schaukelstuhl am Fenster. Ihr Blick ist starr nach draußen gerichtet, wie immer, wenn ich sie besuchen komme. Zwar hat mir Andrea erzählt, dass ihre Therapien alle Wirkung zeigen und sie gute Fortschritte macht, dennoch ist ihre rechte Körperhälfte weiterhin vollkommen gelähmt. Ihr Körper ist zur Seite geneigt, der rechte Arm liegt schlaff auf ihrem Schoß. Man kann die halbseitige Lähmung sogar deutlich an ihrem Gesicht sehen.

»Tante Mary?«, sage ich laut, um sie nicht zu erschrecken. Es ist schon öfter vorgekommen, dass sie so in Gedanken vertieft war, dass sie mich nicht gehört hat. Einmal ist sie vor lauter Schreck vom Stuhl gerutscht und hat sich dabei ihr Handgelenk gebrochen. Seitdem versuche ich immer so viel Lärm wie möglich zu machen, damit so etwas nicht wieder geschieht.

Sie sieht auf, und ein schiefes Lächeln erscheint auf ihrem Gesicht. Ihr rechter Mundwinkel ist herabgezogen, ein Zeichen dafür, dass sie diesen Teil ihres Körpers nicht mehr unter Kontrolle hat. Ihr Arm zittert jetzt unregelmäßig. Ich gehe zu ihr, beuge mich über sie und drücke ihr einen Kuss auf die Stirn.

»Ella, mein Schatz. Ich hab dich lange nicht gesehen.« Sie spricht immer noch undeutlich, aber wenn man genau zuhört, versteht man sie.

Ich zwinge mich zu einem Lächeln, auch wenn mir gar nicht danach zumute ist. Wann immer es mir möglich ist, besuche ich sie, aber sie hat jegliches Zeitgefühl verloren. Meistens schläft sie, wenn ich komme, oder sie ist bei einer ihrer zahlreichen Therapien.

Ihre Stimme klingt leise und ein wenig brüchig, und ich muss mich anstrengen, sie zu verstehen. Sanft drücke ich ihre knöcherne Hand und streiche darüber.

»Ich habe Apfelzimtrollen mitgebracht.« Ich deute auf das Tablett, das ich mitgenommen habe. Sie sind ihre Leibspeise, und ich habe das Gefühl, dass der Geschmack sie an zu Hause erinnert. An meine Mom. An ihre Vergangenheit. Zumindest bilde ich mir das ein.

»Liest du mir eine Geschichte vor, Ella?«

»Natürlich«, sage ich und greife nach dem Buch, das auf ihrem Nachttisch liegt. Es ist eine Geschichtensammlung von Edgar Allan Poe, ihrem Lieblingsschriftsteller, und wann immer ich hier bin, lese ich ihr daraus vor. Auch wenn ich sie oftmals ziemlich gruselig finde.

Ich schenke ihr eine Tasse Tee ein, lege die Gebäckstücke auf einen Teller und mache es mir auf dem Sessel ihr gegenüber bequem. Sie hat die Augen geschlossen, es wirkt fast, als würde sie schlafen.

Dann beginne ich zu lesen und vergesse einen Moment alles um mich herum.

Als ich nach meinem Besuch wieder zu Hause ankomme, fühle ich mich ausgelaugt und müde. Wie jedes Mal, wenn ich bei ihr gewesen bin. Es fühlt sich an, als würde der Aufenthalt im St. Clara mir alle Lebensenergie entziehen, und ich frage mich, wenn es mir schon so ergeht, wie mag es dann wohl für die Bewohner sein?

Adam

Er starrte sie entsetzt an. Noch ehe sie ihm etwas erklären konnte, schüttelte er den Kopf und wich einen Schritt zurück. Sie konnte es an seinem Gesicht sehen, wie angewidert er von ihr war. Sie hätte ihm die Wahrheit sagen sollen, aber Eliza hatte es nicht über sich gebracht. Und jetzt war es zu spät. Sie hatte ihn verloren. Sie hatte alles verloren.

»Was zur Hölle soll das denn?« Ich hebe den Blick und werfe Rae einen vorwurfsvollen Blick zu. »Was soll denn dieser beschissene Cliffhanger?«

»Was hast du an dem Satz ›Achtung, das Buch hat ein Open End‹ nicht verstanden?«

»Worum geht es?«, fragt Colin, der mit zwei Bier in der Hand hereingeschlendert kommt. Er drückt Rae einen Kuss auf die Stirn und hält mir eine Flasche hin, die ich dankend annehme. Ich sage nichts, sondern senke den Blick und starre auf die letzte Seite auf meinem I-Pad. Die App ist immer noch geöffnet, und ich kann nicht fassen, dass die Geschichte zu Ende ist. Wenn es etwas gibt, was ich abgrundtief hasse, dann sind es Cliffhanger. Rae weiß das und hat mich mit diesem verdammten Buch direkt ins offene Messer laufen lassen.

»Adam ist wütend, weil ich ihn gebeten habe, ein Buch zu lesen, das mit einem Cliffhanger endet. Er hasst das.«

»Jeder hasst das. Es grenzt an Körperverletzung, jemand mit einem offenen Ende hinzuhalten.«

»Muss ich das verstehen?«, fragt Colin und setzt sich neben Rae auf die Couch.

Rae wirft mir einen amüsierten Blick zu. »Die Autorin veröffentlicht ihre Bücher selbst, und das nur kapitelweise. Heute Morgen hat sie bekannt gegeben, dass sie eine kleine Pause machen wird, und jetzt ist Adam wütend, weil er nicht weiß, wie die Geschichte weitergeht.«

Rae streicht Colin über den Arm und drückt sich an ihn. Einen Moment warte ich darauf, dass es mir etwas ausmacht, aber da ist nichts.

Vielleicht habe ich mich an den Anblick einfach schon gewöhnt. Oder aber ich bin über sie hinweg? Kann das wirklich sein?

Er beobachtete sie. Eliza raubte ihm den Atem. Alles an ihr. Er hatte nicht gewusst, dass diese Art von Liebe überhaupt existierte. Wenn er es genauer betrachtete, war er sich nicht einmal sicher, ob ihm der Gedanke gefiel. Seine Gedanken kreisten nur um sie. Wenn er morgens aufwachte, galt sein erster Gedanke ihr, und abends, kurz bevor er einschlief, flüsterte er ihren Namen.

Sie ging ihm unter die Haut, und er fragte sich zum wiederholten Mal, ob er nicht besser einen Schlussstrich ziehen sollte.

Seine Großmutter hatte ihm einmal gesagt, dass in einer Beziehung immer einer den anderen ein kleines bisschen mehr liebte und er dafür sorgen sollte, dass er nicht diese Person war. Die Gefahr, verletzt zu werden, war zu groß.

Er war sich ziemlich sicher, dass es dafür schon zu spät war.

… dass in einer Beziehung immer einer den anderen ein kleines bisschen mehr liebte und er dafür sorgen sollte, dass er nicht diese Person war.

Ich runzele die Stirn und markiere die Stelle in meinem I-Pad. Vollkommen verblüfft starre ich auf die Worte, die mir einen Schauer über den Rücken jagen.

»Rae?«, rufe ich und warte, bis sie ihren Kopf aus der Küchentür steckt. Sie und Colin haben sich vor ein paar Minuten in die Küche zurückgezogen, um das Essen vorzubereiten. Es riecht nach frischen Kräutern, Pilzen und geröstetem Knoblauch. Ich bin mir ziemlich sicher, dass Colin kocht. Rae ist nicht mal in der Lage, eine Dose Ravioli aufzuwärmen, ohne sie anbrennen zu lassen.

»Ja?«

»Erinnerst du dich an den Satz, den meine Großmutter zu dir gesagt hat, als du ihr von Colin erzählt hast?«

»Sie hat eine Menge Sprüche rausgehauen, als ich ihr erzählt habe, dass ich mich in einen Schotten verliebt habe. Du musst schon genauer werden.«

Ich greife zu dem I-Pad und lese ihr den Satz laut vor.

»... dass in einer Beziehung immer einer den anderen ein kleines bisschen mehr liebte und er dafür sorgen sollte, dass er nicht diese Person war.«

Sie wischt sich die feuchten Hände an einem Handtuch ab und kommt zu mir herüber.

»Klar kann ich mich an den erinnern. Wie kommst du darauf?«

Ich halte das I-Pad hoch. »Er steht hier.«

Rae sieht mich verwirrt an. »Ich verstehe nicht, was du meinst.«

»Der Satz steht hier in dem Buch, von dem du mir erzählt hast.«

Rae reißt die Augen auf und nimmt mir das I-Pad aus der Hand. Einen Moment liest sie sich durch die Seiten, dann beginnt sie zu nicken.

»Das ist schräg, aber nicht wirklich ungewöhnlich, oder? Ich bin mir sicher, eine Menge Menschen geben solche Tipps.«

»Hat das außer meiner Großmutter schon mal jemand zu dir gesagt?«

»Nein, aber es gab auch nicht so viele Personen in meinem Leben, die das hätten tun können.«

Fuck! Sofort könnte ich mich selbst in den Arsch treten, dass ich so gedankenlos war. Rae wurde adoptiert und hat nach dem Tod ihrer Adoptiveltern bei einer Pflegemutter gelebt. Es gab nicht sonderlich viele Menschen, die ihr mit Rat und Tat zur Seite standen. Außer meiner Granny.

»Tut mir leid.«

»Schon okay. Worauf willst du hinaus?«

Langsam schüttle ich den Kopf. »Ich weiß nicht, aber mir kommt es einfach seltsam vor, dass die Person in diesem Buch denselben Satz sagt, den sie jedem meiner Freunde eingetrichtert hat, seit ich denken kann.«

Außerdem gibt es noch andere Dinge, die mich irritieren. Schon seit ich angefangen habe, das Buch zu lesen, werde ich das seltsame Gefühl nicht los, dass mehr dahintersteckt. Ich kann es nicht erklären, aber es kommt mir so vertraut vor. Nicht nur weil der Kerl meinen Namen trägt oder weil wir auch rein äußerlich Gemeinsamkeiten zu haben scheinen. Dunkler Typ, südländische Vorfahren, tätowiert. Gut, das trifft wohl auf eine Menge Männer zu, trotzdem fühlt sich alles sehr vertraut an.

Was komplett verrückt ist. Vielleicht werde ich wirklich paranoid.

»Ich glaube, das ist nur Zufall. Vielleicht solltest du zur Abwechslung mal einen Krimi lesen. Wobei ...« Sie schüttelt den Kopf. »Dann identifizierst du dich noch mit der Leiche, das wäre echt schräg.«

»Sehr witzig.« Seufzend reibe ich mir den Nacken. »Aber vielleicht hast du recht.«

Ella

»Vielleicht ist es besser, wenn wir getrennte Wege gehen«, flüstert Adam und streicht mir dabei sanft über die Wange.

Vehement schüttle ich den Kopf. Ich bringe kein Wort über die Lippen, aber ich will auf keinen Fall, dass er mich verlässt.

Ein tiefes Schluchzen dringt aus meiner Kehle, und bevor ich es verhindern kann, lehne ich meine Stirn gegen seine Schulter und beginne hemmungslos zu weinen.

Es ist nicht fair, dass er nicht hier bei mir bleiben kann.

»Du darfst nicht gehen.«

»Ich muss«, sagt er sanft, und dabei spüre ich seinen warmen Atem an meinem Gesicht. »Wenn ich hierbleibe, wird der Schmerz nur noch schlimmer.«

»Aber wir finden eine Lösung. Bestimmt.«

Ich neige den Kopf in den Nacken und sehe ihn an. Wie wunderschön er ist. Sein Blick ruht auf mir, und auch in seinen ozeanblauen Augen schimmern Tränen. Ich sehe den Schmerz darin. Auch wenn er es nicht in Worte fasst, ich sehe es in seinem Blick.

Adam presst die Lippen zusammen, dann schüttelt er den Kopf.

»Nein, werden wir nicht.« Er legt seine Hände auf meine Schulter und schiebt mich dann ein wenig von sich. Dann tritt er einen Schritt zurück und schluckt, während er mich betrachtet, als wolle er sich mein Gesicht einprägen.

»Es ist besser so, glaub mir.«

Wut erfasst mich. Warum kann er nicht für uns kämpfen?

»Du läufst tatsächlich weg? Ohne es auch nur zu versuchen?«

»Was soll ich denn noch tun, Eliza? Wenn ich nicht gehe, werden sie mich holen, und dann sehen wir uns nie wieder. Möchtest du zusehen, wie sie mich in Handschellen abführen?«

Ich schlucke, und alle Wut verfliegt. Er hat recht. Wenn er bleibt, werden sie ihn finden, und dann haben wir überhaupt keine Chance mehr. Die Drohung meines Vaters, ihn zu verraten, hängt wie ein Damoklesschwert über uns. Ich kann immer noch nicht fassen, dass er Adam wirklich verraten würde.

»Ich werde gehen, und vielleicht – irgendwann – werden wir einen Weg finden, uns wiederzusehen.«

Dann beugt er sich vor und drückt mir einen Kuss auf die Stirn. Ich schließe die Augen und genieße die Berührung. Präge sie mir ein, damit ich sie niemals vergessen werde. Als ich die Augen wieder öffne, ist Adam verschwunden. Und mit ihm mein ganzes Glück.

Tränen laufen mir über die Wangen, als ich meinen Laptop zuklappe und mich nach hinten lehne. Mein Blick fällt auf den Stapel Rechnungen, der auf meinem Nähtisch liegt. Einen Teil konnte ich mit dem Geld von Ruths Brautkleid bereits bezahlen, aber einige sind noch offen.

Bisher habe ich es nicht geschafft, mir ein kleines Büro einzurichten, deshalb muss er dafür herhalten. Ich habe keine Ahnung, wie ich es schaffen soll, das Geld aufzutreiben, das die Bank von mir will. Dass Tante Mary eine Hypothek auf den Laden aufgenommen hat, wusste ich erst, als die Bank mich nach ihrem Schlaganfall angerufen und über die fehlenden Ratenzahlungen informiert hat.

Leider wirft der Laden nicht so viel ab, dass ich sorgenfrei in die Zukunft blicken kann. Zwar könnte ich mit dem Geld von dem Brautkleid der Mackenzies den Kredit ablösen, aber ich muss ja so viele andere Dinge bezahlen. Von den laufenden Kosten ganz abgesehen. Und Tante Marys Pflegeheim kostet ebenfalls ein kleines Vermögen.

Alles in allem wirft der Laden nicht genug ab, um davon leben zu können. Vielleicht sollte ich das Schreiben sein lassen und mir einen Nebenjob suchen. Schließlich bekomme ich keinen Penny für meine Romane. Und der Traum, dass jemand mich entdeckt und meine Bücher veröffentlichen möchte, ist so weit hergeholt.

In diesem Moment höre ich die Glocke, die sich über der Eingangstür befindet. Rasch wische ich meine Tränen weg und bin in diesem Moment froh darüber, dass ich mich kaum schminke. Ich stehe auf, streiche mein Kleid glatt und setze ein freundliches Lächeln auf.

»Adam?« Ich bleibe wie angewurzelt stehen, als ich Adam entdecke, der gerade dabei ist, sich ein paar Brautkleider anzuschauen.

»Hey«, sagt er, dann runzelt er die Stirn. »Hast du geweint?« Ich bin komplett überrascht, ihn zu sehen. Seit der Hochzeit ist er mir aus dem Weg gegangen. Nicht, dass ich großen Wert darauf gelegt habe, ihn zu sehen. Dass er an besagtem Abend mit Camille verschwunden ist, hat mir ziemlich zugesetzt. Aber dass er jetzt hier auftaucht und sich so benimmt, als wäre nichts geschehen, macht mich wütend.

Abwehrend schüttle ich den Kopf. Ich darf mir nichts anmerken lassen. Bleib cool, Ella. Zeig ihm nicht, wie sehr er dich verletzt hat.

»Ich habe nur gerade etwas Trauriges gelesen. Da muss ich immer heulen.«

»Da könntest du dich mit Rae zusammentun. Wenn wir gemeinsam lesen, passiert ihr das ständig.«

Mir bleibt die Luft weg, und ich spüre eine beängstigende Enge in meiner Brust. »Ihr lest zusammen?«, krächze ich und verfluche mich dafür, dass ich mich nicht mehr unter Kontrolle habe.

Er liest. Mit Rae. Was zur Hölle? Fuck!

»Rae hat ein Faible für Liebesromane, und irgendwie hat sie mich damit angesteckt. Aber wehe, du verrätst das jemandem.« Er lächelt, und mir wird ganz schlecht. Diesmal liegt es nicht an seiner Wirkung auf mich, sondern an der Tatsache, dass ich verdammt nah dran bin, aufzufliegen.

Mein Hals wird ganz trocken.

Liebesromane sind vollkommen ungefährlich, Ella. Nur weil er welche liest, bedeutet das nicht, dass er dein Buch kennt.

»Würde mir nicht im Traum einfallen.« Ich greife nach ein paar weißen Satinhandschuhen, die vorhin geliefert wurden und die ich vergessen hatte, ins Regal zu räumen. So unauffällig wie möglich benehmen. Eigentlich sollte ich wütend auf ihn sein. Aber ich muss so viel wie möglich darüber erfahren. Ich kann ihm später immer noch sagen, was für ein Vollidiot er ist.

»Und was lest ihr so? Irgendwelche berühmten Schriftsteller?« Himmel, ich klinge viel zu angespannt. Aber mich macht dieses Gespräch nervös.

Hoffentlich wird er durch meine Fragen nicht misstrauisch.

Aber Adam zuckt nur mit den Schultern. »Alles Mögliche. Meistens sucht sie sich Indie-Autoren aus, die selbst veröffentlichen. Gerade ist sie auf eine Autorin gestoßen, die wohl auch aus Schottland stammt. Mir fällt gerade ihr Name nicht ein.«

Mist. Mist, Mist. Mein Puls rast, während ich ihm den Rücken zuwende und langsam ein- und ausatme. Ich bin kurz vor einem Herzinfarkt. Was, wenn ich hier kollabiere und er einen Rettungswagen rufen muss? Dann wird er allein im Laden zurückbleiben und auf meinen Laptop stoßen. Oder er wird ein paar Sachen aus meiner Wohnung holen und dort die ausgedruckten Seiten meines Manuskripts finden. Er muss kein Genie sein, um eins und eins zusammenzuzählen, und dann bin ich geliefert. Ruhig bleiben, Ella. Einfach nur ruhig bleiben. Das alles hat nichts zu bedeuten. In Schottland leben mehr als fünf Millionen Menschen. Die Chance, auf eine schottische Schriftstellerin, die selbst veröffentlicht, zu stoßen, ist groß. Ozeanmäßig groß. Ich sollte mich nicht verrückt machen lassen. Aber ich bin kurz davor durchzudrehen.

»Und warum bist du hier? Ich dachte, du planst mit Rae heute einen Ausflug in die Highlands?« Colin hat mir gestern davon erzählt, und ich habe mich bemüht, so gleichgültig wie möglich zu reagieren.

Er tritt näher an mich heran, und sein Gesichtsausdruck wirkt auf einmal zerknirscht.

»Hab mich anders entschieden. Ich wollte mit dir sprechen.«

»Mit mir?« Meine Stimme klingt eine Oktave zu hoch. Mist! Irgendwie wird mir das hier alles zu viel.

»Es tut mir leid, okay? Ich habe mich auf der Hochzeit wie ein Vollidiot benommen.«

»Nein, hast du nicht.«

Er sieht mich überrascht an, aber ich werde es ihm nicht zu leicht machen. »Du hast dich wie ein bombastisches Arschloch verhalten.«

Okay, damit scheint er nicht gerechnet zu haben. Er starrt mich an, dann nickt er langsam. »Das habe ich verdient.«

Ja und noch so vieles mehr. Ich will ihm eine Tirade an Schimpfwörtern an den Kopf werfen, aber gerade als ich damit beginne, klingelt mein Handy. Mist! Es klingelt gefühlt hundert Mal, aber ich schaffe es nicht, auf das Display zu sehen. Stattdessen betrachte ich Adam. Er hält meinen Blick gefangen.

»Können wir irgendwo in Ruhe reden? Ich möchte das wirklich wiedergutmachen, Ella.«

Er klingt aufrichtig, und das verursacht ein Kribbeln in meinem Bauch. Denn ich glaube ihm. So bescheuert es sich auch anhört. Ich habe es ernst gemeint, als ich gesagt habe, dass der Kuss ihm auch etwas bedeutet haben muss. Ich habe es gespürt. Ganz tief in mir.

»Wir könnten nach oben gehen. In meine Wohnung. Da wären wir ungestört.«

Er schluckt, und ich sehe, wie sich sein Adamsapfel bewegt. Aber gerade als ich nach meinem Schlüssel greifen will, klingelt mein Handy wieder.

»Vielleicht sollte ich doch besser rangehen.« Ich stolpere einen Schritt zurück, ziehe es aus meiner hinteren Jeanstasche und entdecke auf dem Display eine Nachricht von Quentin.

Hilfe! Kannst du schnell rüberkommen?

Was auch immer er von mir will, scheint dringend zu sein. Quentin bittet mich selten um Hilfe.

»Hör mal, ich muss kurz rüber ins *Ginnie's*. Kann ich dich hier allein lassen?«

»Jetzt?«

»Nur kurz. Ich bin bestimmt gleich wieder da.«

Es scheint ihm nicht zu gefallen, aber er nickt. »Okay. Ich warte solange.«

Ich bin schon bei der Tür, als ich mich noch einmal zu ihm umdrehe. »Hinten steht eine Kaffeemaschine. Bedien dich einfach.«

Und dann bin ich auch schon weg.

Als ich wenig später wiederkomme, steht Adam mit einer Tasse Kaffee in der Hand da und unterhält sich mit Mrs Green. Als ich im *Ginnie's* ankam, dachte ich, die Welt geht unter, so gestresst klang Quentin am Telefon. Stattdessen präsentierte er mir nur seine neue Espressomaschine, deren Bedienung ihn ein wenig überforderte.

»Oh, Ella, ich habe Mr Parker hier gesehen und dachte mir, ich leiste ihm ein wenig Gesellschaft. Ich habe doch deiner Tante auch oft geholfen, weißt du noch?«

»Ja, Mrs Green. Ich erinnere mich.«

Adam lächelt mich an, und ich forme mit meinen Lippen ein »Danke«.

»Keine Ursache«, antwortet er genauso zurück.

»Wie geht es denn Mary? Kommt sie bald zurück?«

Bedauernd schüttle ich den Kopf. »Ich weiß es noch nicht. Dr. Vince ist der Meinung, das Pflegeheim täte ihr sehr gut. Dort kümmert man sich gut um sie.«

»Ach ja, es ist eine Schande. Man arbeitet sein ganzes Leben und freut sich auf ein paar schöne letzte Tage, und dann macht einem das Leben einen Strich durch die Rechnung. Sag ihr einen schönen Gruß von mir, Kind.«

Sie tätschelt meinen Arm, dann hebt sie ihren Gehstock und wendet sich noch mal an Adam.

»Machen Sie es gut, junger Mann.«

»Auf Wiedersehen, Mrs Green.«

Ich halte ihr die Tür auf und blicke ihr nach, ehe sie die Straße überquert und zu sich nach Hause geht.

Schwungvoll drehe ich mich zu Adam um. »Ich habe Hunger. Magst du italienisches Essen?«

Er wirkt überrascht, aber das hat vermutlich mit unserem Gespräch von vorhin zu tun. Allerdings sterbe ich vor Hunger, und in diesem Zustand bin ich sowieso zu nichts zu gebrauchen.

»Das fragst du einen Junggesellen aus New York? Ohne ein Klischee bedienen zu wollen, aber wir essen alles, solange wir es nicht selbst zubereiten müssen.«

Verunsichert beiße ich mir auf die Unterlippe. Vielleicht war das ein Fehler. Meine Kochkünste sind nicht unterirdisch schlecht, aber ich bin ganz sicher nicht die perfekte Köchin. Adam gehört vermutlich zu den Kerlen, die sich jeden Tag ein veganes Gericht, das momentan total angesagt ist, in einem total modernen Deli an der Ecke mitnehmen.

»Spaghetti à la Ella sind meine Spezialität.« Okay, Ella. Total übertrieben.

Seine Augen blitzen auf. »Ich habe eine Schwäche für italienisches Essen.«

»Das hört sich doch perfekt an. Aber bitte warte noch kurz. Ich muss nur noch schnell etwas holen.« Dann laufe ich nach hinten in mein Nähatelier und ziehe einen Laptop unter meinem Mantel hervor.

Mein wertvollstes Stück kann ich nicht allein zurücklassen.

Adam

Ellas Wohnung gefällt mir. Sie ist kleiner als mein Apartment in New York, aber sie passt zu ihr und befindet sich direkt über ihrem Laden.

Die Wohnung ist spärlich eingerichtet. Ein paar Fotos hängen an den Wänden, auf den meisten ist Ella als Kind zu sehen, zusammen mit einer Frau, die ihr sehr ähnlich sieht und von der ich annehme, dass es ihre Mutter ist, auf einigen auch Quentin oder Marcy. Ich habe sie bei meinem ersten Besuch in Duncan kennengelernt, und sie war mir sofort sympathisch. Wenn auch ein wenig verrückt. Aber Marcy ist auch Raes Freundin, und schon allein aus diesem Grund mag ich sie. Rae hat mir erzählt, dass Marcy wohl auch mit Colins verstorbener Frau Erin befreundet war und Rae sofort in ihr Herz geschlossen hat. Das allein macht sie schon zu einem besonderen Menschen, denn Rae kann auf den ersten Blick echt einschüchternd sein. Mein Blick wandert weiter durch den Raum.

Im Grunde genommen besteht Ellas Wohnzimmer aus einem großen moosgrünen Sofa, auf dem sich unzählige Kissen in bunten Farben befinden, und einem kleinen Wohnzimmertisch aus dunklem Holz. Vielleicht Kirsche oder Mahagoni. Keine weiteren Stühle, kein Tisch, keine Schränke.

Entweder sie besitzt nicht viel, oder sie hat die Fähigkeit, Dinge diskret verschwinden zu lassen.

Der Duft von frischen Kräutern und geriebenem Käse liegt in der Luft.

Dann höre ich sie laut fluchen. Sofort eile ich in die Küche, die gleich nebenan ist.

»Ist was passiert?«

Ella steht in der Küche und betrachtet die Spaghetti, die auf dem Boden verteilt sind. Der dazugehörige Topf steht auf der Arbeitsplatte. Dann presst sie die Hände auf ihr Gesicht und schüttelt den Kopf.

»Ich bin manchmal so ungeschickt.«

»Lass mich das machen«, sage ich, kümmere mich um den Boden und stelle den Topf in die Spüle.

»Vielleicht sollten wir uns etwas anderes überlegen.«

Sie verzieht die Lippen zu einem Schmollmund. In ihren Augen schimmern Tränen, und die Enttäuschung über ihr Missgeschick ist so deutlich, dass es mir einen Stich versetzt.

»Hast du Toast da? In New York gelte ich als Sandwichweltmeister.«

Sie schnieft, holt ein Taschentuch aus der Schublade und beginnt erst einmal lautstark zu schnäuzen. Dann nickt sie langsam.

Ich öffne den Kühlschrank, inspiziere den Inhalt und zwinkere ihr zu. »Dann lass mich mal sehen, was ich daraus zaubern kann.«

Ella

Ich habe in meinem Leben noch nie so gute Sandwiches gegessen. Schon nach dem ersten Bissen wurde mir klar, dass Adam tatsächlich ein Zauberer sein muss. Mein Kühlschrank gibt nur wenige Dinge her. Ein wenig Mayo, Marmelade, ein paar Äpfel und zwei braune Bananen, ein Glas Joghurt und ein paar Blätter Salat.

Das war's. Meistens esse ich sowieso bei Quentin im *Ginnie's* oder bei Rae im Café. Und wenn ich tatsächlich einmal selbst koche, dann sind es Spaghetti à la Ella.

Aber diese Sandwiches gehören verboten, so gut sind sie.

Wir sitzen seit über zwei Stunden in meinem Wohnzimmer und reden über Gott und die Welt. Im wahrsten Sinne des Wortes. Anfangs dachte ich, er würde sich einen Scherz mit mir machen, aber irgendwann wurde mir bewusst, dass Adam wirklich mit mir darüber sprechen wollte.

Nein, er philosophiert regelrecht.

»Ich kann mir einfach nicht vorstellen, dass das alles gewesen sein kann. Wir kommen auf die Welt, essen, trinken, schlafen, zeugen Kinder, und irgendwann sind wir weg vom Fenster. Ziemlich erbärmlich, findest du nicht? Soll das der Sinn von alldem sein?«

Einen Moment denke ich darüber nach. »Ich glaube, dass man das so nicht pauschalisieren kann. Jeder hat einen anderen Sinn im Leben. Ich denke, die Aufgabe besteht darin, seinen eigenen herauszufinden und danach zu leben.«

Er nickt, dann beißt er in sein Sandwich. Das vierte wohlgemerkt. Ich habe keine Ahnung, wie er das hinbekommen hat und woher all die Zutaten stammen. Vielleicht haben sie sich ja in meinem Kühlschrank vor mir versteckt.

Versteck dich vor Ella, die frisst dich sonst.

»Und was ist deiner?«

Mein Sinn im Leben? Das ist eine Frage, die sich nicht so leicht beantworten lässt.

Ich zucke mit den Schultern. »Keine Ahnung. Es gibt bestimmt auch Menschen, die sich ein Leben lang den Kopf darüber zerbrechen und nie darauf kommen. Ich denke, ich gehöre zu denjenigen, deren Sinn im Leben darin besteht, über ihn nachdenken zu müssen.«

Er sieht mich einen Moment lang an, dann schiebt er seinen Teller weg, steht auf und kommt auf mich zu. Sein Gesichtsausdruck ist nicht mehr entspannt und freundlich, sondern fast raubtierhaft. Und noch ehe ich ihn fragen kann, was los ist, hat er meine Hand ergriffen, zieht mich nach oben und legt seine Hände um meine Taille. Fast verschlucke ich mich an meinem restlichen Stück Sandwich. Meine Augen sind bestimmt so groß wie Untertassen, während ich ihn anstarre. Sehr attraktiv, ich weiß, aber ich kann nicht anders. Ich habe keine Ahnung, wie ich reagieren soll. Das ist alles zu viel. Zu viel Adam. Zu viel von allem.

»Was machst du?«, flüstere ich. Fast, als hätte ich Angst, dass er vor mir zurückschrecken könnte, wenn ich zu laut bin.

»Wiedergutmachen, was ich verbockt habe. Darf ich das?«

Ich schlucke. Sein Blick geht mir durch und durch. Es ist, als hätte er Laseraugen und könnte damit bis tief in mich hineinsehen. Dann nicke ich langsam.

Sanft streicht er mir mit seinem Daumen über die Wange, und ich erschaudere.

»Ich habe gelogen, Ella.«

»Wie meinst du das?«

»Auf der Hochzeit. Was ich gesagt habe. Es war gelogen. Der Kuss war nicht unbedeutend.«

Mein Puls rast, und meine Beine sind butterweich.

»Was war er dann?«, hauche ich. Mehr bekomme ich nicht über die Lippen.

Adam lächelt, dann streicht er mir eine Haarsträhne aus dem Gesicht. Ganz vorsichtig, als hätte er Angst, etwas kaputtzumachen.

»Er war alles.«

Und dann spüre ich alles. Seine Lippen auf meinen, seine Hände auf meinem Körper. Seinen Atem auf meiner Haut. Das alles nehme ich in Millisekunden wahr. Adam ist alles. Alles Gute, alles Schlechte, alles zusammen.

Als Adam vorhin plötzlich in meinem Laden stand, hätte ich nie gedacht, dass der Tag so enden würde.

Wirklich nicht. Vermutlich hätte ich eher mit einem Erdbeben in den Highlands gerechnet als hiermit.

Adam und ich.

Er zieht sich das Shirt über den Kopf und lässt es grinsend zu Boden fallen, eher er sich zu mir aufs Bett legt. Ich schlucke und betrachte seinen nackten Oberkörper. Mein Gott, geschieht das hier wirklich?

»Das hatte ich nicht geplant«, flüstert er. »Nicht, dass du das glaubst.« Momentan kann ich gar nichts glauben.

Noch ehe ich etwas sagen kann, greift er nach meiner Hand und legt sie auf seine Brust. Genau dorthin, wo sein Herz schlägt.

Mir stockt der Atem. Es pocht schnell und unregelmäßig. Er scheint genauso überrascht davon zu sein wie ich. Meine Fingerspitzen streifen über seine Haut, berühren seine Brustwarzen, seinen Bauch.

Ich blicke ihm dabei in die Augen, und dieses Gefühl ist so intensiv, dass mir ganz flau wird.

Er schluckt, und sein Adamsapfel bewegt sich.

Langsam knöpft er meine Bluse auf und lässt sie mir über die Schultern nach hinten gleiten. Ein Schauer jagt mir über den Rücken, als er meine nackten Oberarme berührt. Seine Berührungen sind noch viel besser, als ich sie mir vorgestellt habe.

Plötzlich macht sich ein schlechtes Gewissen in mir breit, das ich aber sofort wieder verdränge.

Seine Hände gleiten weiter nach unten, er öffnet meine Jeans und zieht sie langsam über meinen Hintern nach unten.

»Lass mich das machen.«

»Auf keinen Fall.« Er deutet mit dem Finger auf meinen Körper. »Du hast keine Ahnung, wie sehr ich das gerade will.«

Oh, wenn ich es mir recht überlege, spüre ich es. Seine Erektion presst sich an meinen Bauch. Ja, ich denke, er will es so sehr, und mir geht es genauso.

Sein Blick wandert über meinen fast nackten Körper. Es ist, als würde er jede Stelle, jeden Winkel in sich aufsaugen. Ich bin noch nie so angesehen worden. Als würde er mich voll und ganz wahrnehmen.

Er streicht mir eine Haarsträhne aus dem Gesicht und beginnt langsam meinen Hals zu küssen. Zärtlich knabbert er daran und malt mit seiner Zunge Kreise auf meine Haut.

Mein Gott, fühlt sich das gut an. Ich schließe die Augen, und als mir ein Stöhnen entfährt, höre ich ihn leise lachen.

»Dieses Tattoo«, murmelt er und berührt mit den Fingerspitzen meinen Nacken. »Das wollte ich dich schon die ganze Zeit fragen. Welche Bedeutung hat es für dich?«

Einen Moment denke ich darüber nach. »Das ist nicht allein sein möchte, aber dass ich es kann. Ich glaube, dass ich dafür stark genug bin.«

Er nickt nur, dann stemmt er sich hoch, dreht seinen Arm, und überrascht keuche ich auf, als ich ebenfalls einen Fuchs entdecke, der auf seinem Unterarm abgebildet ist.

»Du hast auch einen?«

Wie kann es sein, dass er dasselbe Tattoo trägt? Natürlich sieht es nicht genauso aus wie meins, aber die Bedeutung dahinter ist ähnlich, oder nicht?

Er nickt. »Dass ich nicht allein sein möchte, aber dass ich es kann.«

Wie die Füchsin, die sich einen Partner sucht, aber dann allein durch die Wälder streift.

Im selben Augenblick schlüpft Adam aus seiner Hose, und meine Augen weiten sich, als ich sehe, dass er darunter nackt ist. Und ja, jetzt sehe ich es eindeutig, wie sehr er mich will.

»Scheint so ein Männerding zu sein, keine Unterwäsche zu tragen, hmm?«

Er grinst mich an. »Es ist bequemer.«

»Das kann ich mir nicht vorstellen.«

»Gefällt dir denn, was du siehst?«

Ich schlucke. Auf einmal ist es hier unglaublich heiß.

Ich presse die Lippen aufeinander und nicke. »Ja. Sehr.« Und noch ehe ich noch mehr sagen kann, hat er seine Hände um meine Wangen gelegt und küsst mich.

Adams Blick geht mir durch und durch. Dringt durch meine Haut. Als würde er mir bis in die Seele schauen. Er sieht mich auf eine Weise an, die ich nicht deuten kann. Seine Finger berühren mein Gesicht, während er mich betrachtet. Als wäre ich ein Geschenk.

Ich schlinge die Arme um seinen Körper und drücke mich an ihn. Langsam schließe ich die Augen und presse meine Lippen auf seine. Ich lege all meine Gefühle in diesen Kuss. In mir staut sich unglaubliche Hitze auf. Adam stöhnt, während ich mit den Fingernägeln über seinen nackten Rücken streiche. Der Kuss wird immer intensiver, unsere Zungen tanzen miteinander. Ich presse mich an ihn und habe nur noch den Drang, ihm ganz nah zu sein. Nicht nur körperlich.

Ich will in sein Innerstes blicken. Ihn sehen, wie er mich sieht.

Ich lege die Hände auf seine Schultern und klammere mich daran fest, während ich sanft über sein Kinn küsse, in sein Ohrläppchen beiße und er dabei aufstöhnt. Seine Hände gehen auf Wanderschaft und berühren meinen Körper, als wäre er etwas Kostbares.

»Ella«, raunt er, dann zieht er meinen Kopf zu sich heran und küsst mich wieder. Stürmisch. Als könne er sich nicht mehr beherrschen.

Seine Hände gleiten über meine nackte Haut, über meinen Rücken bis zu meinem Hintern, denn zieht er mich hoch, und ich schlinge meine Beine um seine Hüften. Sitze auf ihm und genieße es. Spüre seine Härte zwischen meinen Beinen, und ein Schauer läuft mir über den Rücken. Dieser Mann macht mich verrückt.

Ein jungenhaftes Grinsen umspielt seine Lippen, und mir wird das Herz schwer. Ich habe noch nie so für jemanden empfunden. So verrückt es klingt, aber ich liebe ihn. Das spüre ich. Nicht den Adam, über den ich schreibe. Denjenigen, den ich mir in meinem Kopf zusammengesponnen habe.

Sondern ihn. Hier. Jetzt. Den realen Adam Parker.

Er streicht über meinen nackten Rücken. Gott, fühlt sich das gut an.

»Das hatte ich nicht geplant«, wiederholt er wieder, während seine Hand mit meiner rechten Brustwarze spielt. »Ich will nicht, dass du falsche Schlüsse ziehst.«

»Mach ich nicht«, keuche ich und schließe die Augen. Aber ich will auf keinen Fall, dass er aufhört. Niemals. Er könnte für den Rest meines Lebens damit weitermachen.

»Wirklich?«

Stumm nicke ich. Er muss nicht wissen, dass ich mir das schon in allen möglichen Varianten ausgemalt habe. Aber es ist so viel besser.

Adam und Eliza sind nur Fiktion.

Aber Adam und Ella sind real.

Dennoch werde ich ihm davon erzählen müssen, und das bereitet mir Kopfschmerzen. Aber nicht heute. Nicht jetzt.

Ich will ihn fühlen. Ihn spüren. Ihn schmecken.

Alles von ihm. Egal, was danach kommt. Und wenn es nur diese eine Nacht ist, die ich bekomme.

»Erste Schublade neben meinem Bett.«

Er runzelt die Stirn.

»Kondom«, ergänze ich.

Dann weiten sich seine Augen. »Bist du dir sicher?«

»Aber so was von.«

Er sieht mir einen langen Augenblick in die Augen, als würde er mir nicht recht glauben. Aber dann breitet sich ein Grinsen auf seinen Lippen aus, und noch ehe ich mich versehe, küsst er mich leidenschaftlicher als je zuvor.

Ella

»Du bist also noch nie Fahrrad gefahren und noch nie auf einem Pferd geritten. Ist das dein Ernst?«

In alten Gummistiefeln, einem alten Strickpullover von Großvater, den ich in Tante Marys Schrank gefunden habe, und abgetragenen Jeans – wobei ich sicher bin, dass es sich dabei um eine sündhaft teure Markenjeans von einem italienischen Stardesigner handelt – stapft Adam mit mir hinüber zum alten Mackenzie-Pferdestall. Seit einer Woche verbringen wir jede freie Minute zusammen, und ich müsste lügen, wenn ich sagen würde, dass es mir nicht gefällt. Aber das schlechte Gewissen wird von Tag zu Tag stärker. Immer wieder ertappe ich mich dabei, dass ich ihm von meiner Geschichte erzählen will, aber dann kneife ich doch. Was, wenn er es so schrecklich findet, dass er nichts mehr mit mir zu tun haben will?

Ich habe mir schon überlegt, das Buch komplett zu löschen, aber die Resonanz ist einfach überwältigend. Jeden Tag kommen mehr Nachrichten, und manchmal denke ich, ich sollte es fertig schreiben und mich auf die Suche nach einem Verlag machen. Ich könnte den Namen ja ändern. Dann wäre es nicht mehr so offensichtlich.

Aber trotzdem bleibt es natürlich eine Täuschung. Schließlich ist Adam mein Protagonist, und alles, was er sagt und empfindet, lasse ich in meine Romanfigur einfließen. Schließlich soll sie so authentisch wie möglich sein. Auch wenn ich den Namen Adam durch Jason austauschen würde, wäre Jason Adam. Gott, ist das kompliziert.

Dass Ruth uns erlaubt hat, bei ihr auszureiten, hat mich anfangs misstrauisch gemacht. Schließlich kann man bei ihr nie sicher sein. Vielleicht legt sie es darauf an, mich so schnell wie möglich unter die Erde zu bringen. Jetzt, wo sie ihre Hochzeit hinter sich hat und das Brautkleid nun nicht mehr wichtig ist.

Aber vielleicht bilde ich mir das auch nur ein.

Adam blickt mich kurz von der Seite an, ehe er weiter durch den Schlamm watet.

»Bist du denn schon mal mit einem Motorboot gefahren?«

»Nein, aber das ist auch etwas anderes. Fahrradfahren kann dein Leben positiv beeinflussen.«

»Motorbootfahren auch.«

Wir kommen am Pferdestall an, und gerade als ich sagen möchte, wie gefährlich und klimaschädlich Motorboote sind, tritt auch schon Ruth aus einer der Pferdeboxen und schenkt uns ein breites Grinsen.

»Da seid ihr ja. Ich habe euch schon erwartet. Welches Pferd möchtet ihr denn?«

»Wir können uns eins aussuchen?«

»Natürlich. Ihr seid heute meine Ehrengäste. Egal, welches euch gefällt, ihr könnt es haben. Allerdings würde ich von Sylvester abraten. Er kann ganz schön übermütig sein.«

»Wir bräuchten ein gutmütiges Pferd für Adam«, sage ich und zwinkere Adam zu. »Es ist heute seine Premiere.«

»Wirklich? Dann wäre Tupac etwas für euch. Er ist unglaublich zahm.«

»Kann ich mir bei dem Namen irgendwie nicht vorstellen«, murmelt Adam, während wir Ruth in den Stall zurückfolgen.

Vorsichtig, um die Pferde nicht zu erschrecken, gehe ich die Boxen entlang, bleibe davor stehen und betrachte die Tiere eingehend. Es ist nicht so, dass ich besonders gut reiten könnte. Aber ich liebe Pferde schon mein Leben lang, und es gibt nichts Entspannenderes für mich, als Zeit mit ihnen zu verbringen.

Adam scheint allerdings anders zu empfinden. Er betrachtet die Tiere mit so viel Skepsis, dass ich mir ein Lächeln nicht verkneifen kann.

»Du weißt, dass sie nicht beißen, oder?«

»Manche schon.«

»Lass sie einfach in Frieden, dann wirst du auch in Ruhe gelassen.«

Er wirft mir einen missbilligenden Blick zu. Und genau in dem Moment, als er den Mund öffnet, um etwas zu erwidern, ertönt ein lautstarkes: »Adam? Meine Güte, was machst du denn hier?«

Ich atme tief aus. Camille. Warum wundert mich das nicht? Warum muss sie wirklich überall auftauchen?

Sie geht auf Adam zu und umarmt ihn, dann tritt sie zurück und wirft mir einen kurzen Blick zu.

Camille ist perfekt gekleidet, und ich frage mich, wie sie sich das Outfit von ihrem Lohn bei Rae überhaupt leisten kann. Enge, braune Reithose, dazu ein weißes Poloshirt und kniehohe braune Lederstiefel.

Ihr Haar fällt in langen Wellen über ihren Rücken, und sogar der Helm auf ihrem Kopf wirkt elegant.

Ich dagegen sehe aus wie ein zerrupftes Huhn.

»Also, was macht ihr hier?«, wiederholt sie ihre Frage, die aber gar nicht an mich, sondern vielmehr an Adam gerichtet ist.

»Ruth hat uns angeboten, hier zu reiten.«

»Im Ernst? Das ist ja toll. Komm, Adam, ich zeig dir mein Lieblingspferd.«

Adam sieht sie verwirrt an, dann huscht sein Blick zu mir, und mit einem Mal wird sein Blick entschlossener. Und dann greift er nach meiner Hand und drückt sie. Camille scheint davon nichts mitzubekommen, aber ich bin vollkommen durcheinander deswegen.

»Ich denke eher nicht. Ella und ich sind gemeinsam hier.«

Camille zuckt mit den Schultern. »Na und? Nur weil du mit ihr gekommen bist, musst du doch nicht mit ihr gehen. Ella ist schon ein großes Mädchen, nicht wahr? Sie findet den Weg allein zurück.« Sie kichert und hält sich dabei eine Hand vor den Mund.

Oh, Gott, wie alt ist sie? Zwölf?

»Wie gesagt, Ella und ich sind gemeinsam hier.«

Ja, nimm das, du dumme Kuh.

Mein Herz schlägt schneller. Hat er das ernst gemeint? Dass er lieber seine Zeit hier mit mir in einem stinkenden Pferdestall verbringt, als mit Camille mitzugehen?

Und dann macht er etwas, das mich vollkommen aus der Bahn wirft. Und nicht nur mich, sondern auch Camille. Sie keucht erschrocken auf und starrt von Adam zu mir und dann nach unten.

Dorthin, wo sich unsere verschränkten Hände befinden, die Camille eben entdeckt hat. Ich komme mir vor wie ein Teenager, aber es fühlt sich gut an. So verdammt gut!

Adam

Dreihunderttausend Dollar.

Der Brief, den ich gefühlt schon hundert Mal gelesen habe, liegt zerknüllt auf dem Boden. Keine Erklärung. Keine persönlichen Worte. Ich habe mir schon so oft den Kopf darüber zerbrochen, aber ich komme auf kein anderes Ergebnis.

Dieser Fetzen Papier, der so viel wert ist und für mich doch keinerlei Bedeutung hat. Es ist genauso, wie ich es Ella gesagt habe. Es handelt sich hier um Schweigegeld.

Vielleicht werde ich das Geld spenden. Ich kenne Dutzende Wohltätigkeitsorganisationen, die sich darüber freuen würden. Ich brauche das Geld nicht.

Das Einzige, was ich mir erhofft hatte, waren Antworten gewesen. Aber die habe ich zu Lebzeiten nicht bekommen, warum hätte er sie mir nach seinem Tod geben sollen?

Vielleicht sollte ich es Mom doch erzählen. Aber ist es das wert? Warum sollte ich sie ins Unglück stürzen? Nur damit ich mich besser fühle?

»Geld macht nicht glücklich«, hat meine Granny, Dads Mutter, immer gesagt, wenn er eine seiner Neuanschaffungen vor allen präsentierte.

»Kein Geld auch nicht«, hat mein Dad gemurmelt und mir einen Hundert-Dollar-Schein in die Hand gedrückt. Nicht als Belohnung oder als Wiedergutmachung, sondern einfach nur, weil er es konnte.

Der Gedanke, dass er gewusst hat, wie ich mich dabei fühle, macht mich wütend.

»Fuck! Fuck! Fuck«, brülle ich und boxe mit der Faust gegen die Zimmerwand. Ich hoffe, dass das Haus meinen Wutausbrüchen standhält.

Dieser Egoismus, den mein Vater sein Leben lang an den Tag gelegt hat, zeigt sich auch hier. Es ging ihm nur darum, der Welt sein Lebenswerk zu präsentieren, nicht um mich, der mit dieser Lüge weiterleben muss.

Ich weiß, dass es meiner Mutter das Herz brechen würde. Obwohl sie sich scheiden ließen, war immer klar, dass meine Mutter die Firma erben würde, sobald mein Dad sterben würde. Aber unter anderen Umständen hätte sie das Werk meines Vaters weiter zu schätzen gewusst. Ja, ich hätte ihr sogar zugetraut, in der Empfangshalle von PP eine Statue von Dad errichten zu lassen.

Wenn sie die Wahrheit erfährt, wird sie alles in Schutt und Asche brennen.

Ich habe zu Dads unehelichem Kind keinen Kontakt. Er hat es mir ein paarmal angeboten, aber ich wollte das Kind, das die Aufmerksamkeit meines Vaters auf sich zog, nicht näher kennenlernen.

Vielleicht war das ein Fehler.

Ich lasse mich rücklings auf mein Bett fallen und starre an die Decke. Ich habe bisher immer noch nicht mit Rae darüber geredet, was vollkommen untypisch für mich ist. Rae weiß praktisch alles über mich. Dass ist sie über diese wichtige Sache in meinem Leben im Unklaren lasse, verunsichert mich. Aber bisher hatte ich nicht das Bedürfnis, mit ihr darüber zu reden. Ist das nicht verrückt?

Vielleicht sollte ich es in Angriff nehmen, wenn ich wieder in New York bin. Mit meiner Mutter reden, Dads uneheliches Kind besuchen und meinen Halbbruder oder meine Halbschwester kennenlernen und mit meiner Wut abschließen.

Dad ist tot, und es gibt keinen Grund, für ihn die Klappe zu halten.

Im Gegenteil. Solange ich schweige, bleibt es ein Geheimnis und keiner von den Beteiligten wird in der Lage sein, das alles zu verarbeiten.

Und vielleicht sollte ich bei mir selbst anfangen.

Ella

Als ich meinen Facebook-Messenger öffne, sehe ich schon mehrere Nachrichten, die in den letzten Stunden eingegangen sind. Ich bin immer wieder überwältigt davon, dass es tatsächlich Menschen gibt, die meine Geschichten lesen. Langsam scrolle ich mich durch die Nachrichten, und meine Fingerspitzen kribbeln, weil ich unbedingt darauf antworten möchte. Das gefällt mir neben dem Schreiben am besten. Ich greife nach einem Schokoladenkeks, beiße hinein und beginne die erste Nachricht zu lesen. Sie kommt von einem Mädchen namens Selina, das in Dublin lebt. Mein Gott, sogar in Irland liest man meine Bücher.

Hey Eliza. Ich bin ein großer Fan deiner Bücher. Woher nimmst du deine Inspiration?

Während ich die Schokolade auf meiner Zunge zergehen lasse, denke ich über ihre Worte nach. Früher habe ich mir Adam in meinem Kopf zusammengesponnen, so wie ich ihn mir immer ausgemalt habe. Ich muss zugeben, manches davon stimmt nicht mit meiner Vorstellung überein – er ist noch viel besser. Aber die Wahrheit kann ich ihr natürlich nicht schreiben. Jeder würde mich für einen Freak halten, also muss ich genau überlegen, wie viel ich preisgebe.

Liebe Selina, vielen Dank für deine Nachricht. Du hast mich gefragt, woher ich meine Inspiration nehme. Nun, das ist unterschiedlich. Oft sind es die Menschen um mich herum, die mir ins Auge stechen. Außerdem besitze ich eine persönliche Muse, die mir all die Inspiration schenkt, die ich brauche. Ich hoffe, ich konnte deine Frage beantworten. Deine Eliza

Ich scrolle mich durch die anderen Nachrichten. Manche fragen mich nach weiteren Kapiteln oder interessieren sich dafür, ob die Geschichten in einem gedruckten Taschenbuch erscheinen werden. Andere wiederum möchten persönliche Dinge über mich wissen und ob ich schon immer davon geträumt habe, Schriftstellerin zu werden.

Mein Instagram-Account ist förmlich explodiert, und es erreichen mich unzählige Nachrichten. Ich schaffe es gar nicht, alle zu lesen, aber fast alle sind begeistert von meiner Geschichte.

Die Resonanz ist wirklich enorm. Während ich mich durchscrolle, entdecke ich eine Nachricht, die mich stutzen lässt.

Liebe Miss Finnigan,

durch Zufall bin ich auf Ihren Roman aufmerksam geworden, und er klingt sehr vielversprechend.
Ich würde mich gerne mit Ihnen darüber unterhalten.
Hätten Sie Interesse an einem Treffen?
Beste Grüße

Simone Walters
Lektorin
Fisher publishing company Edinburgh

Ich kann es nicht glauben. Oh, mein Gott! Immer wieder lese ich die Nachricht des Fisher Verlags und bin total überwältigt.

Kann es wirklich sein, dass ein riesengroßer Wunsch von mir in Erfüllung geht? Aber dann sehe ich plötzlich Adams Gesicht vor mir, und alles bricht in sich zusammen.

Ich kann dieses Buch nicht weiter veröffentlichen. Nicht, wenn er sich dadurch gedemütigt fühlt.

Was werden die Menschen hier aus Duncan dazu sagen? Panik überkommt mich.

Es ist an der Zeit, dass ich Adam die Wahrheit erzähle. Solange ich sein Einverständnis nicht habe, kann ich mich nicht mit dieser Lektorin in Verbindung setzen. Das bin ich ihm schuldig.

Morgen. Morgen werde ich mit ihm darüber sprechen. Er muss wissen was ich getan habe.

Die ganze Wahrheit.

Die halbe Nacht sitze ich an meinem Laptop und beantworte Fragen, stelle Bilder in meine Instagram-Storys und poste kleine Ausschnitte meiner Geschichten.

Dann klappe ich ihn zu, schließe die Augen und stelle mir vor, wie ich Adam davon erzähle.

Aber egal, wie ich drehe und wende, Tatsache ist, dass ich ihn hintergangen habe. Und ich weiß nicht, wie er darauf reagieren wird.

Adam

Den ganzen Tag verbringen Ella und ich im Bett. Das *Marry* ist heute geschlossen, und ich habe es mir zur Aufgabe gemacht, sie heute nach Strich und Faden zu verwöhnen. Ich habe das Gefühl, Ella wächst alles über den Kopf. Die Arbeit im Laden ihrer Tante, die regelmäßigen Besuche im Pflegeheim, die vielen Rechnungen, die sich bereits stapeln. Oftmals treffe ich sie grübelnd an ihrem Laptop an, und jedes Mal klappt sie ihn zu, sobald ich erscheine. Als würde sie nicht wollen, dass ich erfahre, wie schlecht es um den Brautladen steht.

Dabei finde ich es bewundernswert, wie sehr sie sich um ihre Tante kümmert.

Aber heute möchte ich sie verwöhnen. Ella liegt neben mir, die Augen geschlossen, und summt *Sweet child of mine* von Guns N' Roses mit, während der Song aus den Lautsprechern dringt. Ich weiß nicht, wann ich das Lied das letzte Mal gehört habe, aber es ist schon verdammt lange her.

Meine Hände schlingen sich um ihre Taille und ziehen sie an meine Brust. Hungrig, als wäre sie meine Leibspeise, drängt sich mein Mund an ihren, verschlingt sie regelrecht, und ich bin dabei, alles um mich herum zu vergessen.

Ihre Finger vergraben sich in meinem weichen Haar, ziehen dran, und mir entkommt ein tiefes Stöhnen, während ich weiterhin ihren Körper erkunde. Es gibt jeden Tag etwas Neues zu entdecken, und ich werde nicht müde. Langsam, Stück für Stück, wandern ihre Hände unter mein Shirt, und sie keucht auf, als sie meine nackte Haut spürt.

Ganz langsam wandern ihre Fingerspitzen über meine Haut. Sie streicht über jeden Muskel, jedes Stück Haut, als hätte sie Angst etwas zu verpassen.

Gott, ich könnte ewig so weitermachen. Ich würde sie mit Haut und Haar verschlingen.

Aber dazu kommt es nicht, denn in genau diesem Moment ertönt ein lautstarkes Klingeln.

Genervt drücke ich meine Stirn an ihre und schließe die Augen.

»Tut mir leid. Das ist bestimmt Quentin. Er kommt mit seiner Espressomaschine einfach nicht klar.«

»Warum fragt er nicht Rae? Sie besitzt ein ähnliches Modell. Ich bin mir sicher, sie könnte ihm besser helfen.«

Sie presst die Lippen zusammen. »Quentin kann furchtbar stur sein. Niemals würde er Rae um Hilfe bitten. Es wundert mich, dass er mich deswegen anruft.«

»Dann lassen wir es einfach klingeln.«

»Gute Idee«, murmelt sie, und noch bevor sie weitersprechen kann, drücke ich wieder meine Lippen auf ihre.

Aber schon nach wenigen Minuten klingelt es wieder.

»Er wird keine Ruhe geben. Wo ist dein Handy?«

»Keine Ahnung«, murmelt sie, schließt die Augen und wickelt sich in die Ecke.

Seufzend steige ich aus dem Bett. Ich glaube, ich werde mit Quentin ein erstes Wort reden müssen.

»Kannst du mir keinen Tipp geben?« Ihre Wohnung ist nicht allzu groß, aber wenn man etwas sucht, gleicht sie einem Ozean.

»Vielleicht auf meinem Schreibtisch«, murmelt sie wieder und dreht sich in die andere Richtung.

Dann werde ich mich mal auf die Suche machen.

Ellas Laptop steht offen auf dem Küchentisch, und ein paar Rechnungen stapeln sich daneben. Ich bewundere sie dafür, wie sie alles allein meistert und sich dann noch um ihre kranke Großtante kümmert, aber Ella denkt nie an sich selbst. Es ist an der Zeit, dass ihr jemand klarmacht, dass es so nicht weitergehen kann. Zufällig streife ich die Maus, die leicht über den Tisch rutscht, und der Bildschirmschoner verschwindet, und ein klares Display taucht auf.

Ich hole mir eine Tasse aus dem Schrank und schenke mir Kaffee ein, als mein Blick auf den Bildschirm fällt. Das Handy lag tatsächlich auf ihrem Schreibtisch, aber nachdem es aufgehört hat zu klingeln, bin ich nicht weiter darauf eingegangen. Quentin meldet sich sicher wieder, wenn er Hilfe benötigt. Gerade als ich dabei bin zurück zu Ella zu gehen, fällt mein Blick auf den Bildschirm.

Was ist denn das? Einen Moment zögere ich. Es geht mich nichts an. Trotzdem erwische ich mich dabei, wie ich mich über den Stuhl beuge und zu lesen beginne.

»Vielleicht ist es besser, wenn wir getrennte Wege gehen«, flüstert Adam und streicht mir dabei sanft über die Wange.

Vehement schüttle ich den Kopf. Ich bringe kein Wort über meine Lippen, aber ich will auf keinen Fall, dass er mich verlässt.

Ein tiefes Schluchzen dringt aus meiner Kehle, und bevor ich es verhindern kann, lehne ich meine Stirn gegen seine Schulter und beginne hemmungslos zu weinen.

Es ist nicht fair, dass er nicht hier bei mir bleiben kann.
»Warum?«
Seine Fingerspitzen berühren meine Wange, und er streicht mit dem Daumen eine Träne weg.

Es sind nur wenige Zeilen, aber mir wird seltsam zumute. Langsam scrolle ich nach oben. Ich weiß, dass es mir nicht zusteht und dass ich die Finger davonlassen sollte.

Aber meine Neugier lässt mir keine Ruhe.

Was ist denn das? Hat sich Ella online einen Roman heruntergeladen? Aber das kann nicht sein. So wie es aussieht, ist es nichts weiter, als ein paar geschriebene Seiten.

Da entdecke ich es.

The Love I love von Eliza Woods.

Der Name sagt mir etwas, ich kann ihn nur nicht zuordnen. Was zur Hölle hat das zu bedeuten?

Ich ziehe den Stuhl zurück, setze mich und beginne weiterzulesen.

Und mit jedem weiteren Wort wird mir seltsamer zumute.

»Adam?«

Ich schrecke hoch und sehe Ella, wie sie mit weit aufgerissenen Augen vor mir im Türrahmen steht. Keine Ahnung, wie lange ich schon hier bin, aber ihrem zerzausten Haar nach zu urteilen, hat sie wohl eine Weile geschlafen. Ella sieht in meine Richtung, aber nicht ich bin es, der sie irritiert, sondern der Laptop.

Ich kann immer noch nicht glauben, was ich hier lese.

»Was ist das?« Meine Stimme klingt erstaunlich ruhig. Keine Ahnung, wie ich es schaffe, mich so zu beherrschen. Vielleicht weil ich immer noch hoffe, dass es sich hier um ein Missverständnis handelt.

»Adam, hör mir zu«, stammelt sie, aber ich schüttle nur den Kopf. Ich weiß nicht, was ich davon halten soll.

»Ella, was ist das?« Obwohl der Gedanke so seltsam ist, muss ich wissen, ob mein Gefühl mich trügt. Denn, wenn es das ist, was ich glaube, dann ist das mehr als verrückt.

Sie schließt die Augen und seufzt, dann holt Ella tief Luft, ehe sie zu sprechen beginnt.

»Das ist eine Geschichte, die ich geschrieben habe. Aber ich habe eine Erklärung dafür, und wenn du sie dir anhörst, wirst du sehen, wie wahnsinnig verrückt sie ist.« Sie kichert nervös.

Es dauert eine Weile, bis ich ihre Worte verstehe.

»Du hast sie geschrieben?« Das ist derzeit die Sache, die mich am meisten verwirrt. Und wütend macht.

Sie nickt, sagt aber nichts mehr. Und plötzlich fallen mir Raes Worte wieder ein. Das alles ergibt keinen Sinn. Oder vielleicht doch.

»Bin ich das? Hast du über *mich* geschrieben?«

»Hör mir bitte zu, Adam«, sagt sie noch mal und hebt die Hände, als könnte mich das beruhigen. Dabei bringt mich diese harmlose Geste gerade noch mehr auf die Palme. »Lass es mich dir erklären. Das klingt alles viel schlimmer, als es ist.«

»Dieser Kerl – bin das ich? Mehr will ich gar nicht wissen!«, wiederhole ich langsam. Mein Blick ist immer noch auf den Laptop gerichtet.

Schweigen. Stille, die mich fast auffrisst. Fuck!

»Ja«, flüstert sie nach einer gefühlten Ewigkeit.

»Der Adam in meiner Geschichte bist du.«

Okay, ich weiß nicht, was ich davon halten soll. Vermutlich sollte ich wütend sein, aber in erster Linie bin ich enttäuscht.

Ich habe noch nicht viel gelesen, aber das reicht, um mir ein Bild davon zu machen.

Sie hat mich verraten.

Mich hintergangen.

Mich abgrundtief verarscht.

Adam

»Ella Finnigan ist Eliza Woods? Ist das ein Witz?«

Je öfter ist das höre, desto wütender werde ich. Eigentlich kann ich es immer noch nicht glauben.

»Ich wünschte, es wäre einer.«

Rae lacht auf. Sie scheint das alles irrsinnig komisch zu finden. »Und du bist dieser rattenscharfe Adam? Also, der aus dieser Geschichte? Das glaube ich nicht.«

Ich werfe ihr einen finsteren Blick zu. Ich finde das alles andere als komisch. »Es ist aber so. Ich habe es selbst gesehen.« Na ja, eigentlich habe ich es gelesen. Aber das spielt jetzt keine Rolle.

»Bist du sicher, dass es sich nicht um ein Missverständnis handelt? Kann es nicht einfach eine Verwechslung sein?«

»Nein.« Ich fahre mir durch das Haar und lasse mich auf einen Stuhl im *Iris* fallen. »Ella hat es sogar selbst zugegeben.«

Immer wieder sehe ich ihr fassungsloses Gesicht vor mir. Aber nicht, weil sie es bedauert, private Dinge von mir ins Internet zu stellen, sondern weil ich sie dabei erwischt habe. Was zur Hölle hat sie damit bezweckt?

Rae pfeift und lehnt sich gegen die Kuchentheke. Sie wedelt mit dem Handtuch in der Hand. »Das sieht Ella gar nicht ähnlich. Sie ist so ruhig und gutmütig. Kein Mensch käme auf die Idee, dass sie Liebesromane schreibt, noch dazu erotische. Das hätte ich ihr gar nicht zugetraut.«

»Der Wolf im Schafspelz.«

Rae schüttelt den Kopf. »Jetzt übertreib mal nicht. Sie ist ja schließlich keine Spionin, die Informationen an den Geheimdienst weitergegeben hat.« Sobald sie es ausgesprochen hat, springt Rae plötzlich nach vorn, stellt sich breitbeinig auf und ahmt mit ihren ineinander verschlungenen Händen einen Revolver nach. »Darf ich vorstellen? Bond. Ella Bond. Ich arbeite im Auftrag ihrer Majestät.«

Einen Moment starre ich sie wortlos an, dann breche ich in lautstarkes Gelächter aus. So lange, bis meine Wut verraucht ist.

»Du bist ganz schön durchgeknallt.«

»Stimmt. Deshalb liebst du mich auch.« Ihr Tonfall hat sich verändert, und das irritiert mich. Rae beobachtet mich, fast als erwarte sie eine Erklärung.

Da fällt mir das Gespräch mit Colin wieder ein.

Müde schüttle ich den Kopf. »Er hat es dir gesagt.« Warum wundert mich das nicht?

Entschuldigend sieht sie mich an. »Er konnte nichts dafür. Ich habe ihn so lange genervt, bis er es mir verraten hat.«

»Du hast gesungen, nicht wahr?« Ich kenne ihre Masche, wie sie Leute dazu bringen kann, Dinge zu verraten. Wenn sie *I will always love you* von Whitney Houston anstimmt, dann hat man nur noch zwei Möglichkeiten: Es ihr zu verraten oder sich die Kugel zu geben. Die meisten bevorzugen Ersteres.

Sie wirkt ein wenig beleidigt. »Woher weißt du das?«

»Du singst grauenhaft. Du könntest damit die ganze Welt erobern, glaub mir. Jeder würde sofort auf deine Forderungen eingehen, nur damit du die Klappe hältst.«

Sie verschränkt die Arme vor der Brust. »Das war gemein.«

»Aber die Wahrheit.«

»Ich singe sehr gut. Frag Colin.«

Ich schnaube laut auf. »Der ist keine Referenz. Er ist mit dir verheiratet. Glaub mir, er hätte ein Problem, wenn er etwas anderes sagen würde.«

»Hätte er überhaupt nicht.« Dann hält sie inne und blickt zu mir. Zerknirscht verzieht sie den Mund. »Vielleicht ein klein wenig.«

Wusste ich es doch. Ich kenne doch Rae. Einen Moment halte ich inne und denke darüber nach. Es fühlt sich anders an, über Rae nachzudenken. Früher saß der Schmerz tiefer. Immer wenn sie von Colin erzählt hat, wenn ihre Augen geglitzert haben und sie den Tränen nah war.

Aber jetzt ist es unbedeutender geworden. Als wäre es nur noch nebensächlich für mich. Und ich frage mich, was spielt denn dann überhaupt noch eine Rolle?

»Du hättest es mir sagen müssen.«

Ich erstarre, als sie mit mir spricht. Mein Kopf zuckt zu ihr, aber ihr Gesichtsausdruck ist vollkommen neutral. Da ist kein Mitleid in ihrer Stimme zu hören oder Spott. Es ist einfach nur eine Tatsache, die sie in den Raum stellt, keine Frage. Und was soll ich dazu sagen? Es leugnen? Würde das etwas ändern?

Also nicke ich und schlucke. »Du hast es doch sowieso gewusst. »

»Stimmt, aber es ist noch mal etwas anderes, wenn es dir jemand bestätigt. »

«Wie lange schon?«

»Eine ganze Weile.«

»Warum hast du nichts gesagt?«

»Weil es alles geändert hätte.«

»Ich dachte, wir wären Freunde. »

»Genau aus diesem Grund. Es hätte sonst alles nur kaputtgemacht. »

»Und jetzt spielt es keine Rolle mehr?«

»Nein. »

»Wie kommst du darauf? Was soll sich denn geändert haben?«

»Weil du Ella so ansiehst, wie du mich angesehen hast.«

Ich schlucke und weiß nicht, was ich dazu sagen soll.

»Bullshit.«

Ein warmherziges Lächeln umspielt ihre Lippen.

»Genau das meine ich. Du leugnest es. Der alte Adam hätte mir unzählige Argumente geliefert und meine Theorie widerlegt, aber dieser Adam blockiert einfach.«

»Weil es nicht die Wahrheit ist.«

Aber instinktiv weiß ich, dass sie recht hat.

Doch das spielt keine Rolle mehr. Ella hat mich hintergangen. Mich belogen. Mich zum Gespött der Leute gemacht.

Damit komme ich nicht klar.

Nicht mehr.

Adam

»Du willst zurück nach New York?« Rae lehnt mit verschränkten Armen im Türrahmen zu meinem Zimmer und betrachtet die Klamotten, die auf meinem Bett verteilt sind.

»Neuigkeiten scheinen hier recht schnell die Runde zu machen.«

»Na ja, manchmal muss man sich gut überlegen, wem man etwas anvertraut.«

»Ja, die Erfahrung habe ich auch schon gemacht«, sage ich trocken und ziehe eine Tasche unter dem Bett hervor. Wenn ich gewusst hätte, dass mein Aufenthalt in Duncan von so kurzer Dauer sein würde, hätte ich gar nicht erst ausgepackt.

»Ich spreche von Camille, nicht von Ella.«

»Ella hat die Neuigkeit auch nicht einfach nur herumerzählt. Sie hat es in die ganze Welt hinausposaunt.«

»Das ist keine gute Idee.«

»Was meinst du?«

»Davonzulaufen.«

Ich halte inne und starre Rae an. »Wieso glaubst du, dass deine Meinung eine Rolle spielt?«

Sie verzieht die Augen zu schmalen Schlitzen. »Du bist wütend auf mich.«

»Nein«, stöhne ich und schüttle den Kopf. Ich habe das alles hier so satt. »Ich habe nur die Schnauze voll von diesem Ort.«

Vielleicht bin ich unfair, aber das alles ist zu viel für mich. »Und du gehörst zufälligerweise dazu.«

»Ich gehöre auch zu dir.«

»Wirklich?« Wut keimt in mir auf. »Ich glaube, das stimmt schon lange nicht mehr.«

Sie presst die Lippen aufeinander und schluckt. Ich kenne Rae schon verdammt lange, und es gab einige Momente, in denen ich sie niedergeschlagen erlebt habe. Aber nur einmal hat sie geweint: Als Colin sie verlassen hat.

Doch jetzt sehe ich, wie ihr eine Träne die Wange herunterrollt.

Sie wischt sie mit den Handrücken weg und schnieft laut.

»Du machst es dir zu einfach.« Ich höre den Schmerz in ihrer Stimme, und es bricht mir das Herz. »Sie hat Mist gebaut, und du verschwindest?«

»Hast du nicht dasselbe gemacht? Damals bei Colin?«

»Das war etwas anderes. Und das weißt du genau. Für Colin war es nur eine Affäre, und George hatte einen Herzinfarkt. Ich musste zurück nach New York. Du hast keinen Grund.«

»Verdammt, Rae. Sie hat mich zu einer Witzfigur gemacht.«

Verwirrt starrt sie mich an. »Warum? Weil du der Protagonist in ihrem Roman bist? Weil sie darüber geschrieben hat, was sie für dich empfindet?«

»Weil sie mich benutzt hat. Sie hat mir alles erzählt, Rae. Ella hat sogar schon eine Anfrage von einem Verlag, der Interesse daran hat, es als Buch zu verlegen. Sie wird jedem erzählen, dass ich es bin, über den sie geschrieben hat, und die Leute werden mit dem Finger auf mich zeigen.«

»Abgesehen davon, dass du kein Recht dazu hattest, dieses Manuskript an ihrem Laptop zu lesen, solltest du da nicht eher stolz auf sie sein?«

»Ist das dein Ernst?« Entgeistert starre ich sie an. »Ich soll begeistert davon sein, dass sie Dinge, die ich ihr anvertraut habe, in die Welt hinausposaunt?«

Rae stößt sich von der Tür ab und lässt sich aufs Bett fallen. »Das hat sie doch gar nicht. Ich finde, du bist sehr gut dabei weggekommen. Im Grunde genommen hat sie in allem ein wenig übertrieben.« Sie zieht eine Grimasse.

»Sein muskulöser Körper fühlt sich an wie ...«

»Willst du mich verarschen?« Ich habe das Gefühl, sie macht sich über mich lustig.

»Nein«, sagt sie seufzend und lehnt sich mit dem Rücken gegen die Wand. »Aber was hat sie denn von dir erzählt? So viel belangloses Zeug, das überhaupt keine Rolle spielt.«

»Sie hat meine Gefühle für dich verraten.«

»Du liebst mich doch eigentlich gar nicht. Zumindest nicht auf diese Art.«

»Woher willst du das wissen?«

»Weil ich gesehen habe, wie du sie ansiehst. Wie du lächelst, wenn sie den Raum betritt. Du glaubst nur, mich zu lieben, weil ich immer da bin. Aus reiner Gewohnheit.«

»Das ist Unsinn, das weißt du.«

»Nein, ist es nicht. Wir kennen uns schon so lange, Adam, und ich liebe dich, aber belüg dich nicht selbst, nur weil du Angst vor der Wahrheit hast.«

»Was soll das für eine Wahrheit sein?«

»Ich bin ein sicherer Hafen, Adam. Erst, weil ich keine feste Beziehung wollte, und später, weil ich mit Colin zusammen war. Ich konnte dir nie gefährlich werden, und du musstest dich nie wirklich entscheiden. Ella wäre jetzt eine Option für dich, aber du hast Angst, und deshalb benutzt du mich als Vorwand.«

»Das ist gelogen, Rae. Es hat mir das Herz zerrissen, als du mir von Colin erzählt hast. Hast du eine Ahnung, wie sehr ich mich dafür gehasst habe, dass ich dich überhaupt auf die Idee gebracht habe, in dieses verdammte Flugzeug zu steigen und nach Schottland zu fliegen? Wie oft ich mir vorgestellt habe, was geschehen wäre, wenn du nicht abgereist wärst?«

»Ich sage nicht, dass du keine Gefühle für mich hattest. Ich sage nur, dass sie schon eine ganze Weile nicht mehr da sind.«

Ich fahre mir durch die Haare. Ich bin müde und muss noch packen. Raes Theorie geht nicht auf. »Ich will nicht mehr darüber reden. Mein Flug geht in ein paar Stunden.«

»Und was willst du machen, wenn du wieder in New York bist?«

»Das weiß ich noch nicht. Aber ich möchte Dads Sohn kennenlernen. Oscar. Ich denke, der Junge sollte seinen Halbbruder kennenlernen.«

»Das ist toll, Adam.« Rae seufzt tief und schüttelt missmutig den Kopf. »Warum bist du wirklich so wütend auf sie?«

»Ella hat nicht mit offenen Karten gespielt, alles war nur gelogen.«

»Woher weißt du das? Wann hat sie mit dem Schreiben angefangen? Bevor ihr euch wieder begegnet seid? Vielleicht hat sie gedacht, dass du es nie rausfinden würdest.«

»Das rechtfertigt es doch nicht.«

»Nein, aber es wäre eine Erklärung.«

»Es spielt keine Rolle, Rae. Ich habe es herausgefunden, nur das zählt.«

»Hast du dir mal Gedanken darüber gemacht, warum sie das getan hat? Und damit meine ich nicht deine seltsame Vorstellung, dass sie dir das Leben schwer machen will, sondern dass sie vielleicht wirklich etwas für dich empfindet.«

»Das ist eine schräge Art, es zu zeigen, findest du nicht?«

»Nein, überhaupt nicht. Ella macht Dinge mit sich selbst aus, und da seid ihr euch sehr ähnlich.«

Rae sieht mich mit diesem Blick an, der mich wahnsinnig macht. So schaut sie mich immer an, wenn sie glaubt, recht zu haben.

Was meistens zutrifft.

»Warum kannst du dir nicht eingestehen, was du für sie empfindest?«

Ich kenne die Antwort, ohne sie auszusprechen. Ja, das kann ich. Als wir in der Kirche gewesen sind, habe ich mich noch nie so verstanden gefühlt wie an diesem Abend. Ella hat es geschafft, meine Mauern einzureißen, und ich habe ihr Dinge erzählt, die sonst niemand über mich weiß. Aber sie hätte diese Geschichte nicht schreiben dürfen. Nicht mit mir als Hauptfigur.

Sie hätte mich nicht verraten dürfen, denn wie soll ich ihr jemals wieder vertrauen?

»Weißt du, niemand von uns hier hat gewusst, dass sie schreibt. Niemand außer Quentin.«

Das wird ja immer besser. Im Grunde genommen hat er mich auch verarscht. »Er wusste es?«

Rae nickt. »Ich habe mich mit ihm darüber unterhalten. Er meinte, sie sei schon eine Weile heimlich in dich verliebt gewesen, aber du warst ja in New York, und sie hätte niemals gedacht, dass jemand von uns ihre Bücher lesen würde. Aber dann bist du beim weiblichen Publikum besonders gut angekommen, und den Rest kennst du ja.«

»Das ist auch keine Entschuldigung.«

»Du hast recht. Ist es nicht.«

»Hör zu, ich werde trotzdem nach New York zurückkehren. Ich muss mir erst mal klar darüber werden, was ich in Zukunft machen will. Vielleicht komme ich ja zurück.«

Ein wehmütiges Lächeln umspielt ihre Lippen. »Das wäre schön.«

Zwei Stunden später stehe ich vor dem *Iris*, das ich vor ein paar Wochen zum ersten Mal gesehen habe. Niemals hätte ich gedacht, dass es mir so schwerfallen würde, alles hinter mir zu lassen.

»Pass auf dich auf«, sagt Rae und drückt mir einen Kuss auf die Wange.«

»Mach ich.«

Mein Blick wandert über ihre Schulter. Camille steht auf der Treppe und winkt mir zu. Ich nicke, dann trete ich einen Schritt zurück. Von Ella ist nichts zu sehen.

Ist vermutlich auch besser so.

Ich war schon immer verdammt gut darin, mich selbst zu belügen.

Ella

Als ich aufwache, fühle ich mich schrecklich. Mit meinen deprimierenden Gedanken, meinem unglaublich schlechtem Gewissen und dem Schmerz, den ich verursacht habe. Der immer schlimmer wird, je länger ich über den gestrigen Tag nachdenke.

Wie habe ich es nur geschafft, mich in solch eine Lage zu bringen? Warum zur Hölle habe ich es ihm nicht schon früher erzählt? Meine Hand tastet nach meinem Handy, das auf meinem Nachttisch liegt. Es ist 8 Uhr, und am liebsten möchte ich mich wieder unter meiner Decke verstecken.

Wenn ich an Adams Gesichtsausdruck denke, wird mir ganz übel. Dieser enttäuschte Blick und dazu der Klang seiner Stimme.

»Wow. Ich hätte nicht gedacht, dass ich mich so in einem Menschen täuschen könnte.«

Herzschmerzattacke.

Augenblicklich wird mir übel. Ich springe aus dem Bett und schaffe es gerade noch, mich über die Toilettenschüssel zu beugen, bevor ich mich übergebe. Ich würge und würge, bis ich schließlich nichts mehr als Galle schmecke, und bleibe kraftlos am Boden liegen. Ich habe alles zerstört. Alles, wovon ich geträumt habe, ist vorbei. Ich weiß nicht, wie lange ich schon hier auf dem Badezimmerboden kauere, aber als ich später zurück in meinem Zimmer bin, sehe ich drei neue Nachrichten auf meinem Display aufblinken.

Aber keine von Adam.

Enttäuschung macht sich in mir breit. Aber was habe ich denn erwartet? Dass er begeistert davon ist, wenn er es herausfindet? Dann hätte ich doch nicht so ein großes Geheimnis daraus gemacht.

Zudem kann ich mich nur noch an Bruchstücke erinnern, was es auch nicht leichter macht. Aber das, woran ich mich erinnere, ist schon schlimm genug.

Ich greife nach meinem Handy und beschließe, ihm eine Nachricht zu schreiben. Es dauert gefühlt eine halbe Ewigkeit, bis ich mich schließlich zu den vier Wörtern durchringen kann, die am ehesten ausdrücken, was ich fühle.

Es tut mir leid.

Und dann warte ich.

Bisher hat er die Nachricht nicht gelesen, und es ist schon fast Mittag. Vermutlich ist er abgereist.

Keine Ahnung, woher dieser Gedanke jetzt kommt, aber tief in mir spüre ich, dass es wahr ist, auch wenn ich es nicht wahrhaben will.

Panik überkommt mich. Was, wenn ich recht habe? Wenn er nach New York zurückgeflogen ist, ohne mich noch mal anzuhören?

Aber vielleicht drehe ich jetzt auch einfach nur durch, und er sitzt im *Iris* und unterhält sich mit Camille. So schrecklich ich diesen Gedanken auch finde, er beruhigt mich ein wenig. Camille ist besser als New York.

Ich schlüpfe in meine Jeans, ziehe mir einen Hoodie über und wähle achtlos ein paar ausgetretene Chucks, dann laufe ich die Treppe hinunter und lasse die Tür hinter mir ins Schloss fallen. Hoffentlich komme ich nicht zu spät.

Als ich im *Iris* auftauche, fällt mir gleich die bedrückte Stimmung auf. Rae steht mit dem Rücken zu mir und lehnt sich an Colin, der kurz nickt, als er mich entdeckt.

»Hallo, Ella.«

Ich lächle und hebe die Hand. »Hey.«

Rae löst sich von Colin und dreht sich zu mir um. Und da sehe ich es. Tief in mir habe ich es schon gespürt. Es ist wie ein Déjà-vu. Genauso habe ich mich damals gefühlt, als ich Adam zum ersten Mal begegnet bin.

Noch ehe ich erfahren hatte, dass er nach New York aufgebrochen ist, wusste ich, dass er fort war.

Und genauso ist es auch jetzt.

Als hätte mein Herz einen eigenen Sensor, der Adams Abwesenheit sofort wahrnimmt.

Keine Ahnung, was ich jetzt machen soll. Rae lächelt, aber es erreicht ihre Augen nicht.

»Es tut mir leid«, ist alles, was ich herausbringe. Ich weiß, dass ich mich bei der falschen Person entschuldige. Aber irgendwie habe ich das Gefühl, alle anderen hier im Ort auch um Verzeihung bitten zu müssen.

»Es tut mir so, so leid.« Tränen laufen mir über das Gesicht, aber ich gebe mir nicht die Mühe, sie wegzuwischen. Meine Sicht verschwimmt, während ich wie ein begossener Pudel mitten im *Iris* stehe, die Blicke der Gäste auf mir spüre, die vereinzelt an den Tischen sitzen und mich anstarren. Ich spüre Salz auf meinen Lippen, und mein ganzer Körper fühlt sich unendlich schwer und erdrückend an.

Als hätte man mir einen Betonblock auf die Schultern geladen.

Rae löst sich von Colin und kommt zu mir herüber. Und dann umarmt sie mich. Einfach so. Ohne ein weiteres Wort. Sie schlingt ihre Arme um mich, und in diesem Moment spüre ich, dass es ihr wie mir geht.

Adam hat uns beide verlassen.

Adam

Ich weiß nicht, was ich erwartet habe. Irgendwie bin ich wohl davon ausgegangen, dass es sich wie ein Zuhause anfühlen müsste. Stattdessen empfinde ich gar nichts, als ich die Tür zu meinem Apartment öffne. Einen Moment lang bleibe ich stehen, und mein Blick schweift durch den Gang. Rechts und links sind Türen zu sehen, dahinter befinden sich Wohnungen von Menschen, die ich kaum kenne. Obwohl sie meine Nachbarn sind, weiß ich nicht einmal ihren Namen.

Einen Moment spiele ich mit dem Gedanken, bei Mila zu klopfen. Sie ist gut darin, jemanden abzulenken, und ich könnte eine Ablenkung gut gebrauchen.

Diese Anonymität, die ich früher als angenehm empfunden habe, sorgt dafür, dass ich mich nun leer fühle. Ich hätte es niemals gedacht, aber ich vermisse sie.

Und damit meine ich nicht nur Rae und ihre Familie, sondern alle.

All die verrückten Bewohner von Duncan.

Und Ella.

Sie geht mir unter die Haut, und das jagt mir eine Scheißangst ein.

Ich atme tief ein, dann betrete ich meine Wohnung und lasse die Tür ins Schloss fallen.

Stille.

Unendliche Stille.

Und ich mittendrin.

Aber wem mache ich etwas vor. Hier ist meine Welt. Mein Leben. Nicht in Schottland.

Warum fühlt es sich dann verdammt noch mal nicht so an?

George habe ich eine Nachricht geschrieben, dass ich nicht zur Real Estate Manhattan zurückkommen werde.

Ich habe lange darüber nachgedacht, was ich mit dem Geld anfangen werde.

Einen Teil davon werde ich spenden.

Vielleicht ist es hinausgeworfenes Geld, aber ich muss damit abschließen.

Ich öffne den Kühlschrank, hole eine Flasche Milch heraus und schütte mir ein Glas ein. Mein Blick fällt auf das I-Pad, das ich auf mein Bett geworfen habe. Während des Flugs habe ich es kein einziges Mal angeschaltet.

Ich kann immer noch nicht glauben, dass Ella das getan hat.

Aber vielleicht habe ich mich einfach geirrt. Vielleicht wollte ich einfach Dinge sehen, die nicht vorhanden sind. Wenn es nicht so traurig wäre, würde ich fast darüber lachen.

Gestern Nacht habe ich mich bei Wattpad eingeloggt und die Kommentare gelesen, die andere Leser über ihr Buch geschrieben haben. Es fühlte sich seltsam an, dass sie über mich geschrieben haben. Das Buch ist ein voller Erfolg. Und ja, ein Teil von mir ist stolz darauf, was sie geschafft und wie sie versucht hat, ihre Gefühle für mich zum Ausdruck zu bringen. Wenn es stimmt, dass Eliza und Adam Ella und mich darstellen, dann liebt sie mich.

Wahrhaftig und von ganzen Herzen.

Dennoch hat sie mich benutzt und mich belogen.

Ich lasse mich auf mein Bett fallen und schließe die Augen. Keine Ahnung, was ich mir von meiner Ankunft in New York erhofft hatte, aber es fühlt sich alles so leer an.

Vielleicht sollte ich die Dinge in die Hand nehmen und mich um ein paar Baustellen in meinem Leben kümmern.

Ich ziehe mein Handy aus der Hosentasche und wähle eine Nummer. Vielleicht ist jetzt die Zeit gekommen, mein Leben in den Griff zu kriegen.

Ella

»Ich kann nicht glauben, dass du das getan hast.« Quentin sitzt mir gegenüber, während ich an meinem mittlerweile kalten Cappuccino nippe. Kalter Kaffee ist das Ekelhafteste, was es gibt. Einfach nur widerlich.

Ich spüre Raes Blick auf mir, obwohl ich mit dem Rücken zu ihr sitze. Vermutlich besitze ich auch einen Rae-Sensor.

Seit Adams Abreise haben wir nicht viel miteinander gesprochen. Es ist jetzt drei Wochen her, und seitdem habe ich nichts mehr von ihm gehört. Er antwortet nicht auf meine Nachrichten und ignoriert meine Anrufe.

Wird wohl auch nicht mehr passieren. Ich habe Mist gebaut.

»Es ist besser so.«

Quentin beugt sich zu mir über den Tisch. Dass wir zusammen im *Iris* sitzen, ist eine absolute Seltenheit.

»Du hattest einen Traum, und den hast du aufgegeben.«

»Das war es nicht wert.«

Vor mir liegt ein angebissener Cruffin. Irgendwie habe ich keinen Appetit mehr. Cruffins erinnern mich an Adam. Verrückt, wie ein Stück Gebäck mich so aus der Bahn werfen kann.

»Aber das Kind ist doch sowieso schon in den Brunnen gefallen. Adam ist in New York, und er wird auch nicht mehr nach Schottland zurückkehren.«

»Hat er das gesagt?«, flüstere ich. Obwohl ich es tief in mir bereits weiß, versetzt mich der Gedanke in Panik und ohne dass ich es will, schießen mir Tränen in die Augen.

»Rae hat es erwähnt. Sie meinte, er will erst mal zu sich selbst finden.«

»Ich muss noch mal mit ihm reden. Ihm alles erklären.«

»Musst du nicht. Er ist ein erwachsener Kerl. Er kommt schon damit klar. Und du hast schließlich kein Kapitalverbrechen begangen. Verdammt, es war nur ein beschissenes Buch, und er hat eine ziemlich heiße Rolle darin gespielt. Na und?«

Quentin hat recht, trotzdem bin ich ihm eine Erklärung schuldig. Ich hätte ehrlich zu ihm sein sollen.

Vielleicht wäre dann alles anders gelaufen.

Rae kommt zu uns und tauscht die Blumen auf dem Tisch gegen frische weiße Rosen aus.

Ich starre währenddessen auf die Tischplatte. Mir ist ihr Blick unangenehm. Vielleicht geht sie wieder, wenn ich sie ignoriere? Ich wünschte, Camille wäre hier. So verrückt das auch klingt, aber sie wäre mir jetzt viel lieber. Camille gibt mir auch die Schuld an Adams Abreise. Aber das ist mir egal. Mit ihr komme ich zurecht.

»Hey, Ella. Hast du was von Marcy gehört?«

Ich schlucke und schüttle den Kopf. »Schon seit ein paar Tagen nicht mehr.« Sie ist wohl jetzt in Neuseeland. Marcy meldet sich ab und zu bei mir und schickt mir Zeitungsartikel mit den Kritiken über ihr Theaterstück oder Fotos von ihr und Henry. Manchmal postet sie sie auch auf Instagram. Soweit ich weiß, bekommt auch Iain regelmäßig Nachrichten von Henry. Ich wundere mich, warum Rae mich danach fragt. Sie ist mit Marcy viel besser befreundet als ich.

»Und wie geht es deiner Tante?«

Fahrig kratze ich ein wenig Kerzenwachs von der Tischplatte. Ihre Fragen machen mich nervös.

»Gut. Sie macht Fortschritte.«

»Das freut mich.«

Mir wird ganz übel. Small Talk ist echt nicht mein Ding.

Rae rührt sich nicht vom Fleck, und als ich den Blick kurz hebe und zu Quentin starre, bemerke ich, dass er nicht mehr am Tisch sitzt. Verwirrt sehe ich mich um.

Wo ist er denn jetzt hin?

In diesem Moment rückt Rae den Stuhl zur Seite und setzt sich mir gegenüber. Mein Gott, jetzt wird sie mich zur Schnecke machen.

»Ich helfe dir.«

Okay, damit habe ich nicht gerechnet.

Ich habe keine Ahnung, was sie meint.

»Wobei?«

»Bei deinem Plan.«

»Welchem Plan?«

»Wie du Adam zurückgewinnen kannst.«

Ich schlucke und brauche einen Moment, um die richtigen Worte zu finden.

»Ich habe keinen Plan.«

Jetzt ist sie es, die mich mit großen Augen ansieht.

»Du hast einen verdammten Roman über einen Kerl geschrieben, den du drei Jahre aus der Ferne angeschmachtet hast, und du hast jetzt keinen Plan, wie du die Sache wieder geradebiegen kannst?« Fassungslos starrt sie mich an.

Ich schüttle den Kopf und komme mir dabei ziemlich dämlich vor.

Rae beugt sich über den Tisch zu mir herüber. Dabei kann ich das Funkeln in ihren Augen erkennen.

»Das kann nicht dein Ernst sein, Ella.«

»Doch. Er ist nach New York zurückgeflogen und will dort bleiben. Er hat sich noch nicht einmal verabschiedet. Und ich kann es ihm nicht übel nehmen. Ich habe Mist gebaut.«

»Ja, hast du. Aber der Mist war nicht so groß, dass man ihn nicht verzeihen könnte.« Sie greift nach meiner Hand und drückt sie. »Ich kenne Adam, und ich weiß, dass er ein wenig Zeit braucht. Die hast du ihm gegeben. Jetzt sollten wir zum Angriff übergehen.«

»Wir?«

Sie zwinkert mir zu. »Natürlich wir.«

Da alles kommt so plötzlich, dass ich nicht weiß, was ich sagen soll. »Und woher soll ich dann wissen, dass er wegen mir zurückkommt?« Einen Moment starre ich sie an und hoffe, sie versteht, was ich sagen will.

Rae schüttelt den Kopf. »Ich gebe zu, dass ich der Grund dafür gewesen bin, dass Adam nach Duncan gekommen ist. Aber er wäre doch nicht abgereist, wenn ich zum Schluss immer noch der Grund gewesen wäre, oder?«

Ich schlucke, weil es sich bei ihr so einfach anhört.

»Hör zu«, sagt Rae und lächelt mich an. »Ich weiß, was du für ihn empfindest. Das hat man in jeder deiner Zeilen spüren können, und so was ist nicht gespielt. Jetzt müssen wir nur noch herausfinden, was er für dich empfindet, und auch wenn du keinen hast, ich habe einen Plan.«

»Tatsächlich?« Hoffnung keimt in mir auf. Sie ist nur ein kleines Pflänzchen, aber sie ist vorhanden. Das ist alles, was zählt.

Sie nickt langsam. »Könnte aber ein wenig schwierig werden. Ich habe gehört, du hast für dein Buch ein Angebot von einem Verlag bekommen.«

Seufzend atme ich aus. »Ja, aber das ist nicht mehr aktuell. Ich habe abgelehnt.«

»Du hast was?«

Ich beiße mir auf die Unterlippe. »Es hat sich nicht richtig angefühlt.«

»Tatsächlich?«

»Ja«, sage ich und streiche mir eine Haarsträhne aus dem Gesicht. »Ich habe es allerdings noch nicht fertiggebracht, es online zu löschen.«

»Sollst du auch nicht.« Rae runzelt die Stirn. »Das heißt also, die Rechte liegen ausschließlich bei dir?«

»Ja.«

»Und das Buch ist fertig?«

Wieder nicke ich. Ich habe keine Ahnung, worauf sie hinauswill.

»Wo ist es?«

»Auf einem USB-Stick in meinem Nadelkissen.«

Rae starrt mich fragend an.

»Das ist eine lange Geschichte.«

»Okay, dann ist das alles vielleicht nicht so schwierig, wie ich dachte. Adam wird nicht nach Duncan kommen, also wirst du nach New York fliegen müssen.«

»Okay«, sage ich gedehnt. Keine Ahnung, was das zu bedeuten hat. Aber meine Hände sind feucht, und mein Herz trommelt wild gegen meine Brust.

»Und ich werde mitkommen.«

Damit habe ich nicht gerechnet.

»Was zur Hölle hast du vor, Rae?«

Adam

Das Taxi hält direkt vor dem *Stanley's*. Es ist ein typischer Freitagabend, und eigentlich hatte ich heute nicht vor, auszugehen. Meine Idee war gewesen, den Abend zu Hause vor dem Fernseher mit ein paar Bier zu verbringen, aber Mila hat mich so sehr damit genervt, heute auszugehen, dass ich es ihr nicht abschlagen konnte.

Seit meiner Ankunft in New York habe ich mich hauptsächlich mit ein paar Anwälten getroffen, mich mit meiner Mutter ausgesprochen und Oscar kennengelernt. Wir stehen noch am Anfang, und es fühlt sich für uns beide seltsam an, aber ich denke, wir bekommen es hin. Mein Vater hat so viel kaputtgemacht, dass es eine Weile dauern wird, aber Oscar ist ein cooler Junge, und es fühlt sich gut an, einen Bruder zu haben.

Einen Teil des Geldes, das mein Vater mir hinterlassen hat, habe ich in einen Treuhandfonds für Oscar gesteckt. Nur für den Fall, dass meine Mom eines Tages doch noch von ihm erfährt.

Ja, ich habe mich dazu entschlossen, ihr nichts von dem Jungen zu erzählen. Aber nicht, weil mir Dads Firma am Herzen liegt, sondern weil ich den Jungen schützen möchte. Ich will mir gar nicht vorstellen, was mit ihm geschieht, sollte meine Mutter alles herausfinden. Vielleicht ist das jetzt mein Job. Ein Auge auf ihn zu haben, solange er noch nicht in der Lage ist, gegen die Welt dort draußen anzukämpfen. Außerdem kann seine Mutter Lucy ein wenig Unterstützung gebrauchen. Emotional und finanziell. Weder sie noch Oscar können etwas dafür, dass mein Vater ein selbstsüchtiger Mistkerl war.

»Hey, was ist los?« Mila lächelt mich an und greift nach meiner Hand. Einen Moment geht es mir jetzt so wie damals im *Iris* mit Camille.

Wieder warte ich darauf, ob ich etwas spüre. Etwas Warmes. Etwas Prickelndes. Etwas, das ein Gefühl in mir auslöst. Ich bin immer noch nicht wählerisch, mir genügt schon ein kleines Kribbeln. Aber da ist nichts. Mein Reservekanister an Gefühlen ist immer noch leer. Aber das war in den letzten Wochen nicht immer so. Zwischendurch war er bis zum Rand gefüllt mit Glück und Liebe. Doch darüber will ich jetzt nicht nachdenken. Ich habe mir über Ella schon genug den Kopf zerbrochen.

Okay, ich habe gehofft, dass sie sich bei mir melden würde. Aber nichts. Keine Nachricht. Kein Anruf. Nicht einmal eine beschissene E-Mail. Das sagt alles, oder?

Mila öffnet die Wagentür, und ich drücke dem Fahrer einen Zwanzig-Dollar-Schein in die Hand, eher ich auch aussteige. Das *Stanley's* ist meine Lieblingsbar, und ich habe unzählige Nächte hier mit Rae verbracht. Wehmut überkommt mich. Ich habe mich seit meiner Rückkehr nach New York nicht mehr bei ihr gemeldet. Natürlich ist das unfair. Aber ich musste mir erst mal über mich selbst klar werden. Aber sie ist und bleibt meine beste Freundin. Doch mein Trip nach Schottland hatte auch etwas Gutes. Mir ist bewusst geworden, dass meine Gefühle für sie mittlerweile nur noch freundschaftlich sind. Nicht mehr und dennoch genug. Sie hatte recht. Ich habe mir etwas vorgemacht. Sie war meine Ausrede. Mein Schutzschild. Aber das ist jetzt vorbei. Als das Taxi davonfährt, atme ich tief aus und folge Mila, die wieder nach meiner Hand greift und mich Richtung *Stanley's* schiebt.

Ich ziehe mein Handy aus der Tasche, rufe Raes Namen auf und schicke ihr eine kurze Nachricht. Es ist längst überfällig.

Hey, wie geht's?

Es dauert nur wenige Minuten, bis sie zurückschreibt.

Hey, das ist ja eine Überraschung. Gut und dir?

Stirnrunzelnd blicke ich auf mein Handy. In Duncan ist es jetzt halb drei Uhr nachts. Warum schläft sie nicht?

Ist Gwen krank?

Nervös warte ich auf ihre Antwort.

Nein, ich denke, sie schläft.

Sie denkt? Weiß sie das denn nicht? Vielleicht bin ich einfach paranoid. Rae ist erwachsen, es wird einen Grund geben, warum sie um diese Uhrzeit noch wach ist. Gerade als Mila die Tür öffnet, sehe ich ein Schild neben der Eingangstür.

Lesung – nur geladene Gäste.

»Warte«, murmele ich und halte Mila zurück. »Wir können da nicht rein.«
Mila dreht sich zu mir um. »Warum nicht?«
»Wir stehen nicht auf der Gästeliste.«
»Na und?«
Ehrlich gesagt, ist mir heute nicht nach Büchern. Seit Schottland habe ich nicht mehr gelesen, auch wenn mir Rae ein paar Links zu Neuerscheinungen geschickt hat, auf die

wir gemeinsam gewartet haben, bin ich derzeit nicht daran interessiert. Alles erinnert mich nur an das Fiasko mit Ella. Mein Bedarf an Büchern ist gedeckt.

»Nein, lass mal. Ich denke, wir sollten nach Hause fahren.«

»Ist das dein Ernst? Ach komm, nicht heute.« Dann dreht sie sich wieder um und blickt durch die Fensterscheibe. »Da ist noch kein Mensch drin.« Dann packt sie mich an der Hand und öffnet die Tür. »Lass uns nur mal reinschauen.«

Es ist wirklich niemand da. Das *Stanley's* ist auch unverändert, nur neben der Bar steht ein einzelner Stuhl. Verwirrt sehe ich mich um. Wir sind zwar heute früh unterwegs, aber so leer war es an einem Freitagabend noch nie.

»Warte mal kurz. Ich muss mal auf die Toilette.« Mila drückt mir einen Kuss auf die Wange, dann verschwindet sie, und ich frage mich, warum ich das Gefühl nicht loswerde, dass hier etwas nicht stimmt.

Verwirrt setze ich mich an die Bar, und in diesem Moment vibriert mein Handy in der Tasche.

Du hast auch schon mal besser ausgesehen.

Ich lache laut auf. Hat sie zu viel getrunken? Das würde ihr gar nicht mehr ähnlich sehen

Woher willst du denn das wissen?

Weil du direkt vor mir sitzt.

Was?

Ich drehe mich um und sehe Rae, die nur wenige Meter hinter mir mit einem breiten Grinsen an der Wand lehnt. Die Arme vor der Brust verschränkt, eine eisblonde Locke fällt ihr in die Stirn. Sie trägt abgetragene Jeans, ein rot kariertes Hemd und weiße Sneaker.

Mit ihr hätte ich hier niemals gerechnet.

»Rae? Was machst du hier?« Ich stehe auf, aber da kommt sie bereits auf mich zu und umarmt mich, und es fühlt sich so verdammt gut an. Ich habe es vermisst, meine Freundin in meiner Nähe zu haben.

»Ich musste dich sehen. Außerdem habe ich in New York etwas zu erledigen.«

»Du hättest anrufen können.«

»Dann wäre es ja keine Überraschung gewesen.«

Ich löse mich aus ihrer Umarmung und trete einen Schritt zurück. Plötzlich kommt mir ein Gedanke.

»Wie konntest du wissen, dass ich heute hier auftauchen würde?« Irgendwie werde ich aus dem Ganzen nicht schlau.

Rae lächelt mich an. »Setz dich, und lass es dir erklären, okay?«

»Was soll das, Rae?«

»Das hier war meine Idee. Ich habe mit Stan telefoniert und den Laden für heute Abend gemietet. Mila hat dich hergelockt.«

»Mich hergelockt?«, frage ich verwirrt. »Warum?«

»Meinetwegen.«

Erschrocken drehe ich mich um und sehe Ella, die langsam hinter der Bar hervorkommt.

Sie sieht umwerfend aus. Ihre rostroten Haare liegen offen auf ihren Schultern, und sie trägt ein schwarzes Kleid mit einem dazu passenden breiten Gürtel und dunkle Doc Martens.

»Was ist hier los?«

Rae legt mir eine Hand auf die Schulter. »Heute findet eine Lesung statt. Kennst du das Buch *The Love I love*? Es ist eine ganz besondere Ausgabe, und Ella und ich waren der Meinung, du solltest dir ein wenig davon anhören.« Dann beugt sie sich zu mir herunter. »Gib ihr eine Chance, und hör ihr zu. Ich bin draußen und warte dort auf dich.«

Ella wirkt nervös, und ihr Blick folgt Rae, die ihr zulächelt und dann die Bar verlässt. Sie beißt sich auf die Unterlippe und setzt sich auf den Stuhl, der mir vorher schon aufgefallen ist. Ich stehe da wie ein Idiot. Aber dann setze ich mich zurück an die Bar und starre auf die Tischplatte. Ich werde es mir anhören, aber es wird keinen Unterschied machen. Denn eine Lüge bleibt eine Lüge, egal, wie unbedeutend sie sein mag.

Ella

Das war eine beschissene Idee. Wie zur Hölle habe ich nur zustimmen können? Adam hat mich nur kurz angesehen, aber kein Wort zu mir gesagt. Er ist immer noch wütend. Wie kommt Rae auf die Idee, dass er mir verzeihen würde?

Ihr Plan war gewesen, dass ich eine Ausgabe von *The Love I love* drucken lasse und dann nach New York fliege, um Adam hier zu treffen. Seine Nachbarin Mila hatte sofort zugestimmt.

Adam hat seit Wochen keine Frau mehr mitgebracht. Wird Zeit, dass sich da was ändert. Ich könnte mal wieder ein paar Muffins vertragen.

Meine Hände zittern, als ich zu lesen beginne. Mit aller Kraft widerstehe ich dem Drang, Adam in die Augen zu sehen, und konzentriere mich voll und ganz auf mich.

»Ich heiße Ella Finnigan, und ich bin Eliza Woods.«

Und dann erzähle ich alles. Wie es mir erging, als ich Adam zum ersten Mal gesehen habe. Wie ich mich in ihn verliebt habe. Wie ich angefangen habe, meine Geschichte aufzuschreiben. All meine Gefühle, meine Ängste, meine Träume packe ich in die wenige Zeit, die mir bleibt, um ihm zu erklären, was in ihr vorgegangen ist. Ich spreche über Eliza und Adam, über meine Art, mit meinen Gefühlen für ihn umzugehen. Tränen steigen mir in die Augen, aber ich blinzle sie weg und versuche, meine Stimme unter Kontrolle zu bekommen. Ich ziehe mich sprichwörtlich splitterfasernackt vor ihm aus und bete darum, dass er erkennt, wie ernst ich es meine. Aber mir wird bewusst, dass ich die Wahrheit sage. Auch wenn Adam meine Gefühle nicht erwidern sollte, wenn er mir nicht verzeiht, so habe ich versucht, mit meiner Liebe zu ihm umzugehen. Wer hätte denn bitte auch ahnen können, dass Adam Parker sich tatsächlich für mich interessieren könnte?

Als ich fertig bin, blicke ich auf. Adam hat die ganze Zeit nichts gesagt. Sein Blick ist immer noch auf die Tischplatte gerichtet. Ich habe keine Ahnung, wie viel Zeit schon vergangen ist. Meine Hände zittern, als ich aufstehe und auf ihn zugehe. Er rührt sich nicht, und mein Herz sinkt immer weiter nach unten. Keine Ahnung, was ich mir erträumt habe. Aber ich hatte mir eine Reaktion von ihm erhofft.

Plötzlich bin ich ihm so nah, dass ich nur noch die Hand ausstrecken müsste, um ihn zu berühren. Stattdessen lege ich das Buch neben ihm auf die Theke.

»Ich habe alles im Internet gelöscht. Das hier ist die einzige Ausgabe davon. Es tut mir wirklich leid.«

Einen Moment bleibe ich noch stehen, dann beschließe ich, zu gehen. Ich habe gesagt, was ich ihm sagen wollte. Doch als ich mich umdrehen will, greift Adam nach meiner Hand.

»Warte.«

Ich rühre mich nicht. Aber mein Herz trommelt wild in meiner Brust.

»Lust auf einen Schokoladenminzmuffin?«

Und da bricht das Eis, und die Anspannung lässt nach. Er erinnert sich an unser erstes Gespräch bei Raes Hochzeit und die Wiedergutmachung danach, als er mich auf einen Schokoladenminzmuffin eingeladen hat.

Ich blicke ihn an, und ein Lächeln umspielt seine Lippen.

»Immer.«

Epilog

Sechs Monate später

»Sagst du mir jetzt endlich, was das hier soll?« Was auch immer Adam als Augenbinde benutzt hat, es macht seinen Job verdammt gut. Alles um mich herum ist schwarz. Kohlenrabenschwarz. Nicht der geringste Lichtschein findet einen Weg hindurch.

Mittlerweile habe ich jegliches Zeitgefühl verloren. Ich habe keine Ahnung, wie lange wir jetzt schon in Colins Taxi durch die Gegend fahren. Adam hat immer noch keinen eigenen Wagen. Selbst nachdem er seine Wohnung in New York aufgegeben hat und zu mir nach Duncan gezogen ist, hat er es nicht für notwendig gehalten, sich ein Auto zu kaufen.

Kühle Luft bläst mir durch die Lüftungsschächte entgegen, und ich bin froh, dass Colin die Klimaanlage repariert hat. Bei den derzeitigen Temperaturen hier in den Highlands wäre es sonst fahrlässige Körperverletzung, in diesem Wagen zu fahren.

»Du musst dich noch ein wenig gedulden.«

»Verrätst du mir wenigstens, in welche Richtung es geht? Gibt es etwas zu essen?«

Adam lacht laut auf. »Warum wundert es mich nicht, dass du sofort an Essen denkst? Aber nein, du liegst falsch.«

»Bekomme ich keinen Tipp?«

»Nein.«

»Das ist unfair.«

»Ich weiß.« Ich kann ihn zwar nicht sehen, aber ich höre, wie er grinst.

»Du bist ein Sadist.«

»Ich weiß.«

»Dafür werde ich mich revanchieren.«

Jetzt fängt er an zu lachen. Es ist ein tiefes Lachen und löst sofort einen Strudel von Gefühlen in mir aus. Am liebsten würde ich mir jetzt die Augenbinde herunterreißen und hier und jetzt über ihn herfallen.

»Oh, glaub mir, auch das weiß ich.«

Ich kapituliere. Wenn Adam etwas nicht preisgeben will, dann hält er das auch durch. Nervosität macht sich in mir breit, als der Wagen langsamer wird. Anfangs dachte ich, ich könnte anhand der Straßenführung erkennen, wohin er fährt, doch vor ein paar Minuten hat er mir offenbart, dass er die ersten fünf Meilen im Kreis gefahren ist, um mich durcheinanderzubringen. Somit hat es überhaupt keinen Sinn, mehr aus ihm herauszuquetschen zu wollen.

Wie gesagt, wenn er etwas nicht will, gelingt es mir ganz sicher nicht, ihn dazu zu überreden.

Als der Wagen endlich hält, atme ich erleichtert aus. Ich habe keine Ahnung, wo wir sind. Theoretisch könnten wir uns immer noch in Duncan befinden oder mitten in Edinburgh. Oder aber auch am Arsch der Welt.

»Wir sind da.« Mehr sagt Adam nicht, aber ich höre, wie er den Motor abstellt, aus dem Wagen steigt und wenige Sekunden später die Beifahrertür geöffnet wird.

»Komm«, murmelt er und greift nach meiner Hand. Der kindische Teil von mir will sie ihm entziehen, aber meine Neugier überwiegt. Auch wenn ich Überraschungen nicht ausstehen kann, möchte ich doch wissen, was es hiermit auf sich hat.

Ich trete einen Schritt nach vorn und spüre Adams Hand immer noch in meiner. Er gibt mir Sicherheit und lässt mein

Herz höherschlagen. Ich spüre seine Anwesenheit so deutlich neben mir, dass mir fast schwindelig wird.

Adams Präsenz ist unglaublich, und das weiß er auch ganz genau.

»Lass mich dich führen.«

Jetzt bleibe ich ruckartig stehen. »Ich muss das Teil weiterhin tragen?« Enttäuschung macht sich in mir breit. Ich dachte, sobald wir ankämen, könnte ich es abnehmen. Damit habe ich nicht gerechnet.

»Du musst dich noch ein wenig gedulden.«

Als Adam vor drei Stunden in den Brautmodenladen gestürmt ist, war ich gerade dabei, für eine Kundin ein paar Satinhandschuhe herauszusuchen. Adam blieb in der offenen Eingangstür stehen und sah mich mit einen Blick an, der unwiderstehlich war. Doch es waren seine Worte, die mich aus der Bahn geworfen haben.

»Pack deine Sachen Ella. Wir hauen hier ab.«

Tja, und jetzt bin ich hier.

Ich klammere mich an seine Hand und lasse ihn vorgehen, während ich ihm folge. Gezwungenermaßen.

Wir gehen ein paar Treppen nach oben, dann bleibt er stehen, und kurz darauf werde ich durch eine Tür geschoben. Warme Luft kommt mir entgegen, und plötzlich höre ich von überall her laute Stimmen.

Wo sind wir hier?

»Okay, wir sind da. Ich werde dir jetzt die Augenbinde abnehmen, und du versprichst mir, dass du nicht ausrastet, okay?«

»Das kann ich dir nicht garantieren.«

Ich spüre seinen Atem an meiner Stirn, dann seine weichen Lippen, die mich dort küssen.

»Versuche es einfach.«

Einen Moment geschieht nichts, aber dann zieht er das Band weg, und dann sehe ich es.

Wir stehen mitten in der Eingangshalle, direkt unter einer gigantischen Glaskuppel. Über uns befinden sich mehrere Stockwerke, die durch eine spiralförmig nach oben führende Treppe verbunden sind. Unzählige Mitarbeiter laufen wie in einem Ameisenhaufen durch die Gegend und scheinen es besonders eilig zu haben. Weiter hinten befindet sich der Empfangstresen, und ich schnappe nach Luft, als ich den Firmennamen sehe, der darüber an der Wand geschrieben steht.

Fisher Publishing Company.

Ich blicke zu Adam, der mich angrinst.

»Was hat das zu bedeuten?«

Er streicht mir eine Haarsträhne aus dem Gesicht. »Du hast in fünf Minuten einen Termin. Mrs Walters erwartet dich schon.«

»Adam, was soll das? Was mache ich hier?«

Er zuckt mit den Schultern. »Ich habe ihr das Buch zugeschickt und ihr alles erklärt. Sie meinte, sie würde sich sehr gerne einmal persönlich mit dir darüber unterhalten.«

Mein Gott, das kann doch nicht sein. Ich habe das Buch tatsächlich damals aus dem Internet gelöscht und seitdem kleine Geschichten geschrieben, aber in keiner davon habe ich Adam und Eliza erwähnt. Natürlich habe ich von einigen Lesern Nachrichten erhalten mit der Bitte, die Geschichte wieder aufleben zu lassen. Aber für mich gibt es kein Zurück.

Deshalb verstehe ich nicht, was Adam damit bezweckt.

»Warum hast du das gemacht?«, flüstere ich.

»Weil es dein Traum ist, Ella, und du so viele Menschen mit dieser Geschichte verzaubert hast. Du kannst dir diese Chance nicht entgehen lassen.« Und dann zieht er mich zu einem Kuss an sich heran.

»Außerdem bin ich ein verdammt heißer Typ, und ich finde, die Welt sollte ruhig mehr über mich erfahren.«

Ich kichere an seinen Lippen und kann kaum glauben, was für ein Glück ich habe. Es ist ein Traum, der für mich wahr wird, und das habe ich Adam zu verdanken. Seiner Liebe. Seiner Geduld. Seiner Entscheidung, das Buch an diese Lektorin weiterzuleiten. Nur wegen ihm bin ich überhaupt auf die Idee gekommen, *The Love I love* zu schreiben. Nur wegen ihm liegt meine Geschichte bei einer Frau, die in der Lage ist, mir meinen Traum zu erfüllen.

Aber vielleicht stimmt das gar nicht. Vielleicht habe ich mir meinen Traum selbst erfüllt. Ich ganz allein.

Everything you can image is real, hat Pablo Picasso mal gesagt, und ich finde er hat recht.

So verdammt recht.

Danksagung

Wenn man ein Buch schreibt, schließt man mit der Zeit jeden einzelnen seiner Protagonisten ins Herz, und ein Abschied fällt eines Tages unheimlich schwer.

Als ich im Sommer 2020 den ersten Band der Highland-Reihe geschrieben habe, hätte ich weder gedacht, dass es eines Tages drei Bände der Reihe geben würde, noch, dass diese beim wundervollen Piper Verlag erscheinen würden.

Nun ist es aber Zeit, Abschied von Raelyn, Colin, Marcy, Iain, Ella und Adam zu nehmen. Ganz besonders ist mir Adam ans Herz gewachsen, der schon in Band eins eine besondere Rolle als Raes bester Freund hatte. Ohne Adam wäre Rae niemals nach Duncan geflogen, und dann hätte es das kleine Café niemals gegeben.

Ich danke dem Piper Verlag, der es möglich gemacht hat, dass diese Reihe ein Zuhause gefunden hat. Zudem möchte ich mich bei Christiane Bauer von Piper digital und Birgit Förster für das tolle Lektorat und die gute Zusammenarbeit bedanken.

Ganz großen Dank auch an meine Agentin Beate Riess, die immer ein offenes Ohr für meine Ideen hat.

Tausend Dank an all die Leser und Blogger, die das Café *Iris* und seine Bewohner so sehr ins Herz geschlossen haben.

Und mein allergrößter Dank gilt meinem Mann und meinen Kindern, ohne die es das kleine Café in den Highlands wohl gar nicht geben würde. Danke, dass ihr an mich glaubt, mich unterstützt und die perfekten Cruffin-Testesser seid. Danke, dass es euch gibt!

Rezept Cruffins

- TK-Croissantteig (wer möchte, kann den Croissantteig auch selbst herstellen)
- 150 g Zucker
- 100 g flüssige Butter
- 3 EL Zimt
- 50 g Puderzucker, ein paar frische Himbeeren, Heidelbeeren oder Erdbeeren

Einen Croissantteig selbst herzustellen kostet viel Zeit und bedarf einiger Übung. Damit es schneller geht und man sie auch spontan backen kann, etwa wenn Gäste kommen, habe ich mich hier für die TK-Variante entschieden. Aber natürlich kann jeder vorab einen Croissantteig selbst vorbereiten.

Zuerst den Backofen auf 170 Grad Ober-/Unterhitze (150 Grad Heißluft) vorheizen. Muffinblech mit Muffinförmchen ausfüllen und beiseite stellen.

Ein Holzbrett etwas bemehlen und den Croissantteig darauf ausrollen, sodass ein gleichmäßiges Rechteck entsteht. Butter bei lauwarmer Temperatur erhitzen und die flüssige Butter anschließend vorsichtig (Teig reißt leicht) auf den Teig streichen. Zucker und Zimt in einer Schüssel vermischen und dann über den Teig streuen. Wer möchte, kann den Teig auch mit Nougatschokolade, Vanillecreme oder Marmelade bestreichen.

Den Teig mit der Längsseite aufrollen und dann in der Mitte in zwei Hälften schneiden. Diese dann noch mal halbieren, sodass vier Streifen entstehen.

Diese zu einer Schnecke aufrollen und in die Muffinförmchen legen.

Die Cruffins ca. 20 Min. backen und etwas auskühlen lassen.

Anschließend die lauwarmen Cruffins mit Puderzucker bestäuben und mit frischen Beeren servieren.

Guten Appetit!